Zu diesem Buch

Sie sorgen wieder für Aufregung und Trubel, für einige Tränen, aber vor allem für viel Heiterkeit: der pfiffige Gaylord und seine kleine Schwester, Mutter May, die sanft, aber entschlossen die Zügel des Familienlebens in Händen hält, und der leicht versponnene Schriftsteller-Vater Jocelyn. Gaylord hat eine neue Freundin: die kleine Julia. Aber auch eine neue Feindin: Julias herrschsüchtige Tante. Die ersten Scharmützel sind bereits in Gang, da kündigt sich überraschend lästiger Besuch an. Opas neuer Schwager, den Tante Dorothee präsentieren will, ist nämlich Franzose. Ein Ausländer in der Familie Pentecost – nicht auszudenken! Sorgen macht den Pentecosts auch Derek, ein Junge, der zu einer Motorradbande im Dorf gehört. Und spinnt sich da etwas zwischen der gewiß reizenden jungen Lehrerin und Jocelyn an?

Eric Malpass, geboren am 14. November 1910 in Derby, war lange Jahre Bankangestellter in Mittelengland. 1947 wurde er Mitarbeiter der BBC und namhafter Zeitungen, so des «Observer», dessen Kurzgeschichten-Wettbewerb er 1954 gewann. «Beefy ist an allem schuld» (rororo Nr. 1984) wurde 1960 in Italien mit der Goldenen Palme für das beste humoristische Buch des Jahres ausgezeichnet. Zu einem phantastischem Erfolg, vor allem in der Bundesrepublik, wurden seine Romane über den Schlingel Gaylord und das Familienleben der Pentecosts: «Morgens um sieben ist die Welt noch in Ordnung» (rororo Nr. 1762), «Wenn süß das Mondlicht auf den Hügeln schläft» (rororo Nr. 1794), «Schöne Zeit der jungen Liebe» (rororo Nr. 5037), «Und doch singt die Amsel» (rororo Nr. 5684) und «Wenn der Tiger schlafen geht» (rororo Nr. 12948) sowie die Erzählung «Fortinbras ist entwischt» (rororo Nr. 4075). Eric Malpass, der verheiratet ist und einen Sohn hat, lebt als freier Schriftsteller in Long Eaton/Nottingham.

Von Eric Malpass erschienen als rororo-Taschenbücher außerdem: «Als Mutter streikte» (Nr. 4034), «Liebt ich am Himmel einen hellen Stern» (Nr. 4875), «Unglücklich sind nicht wir allein» (Nr. 5068), «Und der Wind bringt den Regen» (Nr. 5286), «Liebe blüht zu allen Zeiten» (Nr. 5451), «Lampenschein und Sternenlicht» (Nr. 12216) sowie «Thomas Cranmer oder Die Kraft der Schwäche» (Rowohlt 1986).

Eric Malpass

Lieber Frühling, komm doch bald

Roman

Deutsch von Anne Uhde

rororo

Rowohlt

Titel der englischen Originalausgabe
«The Long Long Dances»

97.–108. Tausend Mai 1993

Neuausgabe
Veröffentlicht im Rowohlt Taschenbuch Verlag GmbH,
Reinbek bei Hamburg, Mai 1993

Umschlagillustration Eva Kausche-Kongsbak
Umschlagtypographie Susanne Müller
Gesamtherstellung Clausen & Bosse, Leck
Printed in Germany
890-ISBN 3 499 13303 2

I

May Pentecost war nicht mit sich zufrieden. Ihr Schwiegervater hatte ihr von dem neuen Gutsverwalter erzählt, den er einstellen wollte. «Seine Frau ist vor kurzem gestorben», hatte er schließlich gesagt. «Und er hat eine kleine Tochter. Das ist das Problem.» Offenbar hatte der alte John Pentecost gehofft, sie werde sagen: «Dann ist es wohl besser, sie wohnen bei uns im Hause, Schwiegervater. Da kann ich mich um die beiden kümmern. Ich mache das schon.» Sie hatte jedoch *nichts* gesagt. Und warum nicht? fragte sie sich. Weil ich – wie jeder heutzutage – meine Ruhe haben will. Ich will mit den Problemen anderer Leute nichts zu tun haben.

Ja, das war der wahre Grund. Vergebens sagte sie sich zu ihrer Verteidigung, daß sie genug damit zu tun hatte, sich um das große Haus zu kümmern und ihren reizbaren Schwiegervater, ihren empfindsamen Mann, den siebenjährigen Schlingel Gaylord und das kleine Baby zu versorgen. Es nützte nichts. Das Gewissen war ein strenger Richter.

Vielleicht hatte ihr Mann eher Erbarmen mit ihr als ihr Gewissen. Jocelyn war in seinem Arbeitszimmer, er schrieb an seinem neuen Roman. Sie ging zu ihm und sagte mit kläglicher Stimme: «Du – ich hab ein Problem.»

Jocelyn Pentecost blickte argwöhnisch von seiner Arbeit auf. Probleme konnte er entbehren, er hatte selber genügend. Aber May war offensichtlich beunruhigt. Sie sagte: «Dein Vater will den Schotten als Verwalter nehmen, und der ist Witwer und hat eine kleine Tochter.»

Er schob sein Manuskript beiseite, wandte sich May zu und sagte liebevoll: «Und du meinst nun, du wirst dich um das Kind kümmern müssen?»

«Ich kann doch als Frau nicht daneben stehen und zusehen, wie der Mann alles allein macht.»

«Was ist es denn für ein Mann?»

«Ein Schotte eben, und zuverlässig wie Granit aus Aberdeen. Sagt dein Vater. Und ebenso gesprächig.»

«Und er soll im Verwalterhaus wohnen?»

«Ja. Ich glaube allerdings, dein Vater hatte gehofft, ich würde sagen, der Schotte und seine kleine Tochter sollten mit hier im Haus wohnen. Aber ich hab's *nicht* gesagt.»

Jocelyn war über sich selbst erstaunt, als er sich jetzt mit energischer Stimme sagen hörte: «Nein, *selbstverständlich* nicht. Das kommt gar nicht in Frage! Laß mich nur machen, May. Ich werde mit Vater sprechen. Du hast gerade genug zu tun mit Gaylord und Amanda, um von Vater und mir ganz zu schweigen.»

May sah ihn so strahlend und dankbar an, daß er fast platzte vor Stolz. «Vielen Dank, Liebling», sagte sie. «Ich möchte nicht egoistisch sein, aber es ist wirklich eine Menge Arbeit im Haus.» Sie ging hinaus. Und mit ihr schwand sein Stolz, denn jetzt mußte er seinen Worten die Tat folgen lassen. Er ging hinüber zu seinem Vater.

«Vater, der neue Verwalter ... ich höre, er hat eine kleine Tochter.»

John Pentecost sah seinen Sohn scharf an. «Na und?»

«Ja, also ... May meint, es sei eigentlich ihre Aufgabe, sich um das Kind zu kümmern.» Unbehaglich sah er seinen Vater an. «Was ja im Prinzip wohl auch zutrifft, nicht wahr?»

«Oh, May ist sehr tüchtig. Sie schafft das schon.» John Pentecost hatte seine Schwiegertochter immer bewundert. Hoffentlich wußte Jocelyn auch, was für eine prachtvolle Frau er an ihr hatte.

«Ja, aber ...» Es war sehr schwierig. Mit der Feder brachte Jocelyn so manches fertig, aber im Gespräch und mit einem so strengen Gegenüber ... «Es geht *wirklich* nicht, Vater.»

«Hör zu. Ich habe keine Lust, auf einen Mann mit so glänzenden Referenzen zu verzichten, nur weil –» Das Telefon klingelte. Er nahm den Hörer. «Pentecost. Ja? Ja –?» Er hörte zu. «Das freut mich aber, Mr. Mackintosh. Freut mich sehr. Ja. Hört sich sehr gut an. Dann ist ja alles geregelt. Ja.» Er legte den Hörer auf und sah Jocelyn mit einem freundlichen Lächeln an, was selten geschah. «Sehr schön. War mir gar nicht lieb, der Gedanke, daß May da – sie hat gerade genug zu tun mit uns allen, auch ohne das fremde Kind.»

«Heißt das –»

«Mackintosh, der neue Verwalter, hat seine Schwester überredet, zu ihm zu ziehen und sich um das Kind zu kümmern. Platz haben sie ja reichlich im Verwalterhaus.»

«Das ist gut. May wird sich freuen.»

«Ja, ich bin sehr erleichtert. Und du solltest es auch sein, Jocelyn!» Ein strenger Blick streifte seinen Sohn. «Ich glaube, du weißt manchmal gar nicht, was du an May hast!»

Jocelyn ging in die Küche, wo seine Frau beim Brotbacken war. Sie freute sich immer, wenn sie ihn tagsüber zu Gesicht bekam. Wenn er arbeitete, ließ er sich gewöhnlich nicht leicht aus seinem Zimmer herauslocken. Er sagte: «Ich hab mit Vater gesprochen.»

Er sieht aus, dachte sie, wie ein kleiner Junge, der gerade sein erstes Tor geschossen hat. Sie erwiderte nichts, und er fuhr fort: «Ich hab ihm klipp und klar gesagt, daß ich nicht möchte, daß du dich um die Kleine kümmern mußt.»

«Oh – *vielen* Dank, Lieber.»

«Er hat mit Mackintosh, dem neuen Verwalter, telefoniert, und Mackintosh will jetzt seine Schwester mitbringen. Die wird dann mit den beiden im Verwalterhaus leben.» Er wartete auf den Freudenschrei, der auch prompt kam.

«O Jocelyn, das hast du *fabelhaft* gemacht!» Sie gab ihm einen zärtlichen Kuß. In ihren Augen sah er ein belustigtes Lächeln, das ihn etwas unsicher machte. Hatte sie gemerkt, daß er in seinem Bericht ein ganz klein wenig zu seinen Gunsten geflunkert hatte? Er mußte zugeben: es war nicht leicht, seiner Frau ein X für ein U vorzumachen.

Gaylord wußte, daß es Mädchen gab, so wie er wußte, daß die kleinen grünen Männer vom Mars existierten. Gewiß, Amanda, sein Schwesterchen, war ein Mädchen. Aber sie war ein Baby – ein Wesen, mit dem man nicht spielen konnte. Er hatte sie lieb, aber sie zählte nicht richtig. Und wenn einem tatsächlich einmal ein fremdes Mädchen begegnete, konnte kein Mensch von einem erwarten, daß man sich mit so einem Geschöpf abgab.

Er versuchte gerade mit wenig Erfolg, den Fluß durch einen Damm zu stauen, als er die Stimme seines Großvaters hinter sich hörte: «Das ist Gaylord, mein Enkel, Mr. Mackintosh. Gaylord, das ist Mr. Mackintosh, der mir auf dem Hof helfen will. Und das ist Miss Mackintosh. Und das hier ist Julia.»

Julia lächelte. Gaylord setzte sein finsterstes Gesicht auf. Miss Mackintosh sagte: «I gitt, der Junge ist ja ganz naß!»

Gaylord betrachtete Miss Mackintosh, die streng und mürrisch aussah. Er war empört. Und angewidert. Wenn er mit nassem

Zeug nach Hause kam und Mummi regte sich auf, dann war das ja in Ordnung, es gehörte dazu, und es hätte ihm gefehlt, wenn sie es nicht getan hätte. Aber wenn völlig Fremde damit anfingen, dann ging das zu weit!

Der Mann fragte höflich: «Was machst du denn da, Junge?»

«Ich bau 'n Damm durch den Fluß», gab Gaylord zur Antwort.

Dem Mann schien das keinen Eindruck zu machen. Opa sagte: «Oh, dann haben sie ja unten in Nottingham bald kein Wasser mehr.»

«Och –» setzte der Mann an. Dann ging ihm anscheinend auf, daß es sich hier um einen Scherz handelte. Auch das schien ihm keinen Eindruck zu machen.

«Und du, Julia?» fragte Opa. «Willst du hierbleiben und Gaylord bei seinem gefährlichen Bauwerk helfen?»

Gaylord traute seinen Ohren nicht. Opa hatte immer zu ihm gehalten – immer waren sie gute Freunde gewesen, immer hatten sie zusammengehalten. Und nun *das*! Gaylord war bitter enttäuscht. Wie konnte Opa ihm so etwas einbrocken!

«Ja, darf ich?» Julias Stimme klang zart und süß.

«Meinetwegen», sagte Gaylord, wenn auch nicht gerade begeistert. Andererseits konnte niemand ihm vorwerfen, er sei unhöflich gewesen. Den mittleren Ton zu treffen verstand Gaylord meisterhaft.

Doch jetzt trat Miss Mackintosh dazwischen. «Och nein, unsere Kleine ist nicht danach angezogen, im Wasser rumzupanschen!»

Im Wasser rumpanschen! Da baute man an einem gewaltigen Staudamm, und diese Ziege redete von Rumpanschen! Typisch Frauen. Aber das kleine Mädchen sagte: «O bitte – ich werd bestimmt nicht naß, ich verspreche es dir.» Und Gaylord fühlte sich so tief gekränkt durch die schmähliche Herabsetzung seines Unternehmens, daß er hinzufügte: «Bestimmt wird sie nicht naß, Miss Mackintosh.» Und mit halbem Lächeln gab er Julia eine Schaufel.

«Sie müssen noch den Milchschuppen sehen», sagte Opa, und die drei Erwachsenen gingen weiter.

Gaylord erkundigte sich bei Julia: «Das ist doch deine Mutter, nicht? Warum heißt sie dann Miss?»

«Das ist nicht meine Mutter. Ich – meine Mutter ist letzten Monat gestorben. Daddy hat Tante Elspeth gebeten, zu uns zu kommen, damit ich nicht so allein bin.»

Tiefsinnig schaufelte Gaylord weiter im Schlamm. Noch nie war es ihm in den Sinn gekommen, daß der liebe Gott jemanden sterben lassen konnte, der für den Ablauf der Welt so unentbehrlich war wie eine Mutter. Daß etwa Paps ihn und Amanda ganz allein versorgte – nein, das konnte man sich im Traum nicht vorstellen. Er hatte seinen Paps sehr lieb, aber über seine praktischen Fähigkeiten machte er sich keinerlei Illusionen. Immer noch schaufelnd und mit gesenktem Kopf sagte er: «Das tut mir aber schrecklich leid, daß deine Mutter tot ist.» Es tat ihm wirklich leid. Und daß diese Ziege da für Julia so etwas wie eine neue Mutter sein sollte, tat ihm auch leid.

«Danke, Gaylord.»

«Es ist sicher furchtbar, wenn – ich meine, daß deine Mutter tot ist.»

«Ja, ziemlich.»

Er hätte ihr gern irgend etwas zum Trost gesagt, und er war wütend, daß ihm nichts einfallen wollte. Er wußte nicht, daß es solche Worte nicht gab.

Und Julia sah so traurig und verloren aus. Jetzt fragte sie ihn besorgt: «Ist das, was du da machst, wirklich gefährlich?»

«Weiß ich nicht. Ich glaube, Opa hat bloß Spaß gemacht. Das tut er manchmal.»

Sie sagte: «Sieh mal, der große Baumstamm da – wollen wir den nehmen?»

Gaylord bemühte sich, eine möglichst gleichgültige Miene zu machen. Warum war er nicht selber darauf gekommen? Wenn sie kein Mädchen wäre, dachte er, könnte man direkt was mit ihr anfangen.

In Ingerby schwang sich Derek Bates auf das blitzende neue Motorrad, das ihm sein Vater, der ihm nichts abschlagen konnte, zum Geburtstag geschenkt hatte. Er gab Gas, zog seinen Schutzhelm zurecht und donnerte davon. Wie lange hatte er auf diesen Augenblick gewartet! Seine Eltern sahen ihm nach.

«Der bringt noch wen um», sagte seine Mutter.

«Na, Hauptsache nicht sich selber», meinte Mr. Bates gelassen.

Sie gingen wieder in ihr Haus.

Wendy Thompson, Lehrerin an der Grundschule in Ingerby, saß im Autobus und malte sich aus, wie schön es sein müßte, wenn sie einmal mit ihrem Mini nach Shepherd's Warning hinausfahren könnte. Die Vorsitzende vom Klub der Literaturfreunde in Ingerby, die ohnehin fand, daß Wendy zuviel Zeit mit ihrer alten Mutter verbrachte, hatte sie ermuntert: «Fahren Sie doch mal nach Shepherd's Warning und machen Sie mit Jocelyn Pentecost einen Termin für eine Lesung bei uns aus.»

Aber ihre Mutter ließ sie nie fort. Die alte Mrs. Thompson verfügte über ein beträchtliches Arsenal an Waffen – von dem Vorwurf der Undankbarkeit und Hartherzigkeit bis hin zu Kopfschmerzen und Migräne –, und diese Waffen setzte sie jederzeit rücksichtslos ein, wenn ihre Tochter Wendy, die gutherzig und freundlich war und alles für ihre Mutter tat, einmal ihre eigenen Wege gehen wollte.

Wendy Thompson schloß die Haustür auf und rief: «Ich bin's!» Keine Antwort. Ein schlechtes Zeichen! Sie blickte auf ihre Uhr: halb zehn. Nein, sie hatte sich nicht verspätet. Aber es sah ganz so aus, als müsse sie sich auf Vorhaltungen oder beleidigtes Schweigen gefaßt machen. Sie trat ins Wohnzimmer. Ihre Mutter saß wie immer in ihrem Schaukelstuhl. Aber der Schaukelstuhl, der gewöhnlich ungeduldig und zornig auf und ab schaukelte, wenn Wendy von einer abendlichen Unternehmung nach Hause kam, stand still. Wendy trat näher.

Ihre Mutter war jenseits von Ungeduld und Zorn. Und sie würde nie wieder Kopfschmerzen und Migräne haben. Sie hatte ihre Waffen niedergelegt. Im Schaukelstuhl saß eine tote alte Frau mit herabhängendem Kinn und leblos starrenden Augen – ein armes, klägliches Etwas.

Was Wendy jetzt tat, war schrecklich und schändlich und unerhört. Aber kein Mensch sah es, und die Engel, die sonst die Torheiten der Menschen bemerken, haben sicherlich die Augen zugemacht. Sie tanzte! Sie pirouettierte auf Zehenspitzen dreimal im Zimmer herum. Dann ließ sie sich aufs Sofa fallen. Und fing an zu weinen.

Sie hatte ihre Mutter geliebt, und sie hatte sie jetzt verloren. Aber durch ihr Sterben hatte die alte Mrs. Thompson ihr zwei wunderbare Dinge geschenkt: ein eigenes Leben und die weite bunte Welt ringsum. Ein eigenes Leben mit dreißig Jahren! Kein Wunder, daß Wendy Thompson verwirrt war. Ihre Mutter, ihre Lebensgefährtin, hatte sie verlassen. Und sie selber war plötzlich *frei*. Mit Furcht und Bangen blickte sie auf die Tür ihres Käfigs, die sich plötzlich geöffnet hatte.

2

Es war ein langer und schöner Herbst gewesen, aber jetzt nahte unerbittlich der Winter, der nach und nach das Licht und die Wärme verdrängen würde. Noch leuchtete die goldene Herbstsonne. Sie lächelte über Wendy Thompson, die sich noch immer nicht aus ihrem kleinen Haus in die weite bunte Welt hinauswagte. Jeden Tag nahm sie sich vor, einen kurzen Brief an Mr. Pentecost zu schreiben. Jeden Tag unterließ sie es und beschloß, morgen ganz bestimmt zu ihm hinauszufahren. Sie hatte sich noch nicht daran gewöhnt, daß sie nun selber über sich und ihre freie Zeit verfügen konnte, und klammerte sich um so mehr an ihren Beruf.

Der alte John Pentecost hatte in Mackintosh einen Mann nach seinem Herzen gefunden: tüchtig, nüchtern, praktisch, wortkarg. Jocelyn allerdings hatte fast Angst vor dem neuen Verwalter. Ihm war nie recht wohl in Gegenwart so tatkräftiger Männer. Er hatte immer das Gefühl, ein unpraktischer Mensch wie er müsse ihnen wie ein Schwächling vorkommen. Schon bei der Vorstellung hatte der Schotte ihn irritiert. Opa hatte gesagt: «Das ist mein Sohn Jocelyn.» – «Arbeiten Sie auch auf dem Hof?» hatte Mackintosh höflich gefragt. «Nein», hatte Opa mit leiser Verachtung geantwortet, «er schreibt *Bücher. Romane.*» Mr. Mackintosh, um Höflichkeit bemüht, hatte daraufhin verkündet: «Ich habe auch einmal einen Roman gelesen. Handelte von dem Leben auf einem Bauernhof.» Er schüttelte den Kopf. «Aber der Mann hatte von Ackerbau und Viehzucht keine Ahnung. Hoffentlich halten Sie sich an das, was Sie kennen und wovon Sie etwas verstehen, Mr. Pentecost.»

Zu Gaylords heller Empörung verbot Miss Mackintosh den Dammbau am Fluß. Das sei zu gefährlich. Und außerdem sei es ein müßiges Unternehmen, erklärte sie. *Müßig!* Gaylord trabte in die Küche. «Mummi, was ist müßig?»

«Überflüssig, unnütz», antwortete Mummi.

Er hatte es geahnt. Das war ein starkes Stück! «Miss Mackintosh, die gemeine Ziege, will nicht, daß wir den Damm durch den Fluß bauen, Mummi. Und dabei hatten wir ihn schon beinahe fertig!»

«Liebling», sagte Mummi, «Julia ist ein süßes kleines Mädchen, aber kein Wasserbautechniker. Ich kann ihre Tante schon verstehen.» Im stillen dachte sie: Was denkt die sich eigentlich? Diese *Ziege*! Meinem Sohn zu sagen, was er darf und nicht darf! Energisch warf sie den Kopf zurück. Die soll sich bloß vorsehen!

3

Vor vier Wochen war er noch ein Niemand gewesen. Ein pickliger Junge, dem die Lehrer vergeblich Mathematik und Liebe zu Shakespeare beizubringen versuchten. Ein Duckmäuser, der sich, ohne zu mucksen, von seinen Freunden herumschubsen, von seiner Mutter ständig schelten und von seinem Vater abwechselnd verwünschen und verwöhnen ließ. Das alles hatte sich geändert. Und wie! In seiner neuen ledernen Rüstung, mit hohen Stiefeln und mit dem Schutzhelm, der die Pickel verbarg, so thronte er auf seinem Feuerstuhl. Ein Aufheulen, und fort war er – ein Rausch aus Lärm und Geschwindigkeit und Macht. Junge und alte Leute, Männer und Frauen und Kinder – alle machten, daß sie wegkamen. Jaguar- und Mercedesfahrer behandelten ihn mit Respekt, oder jedenfalls mit Vorsicht. Er hatte etwas entdeckt, was vielen älteren und klügeren Männern nie aufgegangen war: das Geheimnis der Macht. «Ich bin ein Riese!» dachte er.

Macht jedoch korrumpiert, und sie war auch schon dabei, Derek Bates zu korrumpieren. Es genügte ihm nicht mehr, wenn eine alte Frau sich schleunigst auf den Bürgersteig rettete. Er wollte deutlichere und persönlichere Beweise seiner Macht. Jeder sollte ihn sehen; und jeder, der nicht aufblickte, wenn er vorüberschoß, war sein Feind. Feinde mußte man strafen. Daran dachte er, als er eines Tages ein kleines Mädchen so gedankenverloren auf einer Wiese tanzen sah, daß es ihn gar nicht bemerkte. Selbst als er anhielt und erbost auf die Hupe drückte, blickte die Kleine nicht zu ihm herüber. Er beschloß, es ihr zu zeigen. Vor allem, da sie offensichtlich ganz allein war ...

Es war ein strahlender Oktobernachmittag. Hoch oben am hellblauen Himmel segelten weiche Wölkchen. Leise tschilpten die Sperlinge in den Hecken, und die Kühe standen still da und schlugen sinnend mit den Schwänzen. Eine späte Libelle schoß wie ein lebender Regenbogen durch die Sonnenstrahlen. Julia sah den hellen Schimmer, den grazilen schlanken Körper und war entzückt. Sie wurde selber eine Libelle. Reglos stand sie auf den Zehenspitzen, mit ausgestreckten Armen und bebenden Fingerspitzen. Jetzt tat sie einen Sprung, blieb stehen, sprang abermals. Sie hörte nichts mehr von den Alltagsgeräuschen rings um sie her, und sie hörte auch nicht das Knattern, als ein Motorradfahrer vor dem offenen Gatter zur Wiese anhielt. Hätte sie es gehört, und hätte sie aufgeblickt, dann wäre Derek Bates vielleicht zufrieden gewesen. So jedoch bog er voller Wut mit seinem Motorrad von der Straße auf die Wiese ab, gab Gas und fuhr auf Julia zu.

Sie schrie auf. Einen Meter vor ihr drehte er ab und kurvte dann in engen Kreisen um sie herum. Hinter dem roten Schutzhelm verzog sich der Mund in bösem Triumph. Bei Gott, jetzt hatte sie ihn gesehen. Und so leicht würde sie ihn nicht vergessen.

Julia wußte nicht, wie ihr geschah. Angstvoll drehte sie sich im Kreis. Zu Tode erschrocken fiel sie schluchzend ins Gras.

Gut! dachte Derek. Er beschrieb noch einen weiteren Kreis um die Kleine, versetzte ihr im Fahren einen kräftigen Fußtritt und schoß dann mit triumphierendem Motorgebrüll auf die Öffnung im Gatter zu.

Aber die Öffnung im Gatter war jetzt geschlossen. Ein leichter Schreck fuhr Derek in die Glieder. Und dann sah er, daß an dem Gatter ein vierschrötiger, kräftig aussehender alter Mann lehnte. Grimmig beobachtete er Derek. In der Hand hielt er eine doppelläufige Schrotflinte.

Auf eine solche Begegnung war Derek nicht vorbereitet. Er suchte sich seine Gegner lieber selber aus – und diesen Mann hätte er sich bestimmt nicht ausgesucht. Er verlangsamte sein Tempo, hielt an und blieb bei laufendem Motor sitzen.

John Pentecost betrachtete ihn mit sichtbarem Widerwillen: der kleine weiße Schnurrbart verriet sehr deutlich seine Gefühle. Das Bärtchen war imstande, sich ungeduldig zu drehen, sich gereizt zu kräuseln und sich – was selten vorkam – in die Länge zu ziehen, wenn der alte Mann sich zu einem Lächeln herabließ. Im Augenblick sträubte es sich vor Zorn.

«Stell den Krach ab!» brüllte John Pentecost plötzlich.

Derek gehorchte.

«Und nimm diesen lächerlichen Hintern vom Kopf!»

Tiefbeleidigt nahm Derek seinen Schutzhelm ab. Der alte Mann betrachtete den schmalen Mund, die furchtsamen Augen, das blasse Gesicht und wandte den Blick ab. Was für ein mieser Bengel, dachte er angewidert. «Setz das Ding bloß wieder auf», sagte er müde.

Derek setzte den Helm wieder auf und fühlte sich etwas sicherer.

Aus dem Augenwinkel sah John Pentecost, wie Miss Mackintosh das bewußtlose Kind ins Verwalterhaus trug. Ihm wurde fast schlecht vor Wut. «So, mein Junge», sagte er grimmig, «und jetzt wirst du etwas tun.»

«Und was?» fragte Derek kriegerisch.

«Du wirst das dreckige Blechding da in den Fluß werfen.»

Zehn Sekunden lang war kein Laut zu hören. Dann fragte Derek: «Sie meinen das Motorrad?»

«Ich meine das Motorrad.»

«Fällt mir nicht ein.»

«Oh, das wird dir schon einfallen.» Jetzt wurde der Sicherheitsriegel vor das Gattertor geschoben.

John Pentecost sah Derek an, und Derek sah John Pentecost an und sagte: «Das wagen Sie doch nicht?» Es war eher eine Frage als eine Feststellung; so weit hatte er den Alten schon kennengelernt.

«Oh, ich habe schon ganz andere Sachen gewagt», gab der alte Mann leichthin zur Antwort. «Ich kann dir gelegentlich meine Orden zeigen.» Der leichte Ton schlug in einen herrischen Befehlston um. «Los jetzt. Du schiebst. Ich will das Drecksding nicht auf meinem Grund und Boden haben.»

«Ja, aber ...» Derek war den Tränen nahe.

«Du schiebst! Los, vorwärts. Ich gehe hinterher. Und denk bloß nicht, daß ich dir nicht den Hintern versohlen kann. Es juckt mir schon in den Händen.»

Derek Bates war verzweifelt. Er sollte seinen Stolz, seine Männlichkeit opfern – das einzige auf der Welt, das ihm Bedeutung verlieh. Er blickte auf den in der Sonne blitzenden Flintenlauf. Er blickte in das Gesicht des alten Mannes. Vergeblich suchte er nach einem Zeichen des Erbarmens. Er fing an zu schieben und hielt gleich darauf wieder inne. «Bitte, Kumpel», flehte er. «Ich wollte dem Kind nichts tun.»

John Pentecost stupste ihn mit dem Flintenlauf. «Ich bin nicht dein Kumpel, Gott sei Dank! Los, weiter! Ich habe nicht soviel Zeit.»

Derek schob weiter. An der Uferböschung blieb er wieder stehen. «Ich kann's nicht, Mister. Ich bring's nicht über mich.» Er wimmerte fast und schrie dann: «Schmeißen Sie's doch selber rein, Sie Mistvieh! Ich tu's nicht. Ich kann's nicht.»

«Los. Stoßen!» sagte Opa.

«Nein!»

«Los!»

Es war für Derek das erste Mal im Leben, daß er auf ernsthaften Widerstand stieß, und es verwirrte ihn. Aber er wußte instinktiv, daß hier seine üblichen Waffen – Jammern, Heulen, Angeben – gar nichts nützten. Wenn bloß seine Freunde in der Nähe gewesen wären! Doch alles blieb still, niemand kam ihm zu Hilfe. Mit einem Aufschrei der Wut und Verzweiflung gab er der herrlichen, glänzenden und blitzenden Maschine einen Stoß, und sie versank mit einem lauten Platsch im Wasser. Ungläubig starrte Derek hinunter. Es war einfach nicht möglich – so grausam konnte das Leben nicht sein.

«Was macht denn das Motorrad da unten im Wasser, Opa?» fragte eine helle Stimme. Gaylord hatte beobachtet, wie Opa mit jemandem sprach, der nur ein Marsmensch sein konnte, und war schleunigst herbeigeeilt. Schade, es war bloß ein Motorradfahrer. Immerhin, man sah nicht jeden Tag ein halb untergetauchtes Motorrad im Wasser liegen.

Opa beachtete ihn nicht. Er wandte sich wieder Derek zu und sagte großmütig: «Wenn du das Ding von der Werkstatt bergen lassen willst, kannst du den Leuten sagen, sie haben meine Erlaubnis, die Wiese zu betreten.»

«Du kommst doch nicht vom Mars, oder doch?» fragte Gaylord, der die Hoffnung noch nicht ganz aufgegeben hatte.

«Vom Mars?» sagte Opa. Wieder wandte er sich Derek zu. «Vermutlich bist du einer von den verrückten jungen Leuten, von denen heute soviel Wind gemacht wird. Aber für mich bist du nichts weiter als ein ganz übler Bursche, der kleine Mädchen mit Füßen tritt. Mach, daß du hier wegkommst, los!»

Derek war abgrundtief gedemütigt worden. Aber jetzt hatte er einen Gegner vor sich, mit dem er sich messen konnte. Er starrte Gaylord wütend an. «Dich schnappe ich mir noch!» schrie er schluchzend. «Wir schneiden dich in Stücke!» Er faßte Mut und starrte nun auch John Pentecost ins Gesicht. «Und Sie auch, Sie ... So kommen Sie nicht davon!» Er heulte und bebte vor Wut, Selbstmitleid und blanker Verzweiflung. Trotzdem fehlte es ihm nicht an Frechheit. «Und wie soll ich jetzt nach Hause kommen, ihr dreckigen ...»

«Du wirst hübsch zu Fuß gehen, du Dreckskerl», gab John Pentecost mit sanfter Stimme zur Antwort.

Das Schicksal liebt es bekanntlich, Salz in offene Wunden zu streuen. Als Derek auf der Landstraße nach Hause trottete, kam ihm plötzlich ein ganzer Trupp von seinen Kumpanen entgegen. «He, Derek – wo hast du denn deine Maschine gelassen?»

Er erzählte ihnen eine Geschichte. Die eigene Erniedrigung wurde bagatellisiert, der kühne Angriff auf das kleine Mädchen hochgespielt, und der alte Mistkerl erhielt einen Tritt in die Magengrube, nach dem er sich stöhnend am Boden wand. Die Freunde sahen ihn voller Bewunderung an. Derek fand sein Selbstbewußtsein wieder. Und die Freunde erwiesen sich als verantwortungsbewußte Bürger, die Gesetz und Ordnung hochhielten. Wenn ein Tattergreis meinte, selber Recht sprechen zu können, dann mußte man ihm eine Lektion erteilen. So lautete das einstimmige Urteil.

Besorgt und beunruhigt kehrte John Pentecost ins Haus zurück. Er beachtete Gaylords eifrige Fragen nicht. Er schloß sich in seinem Arbeitszimmer ein, griff zum Telefon und wählte.

«Sind Sie's, Mackintosh? Wie geht's der Kleinen?»

«Böser Schock. Aber verletzt ist sie nicht, glaube ich.»

«Der Kerl hat ihr einen Tritt versetzt.»

«Ja. Ich weiß. Elspeth hat für alle Fälle den Doktor gerufen.»

«Schön. Dann kommen Sie bitte herüber.»

«Ich komme.»

John Pentecost legte den Hörer auf und ging an die Tür. «May! Jocelyn!»

Sie kamen erstaunt herbeigelaufen. «Setzt euch, beide», sagte er. Schweigen. Selbst May wagte es nicht, ihm Fragen zu stellen, wenn er in solcher Laune war. Er saß stumm hinter seinem Schreibtisch und fuhr mit seinem breiten Daumen an der Kante entlang, immer hin und her. Das Schweigen wurde unerträglich. Er sagte: «Wir warten auf Mackintosh.»

«Was ist denn bloß los, Schwiegervater?» fragte May. «Es ist doch nichts mit Gaylord?»

«Nein. Es ist nichts mit Gaylord.»

May und Jocelyn blickten einander an: sie ungeduldig, er besorgt. Der alte Mann schüttelte langsam den Kopf. Man könnte fast meinen, dachte May, daß er ein schlechtes Gewissen hat. Dann dachte sie an Amanda, die gewickelt werden mußte, an das Mittagessen und die Bügelwäsche und rutschte auf der Stuhlkante hin und her.

Die Tür wurde geöffnet, Mackintosh kam herein, ignorierte May und Jocelyn und zog einen Stuhl an den Schreibtisch heran – alles in einer einzigen Bewegung. «Also», sagte er.

John Pentecost blickte auf und sagte: «May, Jocelyn, Mr. Mackintosh ist bereits im Bilde. Ihr nicht.»

Sie warteten, ohne ein Wort zu sagen, beide mit einem flauen Gefühl im Magen. John Pentecost fuhr fort: «Julia hat auf der Wiese gespielt. Da kam ein Halbstarker auf seinem Motorrad angeknattert und machte ihr absichtlich Angst, so daß sie fast ohnmächtig wurde. Dann hat er ihr einen Fußtritt versetzt.»

Beide waren tief erschrocken. May dachte sofort: Das kommt davon. Ich wollte meine Ruhe haben. Wenn ich mich um die Kleine gekümmert hätte, wäre es dann auch passiert? Jocelyn war entsetzt, aber er sah in diesem Beispiel zerstörerischen Verhaltens zugleich auch eine Bestätigung seiner Theorie.

«Wie geht es ihr?» fragten beide gleichzeitig.

Der alte Mann sah den Verwalter an, und Mr. Mackintosh erwiderte: «Elspeth meint, sie hat sich schon etwas von dem Schrecken erholt. Wir müssen den Arzt abwarten.»

«Und du hast es mit angesehen, Vater?» fragte Jocelyn.

«Ja.»

«Wie ist es denn passiert? Ist der Kerl entkommen?»

«Deshalb habe ich euch gerufen», sagte John Pentecost. «Ich habe dem Jungen eine angemessene Strafe verpaßt. Ich bereue es nicht. Aber ich bin nicht der Gesetzgeber. Und was ich getan habe, kann mir Schwierigkeiten eintragen und uns alle in Gefahr bringen.»

Ich habe es doch gleich gemerkt – er hat ein schlechtes Gewissen, dachte May. «Was hast du denn getan, Schwiegervater?» fragte sie.

«Ich habe ihn gezwungen, sein Motorrad in den Fluß zu schmeißen.»

May frohlockte vor Begeisterung. Das war ein paar Schwierigkeiten wert.

Aber Jocelyn sagte ernst: «Wie hast du ihn dazu gebracht, Vater?»

«Ich hab ihm meine Flinte in die Rippen gedrückt. Sie war nicht geladen.»

Über die granitharten Züge des Schotten glitt flüchtig ein leichtes Lächeln. Es war schon wieder verschwunden, als er jetzt sagte: «Juristisch kann man Sie dafür belangen, Mr. Pentecost.»

«Ja, wenn sie schlau genug sind. Und glauben Sie, die britische Justiz würde diesen jungen Unhold laufen lassen und mir eine Geldstrafe aufhalsen?»

«Davon bin ich überzeugt!»

«Ich auch, Mackintosh, ich auch», sagte der alte Mann lächelnd. Dann wurde er wieder ernst. «Nein – mit der Gefahr hatte ich etwas anderes gemeint. Als der Kerl abschob, hat er mir Rache geschworen. Aber nicht nur mir, sondern auch Gaylord. Tut mir leid, May.»

May schob ihre Hand in die ihres Mannes und sagte nichts.

«Burschen wie er bringen im allgemeinen nur Mut auf, wenn sie in Rudeln auftreten. Aber in jedem Fall sollten wir alle in der nächsten Zeit sehr vorsichtig sein und besonders gut aufpassen, vor allem auf Julia, Gaylord und auch auf Amanda. Auf mich passe ich schon selber auf.»

May hatte plötzlich einen so trockenen Mund, daß ihr das Sprechen schwerfiel. Sie fuhr sich mit der Zunge über die Lippen. «Ich finde, wir sollten die Polizei informieren.»

«Was können wir der Polizei schon sagen? Daß ein Halbwüchsiger irgendwelche vagen Drohungen ausgestoßen hat? Nein. Ich denke, wir sollten abwarten – und aufpassen. Wer zu uns will, kann nur auf der Straße am Fluß entlangkommen. Da ist jeder deutlich sichtbar.»

May stieß einen Seufzer aus. «Du machst dir und uns anderen das Leben ganz schön schwer, Schwiegervater.»

«Und was hätte ich deiner Ansicht nach tun sollen, mein Kind?» fragte er ernst.

Sie stand auf. Ehe sie zur Tür ging, legte sie die Hand auf seine Schulter. «Genau das, was du getan hast, du schlimmer alter Mann.»

«Die Frage ist jetzt, ob wir ihn anzeigen. Seine Nummer habe ich. Und gegen ihn vorbringen können wir den Überfall auf Julia und seine Drohungen gegen Gaylord und mich.»

«Das reicht nicht aus», sagte Mr. Mackintosh.

«Wenn du ihn anzeigst», sagte May von der Tür her, «dann haben die am Ende noch Mitleid mit ihm, weil er sein Motorrad losgeworden ist.»

«Eigentlich hätte ich's ganz gern versucht», sagte der alte Mann nachdenklich.

May wandte sich an den Verwalter. «Es tut mir so leid um Julia, Mr. Mackintosh. Kein guter Anfang für die Kleine, nicht wahr?»

«Sie muß lernen, das Leben so zu nehmen, wie es kommt, Mrs. Pentecost.»

Sie betrachtete ihn. Krauses Grauhaar, graue Haut, straff gespannt über kräftigen Knochen. Der Mund und die grauen Augen deuteten auf Härte hin. Granit aus Aberdeen! So wie er da von seiner Tochter sprach, hätte er auch von einem Pony reden können.

Jocelyn Pentecost, der schweigend dabeigesessen hatte, sagte plötzlich: «Was hat es nur mit dem Schönen auf sich?»

Sein Vater sah ihn ungeduldig an, seine Frau eher belustigt und der Verwalter, der ihn noch nicht kannte, mit Erstaunen. John Pentecost bemerkte trocken: «Ich hatte auf praktische Vorschläge gehofft, nicht auf eine Diskussion über Ästhetik.»

«Aye», sagte Mackintosh.

Jocelyn dachte: Ich mag diesen Schotten nicht.

«Bis jetzt», sagte May tapfer, «hat noch *niemand* einen praktischen Vorschlag gemacht. Laßt uns mal hören, was Jocelyn zu sagen hat.»

Jocelyn sagte: «Ich wollte sagen ... Ich meine, viele Menschen geben ihr ganzes Leben hin, um etwas Schönes zu schaffen. Und andere müssen das Schöne zerstören, wo sie es finden. Ich – ich möchte gern wissen, warum das so ist.»

Schweigen. «*Sehr* nützlicher Vorschlag», sagte Opa.

Mr. Mackintosh stand auf. «Solche Rowdies zerstören aber auch öffentliche Toiletten und Telefonzellen, Mr. Pentecost. Wie paßt das zu Ihrer Theorie?»

May sagte betont steif: «Ich hoffe, Ihre Kleine erholt sich rasch, Mr. Mackintosh.»

«Ja, das hoffe ich auch», sagte Jocelyn herzlich. Der Mann hatte recht! Auch Toiletten und Telefonzellen. Nicht nur das Schöne, nicht nur das Strahlende forderte die Zerstörer heraus.

«Aye, danke», sagte der Schotte und wandte sich dem alten Mann zu. «Ich bin froh, daß Sie in der Nähe waren und nicht ich, Mr. Pentecost.»

«So? Warum?»

«*Mein* Gewehr wär geladen gewesen», sagte Mr. Mackintosh. May blickte zu ihm hinüber. War ihm endlich irgendein Gefühl anzusehen? Nein, das Gesicht zeigte keine Regung, die grauen Züge blieben unbewegt. Aber, dachte sie im Hinausgehen, vielleicht war er doch nicht ganz aus Stein.

4

«Hier bringe ich Ihnen eine neue kleine Schülerin, Miss Thompson», sagte die Leiterin der Grundschule.

Wendy Thompson sah ein schmales, blasses Kind vor sich, das sich ängstlich an die Hand eines grauhaarigen, freudlos dreinblikkenden Mannes klammerte.

«Fein», sagte Wendy Thompson. «Wie heißt du denn?»

Das Kind schwieg. Der Mann sagte: «Julia Mackintosh. Wir sind gerade erst hergezogen, aus Kincardineshire.»

«Aus – *woher*?»

«Kincardineshire, Schottland.» Er schien es unverständlich zu finden, daß eine Lehrerin nicht wußte, wo Kincardineshire lag.

«Aha. Und wo wohnen Sie jetzt, Mr. Mackintosh?»

«World's End Cottage. In Shepherd's Warning. Ich arbeite dort als Gutsverwalter.»

Merkwürdig – Shepherd's Warning wohnte auch Jocelyn Pentecost, der Schriftsteller. Wendy hätte sich gern nach ihm erkundigt, aber Mr. Mackintosh sah nicht sehr gesprächig aus. Sie sagte zu Julia: «Und deine Mammi? Arbeitet sie auch?»

Das Kind senkte den Kopf. Und der Mann erwiderte mit rauher Stimme: «Ihre Mutter ist im Himmel.» Dann fügte er etwas weicher hinzu: «Nicht wahr, mein Kleines?» Das Kind fing an zu weinen.

«Oh, Entschuldigung», sagte Wendy Thompson, «das tut mir leid. Wie dumm von mir.»

«Sie konnten es ja nicht wissen.»

Wendy Thompson nahm die kleine Hand des Mädchens und

fragte: «Julia, sag mir mal, was tust du am allerliebsten auf der Welt?»

Die Kleine schwieg noch immer. «Sag's mir doch, Liebes», bat Wendy. «Dann wollen wir mal versuchen, ob wir es hier in der Schule auch tun können.»

Unter Tränen brachte Julia ein Wort hervor.

«Hast du ‹tanzen› gesagt?» fragte Wendy.

Das Kind nickte und blickte zu Boden.

«Ihre Mutter war Ballettänzerin», sagte der Mann. «Sie hat sie zum Ballettunterricht geschickt. Aber dies ist keine Welt für Ballett-tänzerinnen.»

Wendy Thompson hatte sich wieder aufgerichtet. «Sondern? Was meinen Sie, Mr. Mackintosh?»

«Och – für Polizeibeamtinnen, Friseusen, Stenotypistinnen. Oder für Politikerinnen.»

Miss Thompsons Gesicht verdunkelte sich. «Ich hoffe nur, Sie irren sich, Mr. Mackintosh», sagte sie ruhig. Ihre Hand lag auf dem Kopf des kleinen Mädchens und strich über das lange glatte Haar. Sie sah den Schotten an. Wie mochte dieser Mann an eine Ballettänzerin geraten sein? «Und Sie sind dagegen, daß Julia weiter Ballettunterricht nimmt? Auch wenn sie begabt ist?»

Er nickte. «Ja. Ich bin ein praktischer Mensch, Miss Thompson. Und meine Tochter soll ihr Brot mit etwas Solidem verdienen. Bringen Sie ihr nur Lesen und Schreiben und Rechnen bei, Miss Thompson. Dazu sind Sie da. Leben Sie wohl. Auf Wiedersehen, Julia.» Mit unerwarteter Zärtlichkeit bückte er sich und küßte das Kind auf die Wangen. Dann ging er hinaus. Klotz, dachte Miss Thompson. Und ihre Gedanken wanderten zurück zu einem anderen Mädchen, das einst auch gern Ballettänzerin geworden wäre: sie sah sich wieder als Siebzehnjährige, die nicht zur Ballettschule gehen durfte, weil ihre selbstsüchtige und rechthaberische Mutter es nicht wollte.

Sie führte Julia in ein leeres Klassenzimmer und setzte sich. «Bist du gern zum Ballettunterricht gegangen.

«O ja, Miss, *sehr* gern. Es war wunderbar.» Die Augen strahlten.

Armes Kind, dachte Wendy Thompson. Erst die Mutter verlieren und dann den Tanzunterricht aufgeben müssen! Das mußte für die Kleine wie der Untergang der Welt gewesen sein. «Komm, Julia», sagte sie mit fester Stimme. «Komm, tanz mir etwas vor.»

Die Kleine rührte sich nicht. Doch selbst in ihrer Reglosigkeit lag natürliche Anmut.

«Möchtest du nicht tanzen?»

Julia zuckte ablehnend mit den Schultern, und Wendy Thompson zog sie an sich. Die Kleine stand vor ihr und wand sich verlegen.

Wendy sagte mit leiser Stimme: «Als ich jung war, wollte ich auch so gern Tänzerin werden.»

Endlich blickte das Kind sie an. Wendy sah die schön geschwungenen Augenbrauen, den schmalen zarten Mund, die stolze Kopfhaltung.

«Warum sind Sie es nicht geworden?» fragte das Kind.

«Weil meine Mutter es nicht wollte. Ich sollte Lehrerin werden.»

Julia dachte einen Augenblick nach, und plötzlich huschte ein liebliches Lächeln über das kleine Gesicht.

Aber tanzen wollte sie nicht.

5

Gaylord sah zu, wie Amanda gestillt wurde – eine Prozedur, die ihn immer wieder aufs neue faszinierte.

Nachdenklich sagte er: «Wenn wir Zwillinge hätten, könntest du an jeder Seite einem zu trinken geben, nicht?»

«Ja, das könnte ich, mein Herz.»

«Hast du deshalb eines auf jeder Seite?»

«Ja, das nehme ich an.»

Gaylord war tief beeindruckt. «Der liebe Gott ist doch wirklich klug, Mummi.»

«Warum meinst du?»

«Na ja –» Ihm fiel ein Satz ein, den Opa über den neuen Verwalter gesagt hatte. «Er hat sich alles so gut überlegt.» Für Drillinge allerdings, das fiel ihm jetzt ein, hatte er anscheinend nicht vorgesorgt. Doch bevor er sich danach erkundigen konnte, flog die Tür auf und Opa kam hereingestürmt, einen Brief in der Hand. «May, ich wollte –. Oh, entschuldige, ich wußte nicht, daß Amanda gerade beim Auftanken ist.»

«Schon gut, Schwiegervater», sagte May lachend. «Was ist denn passiert?»

«Es geht um meine Schwester. Um Dorothea. Sie hat den Verstand verloren!»

Das war eine aufregende Nachricht für Gaylord. Für ihn waren seine beiden Großtanten Bea und Dorothea nicht gerade gelungene Exemplare der Schöpfung. Sicher hatten auch sie ihre guten Seiten, aber vor allem hatten sie eine ganz gräßliche und furchtbar störende Eigenschaft: Sie wollten ihn immerfort küssen. Sie kamen nicht oft zu Besuch, aber wenn sie kamen, hatte er nicht einen Augenblick Ruhe. Sie waren hinter ihm her wie zwei Bären hinter dem Honig.

Jetzt war er völlig verwirrt. Großtante Dorothea hatte den Verstand verloren? Wo? Und wie? Zu fragen hatte keinen Zweck. Die Erwachsenen sagten ihm ja doch nie etwas. Da wartete er lieber ab. Zum Glück kam ihm Mummi zu Hilfe. «Was hat sie denn getan, Schwiegervater?»

«Es geht nicht um das, was sie getan *hat*, verdammt! Es geht um das, was sie tun *will.*» Er schüttelte traurig den Kopf. «Das *arme* Ding. Sie muß glatt den Kopf verloren haben!»

«Aber was ist denn, Schwiegervater?»

Mit tragischem Gesicht und düsterer Stimme verkündete er: «Sie will einen *Frosch* heiraten.»

«Ach, du liebe Güte!» sagte May und tat ihr möglichstes, um ernst zu bleiben.

«Ist das alles, was du zu sagen hast?» Der alte Mann hatte offenbar blankes Entsetzen erwartet.

Sie durfte ihn nicht auslachen, das ging wirklich nicht. Also sagte May reuevoll: «Entschuldige, Schwiegervater, ich hab's nicht so gemeint. Erzähl mir doch ein bißchen ausführlicher.»

Er war besänftigt, und mit ruhiger Stimme sagte er: «Nicht nur, daß er ein Frosch ist. Sie hat ihn auf einer Kreuzfahrt im Mittelmeer kennengelernt.» Er machte eine Pause, um die Mitteilung wirken zu lassen. «Bestimmt so ein Kerl, der von so was lebt.»

«Der von was lebt?»

«Von reichen älteren Damen. So einer, der sich auf Schiffen an sie heranmacht, um ihr Geld in die Hände zu kriegen.»

«Ich kann mir nicht vorstellen, daß du dafür viele Beweise hast?»

«*Beweise?* Der Name ist Beweis genug.» Er warf einen Blick auf den Brief. «Edouard Saint-Michel Bouverie. Kannst du dir einen Mann auf einer Kreuzfahrt vorstellen, der so heißt und *kein* Gauner ist?»

«Möglich wär's», sagte May.

Opa war sichtlich enttäuscht. Grollend sagte er: «Dorothea und Bea wollen Anfang Dezember für ein paar Tage mit ihm herkommen. Das ist dir doch recht?»

«Natürlich», sagte May, die sich eigentlich auf eine ruhige Adventszeit vor dem alljährlichen Weihnachtstrubel gefreut hatte. Im übrigen jedoch stellte *sie* sich Edouard Saint-Michel Bouverie nicht als Gauner, sondern eher als Aristokraten der alten Schule vor, der seinen Teller umdrehte und sich weigerte, sich servieren zu lassen, wenn ihm irgend etwas – von der Sitzordnung bis zur Temperatur der Weine – mißfiel.

«Bravo so», sagte Opa. Das gefiel ihm immer wieder an May: Sie machte niemals Schwierigkeiten, sagte niemals «Hab zuviel zu tun» oder «Nein, das kann ich nicht». Großzügig fügte er hinzu: «Und mach bloß keine Umstände mit dem Essen, May. Wenn dem Kerl das schlichte nahrhafte Essen, das du uns kochst, nicht paßt, braucht er gar nichts zu essen.»

«Ist recht, Schwiegervater.» May verwendete im allgemeinen viel Zeit und Mühe aufs Kochen, damit es allen schmeckte, und zog oft ihr Cordon-Bleu-Kochbuch zu Rate. «Dann essen wir eben jeden Tag Roastbeef und Yorkshire-Pudding und Sagospeise.»

Opa sah sie argwöhnisch von der Seite her an. Die gute May war heute anscheinend in einer komischen Stimmung.

May legte Amanda wieder in den Kinderwagen. Da lag die Kleine: müde, sauber, wohlgenährt und ohne Sorgen. Alles, was sie beschäftigte, war die nächste Mahlzeit. Beneidenswert. «Willst du sie nach draußen fahren, Gaylord?» fragte sie.

Das wollte Gaylord gern. Er hatte Amanda lieb – wenn auch natürlich nicht ganz so wie Schultz, den Hund. Das war klar. Mit Schultz konnte man alles mögliche anfangen. Trotzdem liebte er die Kleine so sehr, daß er manchmal selber erstaunt war.

Heute jedoch fand er keine Zeit, den Kopf unter das Wagenverdeck zu stecken und seiner Schwester komische Gesichter zu schneiden. Zu vieles ging ihm durch den Kopf. Großtante Dorothea wollte einen *Frosch* heiraten! Und beide Großtanten wollten im Dezember kommen – und den Frosch mitbringen!

Er war nicht nur gespannt. Er war völlig verblüfft. Klar, es kam oft vor, daß Prinzessinnen Frösche heirateten, weil die Frösche sich dann meistens in einen Prinzen verwandelten. Aber Großtante Dorothea war keine Prinzessin, und auch sonst war hier manches nicht so wie in den Märchen. Gaylord fand überhaupt neuerdings, daß die Märchen und das Leben, so wie er es kannte, höchst verschiedene Dinge waren, und er nahm an, daß es Froschprinzen nur in Märchen gab. Und trotzdem hatten Mummi und Opa sich ganz ernst darüber unterhalten, daß Großtante Dorothea einen Frosch heiraten wollte. Sogar über das Essen für den Frosch hatten sie gesprochen. Und wenn überhaupt jemand über so etwas Bescheid wußte, dann waren es Mummi und Opa – bei Paps war er sich zumindest nicht ganz sicher.

Er stellte den Kinderwagen bei den Mülleimern ab. Er sah Miss Mackintosh und Julia. Er freute sich immer, wenn Julia zum Spielen herüberkam, aber er fragte sie nie von sich aus – schließlich war sie ein Mädchen.

Er schloß sich den beiden an und sagte ganz beiläufig und ganz langsam, so daß jedes Wort für sich in die stille Novemberluft tropfte: «Meine Großtante Dorothea heiratet einen *Frosch.*»

Schweigen. Dann sagte Miss Elspeth Mackintosh in strengem Ton: «Geh mir mit deinen Albernheiten! Willst du dich über mich lustig machen? Frecher Bengel!»

«Was hab ich denn getan?» fragte Gaylord.

«Du bist ein frecher Bengel!» wiederholte Miss Mackintosh.

«Bin ich nicht!» gab Gaylord entrüstet zurück. «Ich hab doch bloß gesagt, daß meine Großtante einen Frosch heiratet!»

«Du, Gaylord», fragte jetzt Julia mit großen Augen, «ist das wirklich wahr? Heiratet sie wirklich einen Frosch? Das ist dann bestimmt ein Prinz.»

«Ja», sagte Gaylord, «das hab ich auch schon gedacht.»

Er beschloß, Paps zu dem Thema zu vernehmen. Jocelyn machte gerade einen Spaziergang, um frische Luft zu schnappen und etwas Ordnung in seine Gedanken zu bringen. Seine Freude beim Anblick seines Sohnes hielt sich daher in Grenzen.

«Paps, du – Großtante Dorothea will einen *Frosch* heiraten.»

«Ja, ich hab davon gehört», gab Jocelyn halb abwesend zur Antwort.

Schweigend trabte Gaylord neben ihm her. Dann: «Du – Paps?»

«Ja?»

«Ich dachte, so etwas kommt bloß im Märchen vor?»

«So, dachtest du?» Jocelyns Gedanken waren bei seinem neuen Buch. Wenn der Held das Mädchen nun schon vor dem Tennismatch kennenlernte, und der andere Mann –

«Paps?»

«Ja?»

«Sag mal, *warum* heiratet Großtante Dorothea eigentlich einen Frosch?»

«Ich nehme an, sie haben sich ineinander verliebt, verstehst du?» Er verdrängte die Gedanken an seine Arbeit und wandte seine Aufmerksamkeit Gaylord zu. «Und noch etwas, mein Kleiner. Ich glaube, es ist besser und klingt freundlicher, wenn du statt Frosch *Franzose* sagst. Frosch – das klingt chauvinistisch.»

In Gaylords Kopf wirbelten Fragen über Fragen herum.

«Opa sagt aber *Frosch.*»

«Dein Opa ist auch schon alt und hat deshalb besondere Privilegien. Er darf Frosch sagen. Aber du und ich, wir dürfen das nicht.»

«Was sind denn Privilegien? Und was ist *chauvi-*?»

Jocelyn versuchte, es ihm zu erklären, und Gaylord versuchte, das Puzzlespiel zusammenzusetzen. Aber es ging nicht – ein Teilchen fehlte ihm immer noch. Dann fiel es ihm ein. «Paps?»

«Ja?»

«Ich weiß immer noch nicht, was das mit einem Franzosen zu tun hat.»

«Das ist der Mann, den deine Großtante heiraten will.»

Gaylord dachte nach. «Dann heiratet sie also gar keinen Frosch?»

Jocelyn lachte. «Nein. Das geht nur im Märchen, mein Kleiner.»

Das war ein Schlag! Wenn die Erwachsenen doch bloß sagen wollten, was sie meinten, dachte Gaylord. Und er hatte sich schon so auf den Frosch gefreut!

6

Kein Zweifel, jetzt hatte der Winter die Oberhand gewonnen. Die Tage waren kurz, und aus den weichen, wattigen Herbstwolken war ein schwerer grauer Novemberhimmel geworden. Die schönsten Spazierwege verwandelten sich in Schlammpfade. Dereks Motorradfreunde hatten ihre lärmenden Manöver auf die Straße am

Fluß verlegt, so daß May die Kinder ins Haus holte und unruhig aus dem Fenster sah, während John Pentecost sich kühn und nonchalant, die Schrotflinte unter dem Arm, auf der Straße zeigte, worauf die Horde grölend und lachend, aber auch mit deutlichem Verdruß, den Rückzug antrat.

Wendy Thompson hatte Julia eines Tages doch noch überredet, ihr vorzutanzen, und war betroffen von der Anmut und von dem Talent des Mädchens. Nein, diese Begabung durfte nicht verkümmern. Aber wie konnte sie Julia helfen? Hier gab es wirklich nur eines: Julia mußte wieder Ballettunterricht nehmen. Wendy beschloß, noch einmal mit dem Vater zu sprechen, auch wenn sie damit wieder eine Zurückweisung riskierte. Sobald sie ihn sah, wollte sie mit ihm reden. Aber wann würde sie ihn sehen? Sollte sie ihn bitten, einmal zur Schule zu kommen?

«Im Dezember ist es bei John immer furchtbar kalt, Edouard», sagte Dorothea. «Ich glaube, der gute John weiß nicht recht mit seiner Zentralheizung umzugehen. Jedenfalls kommt es mir immer so vor. Bitte vergiß nicht, deine Wärmflasche einzupacken, Liebling. Und an deiner Stelle würde ich, glaube ich, auch noch etwas Wärmendes zum Trinken mitnehmen – für alle Fälle.»

Eines Tages erschien ein gelber Abschleppwagen mit Hebevorrichtung und fuhr auf die Wiese. Zwei Männer stiegen aus und hievten mit dem Kran das Motorrad aus dem Flußbett. Derek war bei dieser Exhumierung nicht dabei. Wahrscheinlich wollte er sich den traurigen Anblick ersparen. Und sicherlich legte er auch keinen Wert darauf, dem alten Mann mit der Schrotflinte wiederzubegegnen – jedenfalls nicht ohne seine Freunde.

John Pentecost schlenderte zur Wiese hinüber und sah bei der Operation zu. «Verrückter Bengel», meinte einer der Männer. «Wie der da bloß reingeschlittert ist, das möchte ich mal wissen!»

«Ja, das wüßte ich auch gern», sagte John Pentecost.

«Hätte glatt ersaufen können dabei.»

«Ja, hätte er», gab John Pentecost zu. Als er zum Haus zurückging, dachte er: Also haben die Eltern offenbar keine Anzeige erstattet – also kein Verfahren. Er bedauerte es beinahe. Er hätte es lieber mit einem Feind zu tun gehabt, den er kannte und der sich an bestimmte Regeln hielt. Nun hatte er einen Feind gegen sich, der keinerlei Regeln kannte, der überall und jederzeit zuschlagen konnte.

May bereitete mit Jocelyns leicht widerstrebend gewährter Hilfe das Gastzimmer vor. Sie kaufte neue Bettücher und Kissenbezüge. Sie vertiefte sich in ihr Cordon-Bleu-Kochbuch und entwarf eine Reihe erlesener Menus. Mochten alle anderen Tante Dorothea und Edouard Saint-Michel und die letzten Reste der Entente Cordiale in Acht und Bann tun – sie jedenfalls tat es nicht.

In der Werkstatt wurde Dereks Motorrad auseinandergenommen, gereinigt und geölt. Dann erhielt er es fahrtüchtig und verkehrssicher zurück. «Den Vergaser haben wir auch in Ordnung gebracht», sagte der Mechaniker. «Die Maschine ist so gut wie neu.»

Aber sie war nicht so gut wie neu. Sie brachte es zwar immer noch auf hundertsechzig Sachen und machte einen Lärm wie ein Zehntonner. Aber sie glänzte nicht mehr in der Sonne. Sie war kein blitzender Feuerstuhl mehr. Sie sah eben aus wie ein Motorrad, das eine Weile im Wasser gelegen hat. Schlimmer noch, während sie früher für Derek das Symbol seiner Stärke und Männlichkeit gewesen war, erinnerte sie ihn jetzt an seine Demütigung und an seine Schwäche. Alles in ihm schrie nach Rache.

7

May Pentecost war im Prinzip von heiterer Gemütsart. Eine robuste Gesundheit, ihre körperliche und seelische Stärke halfen ihr, den großen Haushalt zu führen und sich weder von einem reizbaren Schwiegervater noch von einem empfindsamen Ehemann noch von einem höchst eigenwilligen Sohn oder einer kleinen tyrannischen Tochter aus dem Gleichgewicht bringen zu lassen. Doch selbst ihr lief in seltenen Augenblicken die Galle über, und so ein Augenblick war jetzt gekommen. Sie ging ins Arbeitszimmer ihres Mannes und erklärte: «Es ist soweit.»

Auch Jocelyn Pentecost besaß ein gleichmäßiges Temperament. Wirklich böse konnte er nur werden, wenn ein Brief vom Finanzamt kam. Das war eine Behörde, die er zutiefst verabscheute. Die

Leute dort bedienten sich zwar der Sprache Shakespeares, verdrehten sie jedoch zu so aberwitzigen Schnörkeln und Windungen, daß der Sinn ihrer Äußerungen Jocelyn meist unverständlich blieb. Da ein solcher Brief an diesem Morgen gekommen war, befand sich Jocelyn in Igel-Stimmung. Er hatte sämtliche Stacheln aufgerichtet. «Was ist wie weit?» fragte er mürrisch.

«Am Freitagabend kommen deine beiden Tanten mit dem Franzosen», sagte May.

Sie beobachtete ihn aufmerksam. Bei solchen Gelegenheiten kam es entscheidend darauf an, daß er richtig reagierte. Sonst gab es Ärger. Er verbarg also seine Bestürzung und fragte: «Sagtest du: beide Tanten?»

«Ich sagte: beide Tanten.» Sie saß auf der Kante seines Schreibtischs.

«Das ist wie Pest und Hungersnot zusammen!» sagte er.

Er wußte sofort, daß es die falsche Reaktion gewesen war. Er merkte es an dem Funkeln in den Augen seiner Frau und an der Schärfe in ihrer Stimme, als sie jetzt sagte: «Liebling, es sind *deine* Tanten. Und *du* wirst ja wohl kaum in der Küche stehen und Tante Beas Moussaka kochen oder für Tante Dorothea Fisch dämpfen. Das kann ich mir jedenfalls nicht vorstellen.»

Er versuchte verzweifelt Boden zu gewinnen. «Natürlich freue ich mich sehr, daß sie kommen, die Guten. Es ist bloß –»

«Bloß was?» Sie kannte kein Erbarmen.

Er gab auf. «Hast du es Gaylord schon gesagt?»

«Ja.»

«Und was sagt er?»

«Ich hatte den Eindruck, er würde gern auswandern.»

«Ja, wenn sie ihn bloß nicht dauernd küssen wollten. Das kann er nicht ausstehen.»

«Na ja, es wird ihm schon nicht schaden.»

«Nein, das nicht», sagte er eilig.

Sie nahm den Brief vom Finanzamt und überflog ihn. «Was heißt denn das: e) oder falls die Steuer auf Grund der Veranlagung erhoben wurde, auf die sich der gestundete Betrag oder ein Teil desselben bezieht ...?»

«Das möchte ich auch gern wissen», sagte er unglücklich.

Sie küßte ihn auf die Stirn. «Armer Jocelyn.» Dann ging sie hinaus. Er starrte auf den Brief, seufzte, nahm sein Manuskript zur

Hand, las den letzten Absatz und strich ihn durch. Wieder seufzte er. All das, dachte er, und dazu noch zwei Tanten. Und ein verrückter Franzose! Er verscheuchte alles aus seinen Gedanken. Schließlich war er Schriftsteller und hatte andere, wichtigere Aufgaben, als sich um Tanten oder um das Finanzamt zu kümmern. Er versuchte sich auf sein Manuskript zu konzentrieren. May steckte den Kopf zur Tür herein.

«Du, noch etwas: Dorothea schnarcht.»

«Ja, und?» fragte er müde.

«Deshalb will Bea nicht in einem Zimmer mit ihr schlafen. Eine der Tanten muß also in Gaylords Zimmer schlafen, und Gaylord müssen wir so lange zu deinem Vater stecken.»

«Da werden die beiden ja hocherfreut sein.»

Sie überhörte diese Bemerkung. «Würdest du dann bitte das Bett vom Boden runterholen und es zu deinem Vater ins Zimmer stellen?»

Er war mit seinen Gedanken immer noch bei seinem neuen Buch. «Was soll ich – welches Bett?»

«Jocelyn. Deine Tanten kommen übers Wochenende. Alles, was ich dich bitte, ist, daß du ein Bett vom Boden holst.»

«Ja. In Gaylords Zimmer?»

«Nein! Zu deinem Vater. In sein Zimmer.»

«Aber du hast doch gesagt –»

«Jocelyn! Hör mir jetzt bitte zu. Edouard soll im Gastzimmer schlafen, Dorothea im zweiten Gastzimmer, Bea in Gaylords Zimmer, Gaylord und dein Vater in deines Vaters Zimmer.»

«Ich verstehe. Das Extrabett muß also in – in Vaters Zimmer. Du hast vollkommen recht. Ich wollte es dir auch schon so vorschlagen, Liebes.»

Sie sah ihn voll zärtlicher Verzweiflung an. «Dann ist ja alles in Ordnung, mein Alter», sagte sie lächelnd und verschwand. Armer Jocelyn, dachte sie. Allzu viele Möglichkeiten für große Höhenflüge hatte er in diesem Hause wahrhaftig nicht.

Jocelyn saß da, von dunklen Ahnungen erfüllt. Für manche Männer ist das Herunterholen eines Betts vom Dachboden ein Kinderspiel. Anderen ist schon bei dem Gedanken daran zumute, als müßten sie einen Konzertflügel über eine Wendeltreppe hinuntertransportieren. Jocelyn Pentecost gehörte zu den Männern von der zweiten Sorte.

Gaylord ging mit Opa über den Hof. Auch ihrer beider Herzen waren angefüllt mit trüben Ahnungen. Nachdenklich trabten sie dahin, die Hände in den Taschen, die Köpfe gegen den bitterkalten Wind gestemmt.

«Mummi sagt, ich soll mein Zimmer aufräumen», verkündete Gaylord.

«Tatsächlich? Warum denn?»

«Sie sagt, Tante Bea wird keine Lust haben, bei jedem Schritt in einen Rangierbahnhof zu treten.»

Der alte Mann sah seinen Enkel mitleidvoll an. «Allmächtiger. Soll Bea bei dir schlafen?»

«Nein. *Ich* soll bei *dir* schlafen.»

Opa blieb stehen und starrte Gaylord an. Der weiße Schnurrbart sträubte sich. «Kommt gar nicht in Frage, verdammt noch mal», sagte er brüsk.

«Doch. Mummi hat's aber gesagt.» Und mit Mummis Beschlüssen, soviel stand fest, konnten es weder die Gesetze der Natur noch Großvaters Gebote aufnehmen.

«Das werden wir ja sehen», murmelte Opa. Ich muß ein Wort mit May reden, dachte er. Sie ist eine großartige Frau. Aber so lasse ich hier nicht über mich bestimmen. Noch ist dies mein Haus!

Gaylord war mit seinen Überlegungen schon einen Schritt weiter. «Weißt du, wir könnten nachts ein Fest machen. Mit Pfeffernüssen und so.»

Opa gab einen Laut von sich, der wie «Uuh!» klang.

«Und Popcorn. Und mit Lakritzestangen.» Gaylord erwärmte sich immer mehr für diesen Gedanken, aber Opa schien nicht sehr begeistert zu sein. So war es immer mit den Erwachsenen – es war ein Elend. Wie oft hatte er versucht, die Großen mit seinen Vorschlägen ein bißchen aufzumuntern. Und der Dank? Immer nur Gleichgültigkeit oder Abwehr.

Opa stapfte schweigend weiter. Er befand sich, das war ganz sicher, in einer verdammten Zwickmühle. Sein verwünschter Kleinmut! Hätte er bloß das Thema schon beim Frühstück angeschnitten! Wäre er doch nur als erster mit der Sprache herausgerückt! Aber er hatte nichts gesagt. Er hatte den richtigen Moment abwarten und erst dann May seine Neuigkeit unterbreiten wollen.

Beim Lunch packte er den Stier bei den Hörnern. «Ach ja, May tut mir leid, ich muß dir noch etwas sagen. Ich hatte heute früh einen Brief von Becky.»

May sah ihren Schwiegervater prüfend an und fragte argwöhnisch: «Du willst doch nicht etwa sagen, daß sie und Peter auch übers Wochenende herkommen wollen?»

Er senkte den Blick und fuhr sich leicht verzagt mit der Serviette über den Mund. «Ja, das hatten sie eigentlich vor, aber ...» Er verstummte.

May sagte: «Lies doch mal vor, was sie schreibt.»

Er zog den Brief aus der Jackentasche und las: «Lieber Vater, mein teurer Peter ist im Begriff, einem berückenden Rotkopf ins Netz zu gehen, wenn ich jetzt nicht gut aufpasse. Können wir übers Wochenende zu Euch kommen? Dann könntet Ihr beide, Du und Jocelyn, ihm mal gründlich den Kopf zurechtsetzen. Viele Grüße an alle. Deine Becky.»

«Na, das ist ja allerhand», meinte May.

«Wie macht man das, ins Netz gehen?» fragte Gaylord.

Jocelyn war empört. «Das reinste Haus der offenen Tür! Wie soll ich eigentlich noch arbeiten, wenn ich ständig Köpfe zurechtsetzen und Betten runterholen soll?»

May sagte beschwichtigend: «Natürlich müssen sie kommen, Schwiegervater, das ist klar. Allerdings», fügte sie spitz hinzu, «werde ich auf die Hilfe von Jocelyn wohl verzichten müssen.»

Jocelyn kannte die Zeichen. Er hatte wieder einmal falsch reagiert. May war eine prächtige Frau, aber sie fand offenbar, wenn irgend jemand hier und jetzt einen Anspruch auf Mitleid hatte, dann sei das einzig und allein sie. Aber auch seine Geduld hatte ein Ende. «Ich wette, Tolstoi hätte sich das nie gefallen lassen», grollte er. «Pausenlos Gäste! ‹Nicht an diesem Wochenende, Sophia Andrejewna!› hätte er gesagt. ‹Erst muß ich mit *Krieg und Frieden* fertig sein›.»

Opa konnte der Gelegenheit zu einer spöttischen Bemerkung nicht widerstehen. «Du schreibst ja wohl kaum ein Epos wie *‹Krieg und Frieden›*, möchte ich annehmen.»

«Darauf kommt es nicht an», gab Jocelyn kühl zurück.

«Also», sagte May, «wenn du nicht einmal eine Stunde Zeit hast, um die Ehe deiner Schwester zu retten, Jocelyn –»

Verdammt, dachte Jocelyn. Wieder einmal hatte er den kürzeren gezogen. Und Opa gratulierte sich im stillen, daß er May jetzt auf seiner Seite hatte. «Ich danke dir, May», sagte er herzlich. «Es ist wirklich lieb von dir, daß du das alles auf dich nimmst. Wir werden dir alle helfen – es sind genug Leute zum Abwaschen und Bettenmachen im Hause.»

«Ja.»

«Und Amanda kannst du einfach Dorothea auf den Schoß setzen, dann bist du sie für das ganze Wochenende los.»

Gaylord, der endlich auch wieder etwas sagen wollte, rief: «Tante Dorothea kann sie dann doch auch säugen!»

«Nein, *das* kann sie nun doch nicht, Liebling», sagte May.

«Warum denn nicht? Das kann sie bestimmt, wenn sie es versucht. Bessie kann glatt ein Dutzend kleine Ferkel säugen.»

Opa sagte gereizt: «Kann ihm vielleicht jemand den Unterschied klarmachen zwischen einer älteren Dame von sechzig und einer gebärfreudigen Sau?»

«O ja, bitte!» sagte Gaylord erwartungsvoll. «Was ist der Unterschied?»

May seufzte. «Tante Dorothea kann eine ganze Menge, was Bessie nicht kann.»

«Was denn? Sag doch mal!»

«Zum Beispiel sticken, Kreuzworträtsel lösen ...»

«Mogeln beim Bridge», warf Opa bissig ein.

«Vater! Das tut sie nicht.»

«Und ob sie das tut! Sie hat schon als Kind gemogelt, beim Mensch-ärgere-dich-nicht.»

May sah die wißbegierigen Augen ihres Sohnes auf sich gerichtet. Gleich fragt er, dachte sie, wie man beim Mensch-ärgere-dich-nicht mogeln kann. Sie kam ihm eilig zuvor. «Siehst du, und deshalb ist es ganz gerecht, daß Bessie auch einiges kann, was Tante Dorothea *nicht* kann.»

«Zum Beispiel Eicheln fressen?»

«Zum Beispiel Eicheln fressen.»

«Oder grunzen, so: Oick-oick-oick?» Seine Grunzlaute klangen täuschend echt.

«Ganz recht, mein Herz.»

Zufrieden lehnte sich Gaylord auf seinem Stuhl zurück und schlenkerte mit den Beinen. Er schloß hypothetische Erörterungen immer gern mit ein paar handfesten Beispielen ab. «Oder so schaben, weißt du, wie Sandpapier, wenn sie ihren Rücken an der Stalltür scheuert.»

«Ja. Also, Jocelyn, das Bett wirst du doch wenigstens vom Boden holen, nicht wahr?»

«Selbstverständlich», sagte er geistesabwesend. Er sehnte sich zurück an seinen Schreibtisch, um seinen Gestalten Leben einzuhauchen. Doch im stillen hatte er nicht viel Hoffnung. Er war an einem Punkt angelangt, wo er nicht mehr weiter wußte. Er hatte das Gefühl, er sei am Ende. Und die Tatsache, daß er sich ziemlich regelmäßig, etwa alle sechs Monate, in diesen Zustand verrannte, minderte die Furcht, die ihn ergriff, um keinen Deut.

Opa war froh, daß die Auseinandersetzung für ihn vorbei war, und er beschloß, sich aus allem anderen herauszuhalten. «Hör zu, May – wenn es dir eine Hilfe ist, kannst du gern Gaylord zu mir ins Zimmer legen.» Der Blick, den er seinem Enkel zuwarf, sagte deutlich: Wehe, wenn du jetzt sagst: Das hab ich Opa doch schon gesagt –.

Aber Gaylord dachte immer noch über den Unterschied zwischen Tante Dorothea und der Muttersau Bessie nach. «Oder ihre Jungen auffressen!» sagte er und sah seine Mutter fröhlich-verschmitzt an.

8

Es war Freitagnachmittag. Draußen wurde es schon dunkel. Der Fluß hatte die Farbe von trübem Metall, die Äste bogen sich im kalten Wind. Das einzig Helle in der grauen Winterlandschaft waren die Lichter des Gutshauses von John Pentecost.

Das Haus stand auf einer kleinen Anhöhe oberhalb des Flußtals. Ein guter Platz für eine Festung – es gab nur einen Zugang, und das war der kleine Weg, der von der Straße am Fluß heraufführte. Gaylord ließ den Weg und die Straße nicht aus den Augen. Sobald Tante Beas Mini aufkreuzte, wollte er in Abwehrstellung gehen oder sogar in der Versenkung verschwinden. Was hier dringend gebraucht wurde, dachte er, war ein Graben mit Zugbrücke. Aber als er Anfang der Woche mit Opa darüber gesprochen hatte, war die Antwort wieder nur das übliche Achselzucken der Erwachsenen gewesen. «Wozu denn, zum Teufel?» hatte Opa gefragt. «Damit die Tanten nicht reinkönnen», hatte Gaylord erwidert. Und da hatte tatsächlich in Opas Augen so etwas wie ein Schimmer aufgeleuchtet. Aber er hatte nur gesagt: «Dafür kriegen wir nicht die Bauerlaubnis, mein Junge.»

Jetzt lag Gaylord in einem Haufen Stroh oben auf dem Heuboden und spähte durch ein Astloch nach draußen. Fünf Meter unter ihm war der Hof, dahinter die Koppel, die Wiesen, der Fluß und jenseits des Flusses ein fremdes Land, das aus Feldern und Bäumen und einem Kirchturm bestand und wo die Menschen, wie Gaylord glaubte (ohne zu wissen, warum), Chinesisch sprachen.

Ein Licht erschien, blitzte auf und verschwand immer wieder, wenn das Auto hinter Bäumen oder Hecken entlangfuhr. Jetzt konnte er den Mini erkennen. Noch einen Augenblick, dann würden sie auf dem Hof aussteigen, die beiden ewig küssenden Tanten, und rufen: «Wo ist er denn, der Junge? Wo *ist* denn unser Zuckerbübchen?» Einfach gräßlich. Für Gaylord waren sie ungefähr genauso schlimm wie der schreckliche Riese Fiefeifo, dessen Nüstern jedesmal Feuer sprühten, wenn er das Blut eines Engländers roch. Er ging hinüber zur Leiter und kletterte hinab in die große Scheune. Sein Plan war wohlüberlegt. Er stieg in den Saatkasten oben auf der großen Sämaschine und zog den Deckel zu. Dann fischte er seine eiserne Ration aus der Manteltasche: einen Riegel Mars, einen Beutel bunte Zuckerkugeln und eine Flasche Coca-Cola. Die Aussicht, daß man ihn nicht fand, bis die Tanten abreisten, war, wie er wußte, gering. Aber was konnte man machen bei einer Mutter, die alles sah, alles hörte, alles wußte? Immerhin, man konnte es versuchen.

Von seinem Arbeitszimmer aus konnte Jocelyn die Straße am Fluß nicht sehen. Er konnte nur abwarten, bis die Tanten angekommen waren und das Haus mit ihrem Geschnatter und Getöse erfüllten.

Dann allerdings würde es unmöglich sein, sich noch länger abzukapseln. Geflüsterte Ermahnungen wie «Bitte den Meister nicht stören» kannte man in diesem Hause nicht. Jeder konnte jederzeit zu ihm vordringen, und alle machten recht häufig von dieser Möglichkeit Gebrauch. Wahrscheinlich war er daran selber schuld. Er war eben zu gutherzig. Andere Schriftsteller kannten anscheinend kein häusliches Leben, hatten keine Kinder, keine Tanten, keine spöttischen Frauen und keine störrischen Väter. Nein – andere Schriftsteller teilten offenbar ihre Zeit in zwei saubere Hälften: Entweder sie schrieben Meisterwerke, oder sie scherzten mit ihren Geliebten. Er, John Pentecost, hatte es von Anfang an falsch gemacht. Und nun war es zu spät.

Opa, der im Wohnzimmer saß und döste, hörte das Knirschen von Autoreifen draußen auf dem Kies. Ein finsterer Blick, und sogleich wurden die Augen wieder geschlossen, und er begann tief und gleichmäßig zu atmen. Opa war Realist – er empfand Zuneigung für seine Schwestern, aber diese Zuneigung sollte jetzt immerhin mindestens ein Wochenende lang vorhalten, und dafür langte sie knapp. Es war daher sinnlos, die beiden eher zu begrüßen, als unumgänglich nötig war.

Außerdem gingen ihm immer noch die Worte seiner Schwiegertochter in Kopf herum. «Ich weiß, Schwiegervater, du redest dir ein, daß der Franzose ein Gauner ist, nur weil Tante Dorothea ihn während ihrer Kreuzfahrt kennengelernt hat. Das ist sehr unfair gegen ihn und auch gegen sie. Du mußt ihn so höflich behandeln, wie es sich gehört – wie es sich gegenüber einem Gast *und* gegenüber einem zukünftigen Schwager gehört.»

Sein trotziger Blick hatte nur bewiesen, daß sie an den wunden Punkt gerührt hatte.

«Liebe May», hatte er geantwortet, «du glaubst doch nicht im Ernst, daß ausgerechnet *ich* es einem Gast gegenüber an Höflichkeit fehlen lassen würde?» Er war tief gekränkt, denn zwei Dinge gab es, auf die John Pentecost sich einiges einbildete, und das waren seine Höflichkeit und sein Takt.

Sie hatte ihm einen belustigten Blick zugeworfen und war dann wortlos gegangen. Na schön, höflich wollte er sein. Aber kein französischer Gauner sollte glauben, daß er ihm, John Pentecost, Sand in die Augen streuen konnte!

Auch May hörte den Wagen und wappnete sich. Jetzt geht's los, dachte sie. Ein ganzes Wochenende! Und für alles und alle, selbst für Schwiegervater, habe ich die Verantwortung! Die Kocherei, die Gäste, Streit verhüten, Wärmflaschen, Zahnputzgläser, morgens den Tee ans Bett ... Und dazu lauter gegensätzliche Personen: Jocelyn, sein Vater, Gaylord, die Tanten, Becky und Peter, ganz zu schweigen von dem fremden Franzosen, und schließlich Amanda, die zwar noch nicht mitredete, aber durchaus imstande war, einem den Kopf heiß zu machen. May kam sich vor wie ein Kapitän, dessen Schiff langsam aus dem Hafen geleitet und im Atlantik sofort von einer tückischen Woge erfaßt wird. Nur Ruhe, sagte sie sich. Sie lächelte tapfer, öffnete die Haustür und rief laut: «Willkommen, ihr zwei!»

Aber es waren nicht zwei. Es war eine junge Dame, der man ansah, daß sie sich angesichts dieser seltsamen Begrüßung am liebsten wieder in ihren vor dem Eingang stehenden Mini verkrochen hätte.

Am Ende hatte die Vorsitzende vom Klub der Literaturfreunde ihr die Entscheidung abgenommen. «Na, Wendy», fragte sie am Telefon, «haben Sie schon einen Termin mit Jocelyn Pentecost verabredet?»

«Nein, ich – nein, leider noch nicht, Pamela.»

«Das muß nun aber geschehen, Wendy. Mrs. Trumper möchte gern, daß die Lesung bald stattfindet, auf jeden Fall vor dem Frühjahr, weil sie im Mai ein Baby erwartet, das genau an dem Tag kommen soll, an dem wir unseren Abend haben. Deshalb sollten wir allmählich –»

«Gut, ich schreibe ihm noch heute.»

«Schreiben hat keinen Zweck. Sie wissen doch, wie Schriftsteller sind. Die antworten nie auf Briefe. Nein, Sie müssen hinfahren und einen festen Termin mit ihm ausmachen. Er hat damals zu Doreen gesagt, es könne jederzeit jemand vorbeikommen.»

«Gut, dann fahre ich gleich heute nachmittag hin», hatte Wendy gesagt.

Und sie hatte sich tatsächlich auf den Weg gemacht, nachdem sie im Autorenverzeichnis noch einmal nachgelesen hatte, daß Jocelyn Pentecost 1935 geboren war, ein Gymnasium besucht hatte, mit Elizabeth May Tideswell verheiratet war und bisher sechs Romane veröffentlicht hatte. Ferner hatte sie ihr hübsches, aber nicht auffallendes kleines Gesicht etwas zurechtgemacht und sich in ihren einzigen Luxusgegenstand, einen weichen Pelzmantel, gehüllt.

Auf der Fahrt am Fluß entlang nahm sie allen ihren Mut zusammen. Vor der Begegnung mit Fremden war ihr immer beklommen zumute. Sie stellte sich Mrs. Pentecost klein, freundlich, häuslich, mit Brille und Haarknoten vor, eine schlichte Frau, die sich im Hintergrund hielt. Jocelyn Pentecost dagegen sah sie als Hünen vor sich, der sie über seine vibrierende elektrische Schreibmaschine hinweg anstarrte und kurz erklärte, als einziger Termin komme der Klubabend im Mai in Frage.

Bebend stieg sie aus ihrem Auto, bebend ging sie auf die Haustür zu. War es klug, an einem so scheußlichen grauen Nachmittag einen solchen Besuch zu machen? Das Haus sah so groß und ablehnend aus. Sie fühlte, wie ihr der letzte Mut schwand.

Da wurde plötzlich die Haustür aufgerissen und eine schlanke, elegante und hübsche Frau rief: «Willkommen, ihr zwei!»

«Oh, entschuldigen Sie», sagte May. «Ich erwartete – ich dachte, es sei jemand anders.»

«Es tut mir leid. Ich möchte wirklich nicht stören. Aber – Mr. Jocelyn Pentecost hatte gesagt, man könne jederzeit vorbeikommen.»

May war erstaunt. Jocelyn hatte nichts erwähnt von einer jungen Frau. Sie betrachtete die zierliche Gestalt: sehr fraulich, schmales Gesicht, schöne graue Augen. Und trotz des etwas ängstlichen, verlorenen Gesichtsausdrucks war da eine gewisse ruhige Sicherheit. «Bitte, kommen Sie doch herein», sagte May.

Die Besucherin folgte ihr. «Es tut mir *schrecklich* leid. Aber Mr. Pentecost sagte, es wäre ganz in Ordnung.»

«Aber ja. Bitte, nehmen Sie doch Platz. Ich sage meinem Mann Bescheid. Wie war Ihr Name?»

«Wendy Thompson.»

May ging hinüber ins Arbeitszimmer und sah sich einem weiteren ängstlichen Gesicht gegenüber. «Sind sie da?» fragte er wie ein Verurteilter, der im Gang vor seiner Zelle Schritte hört.

«Nein. Aber Wendy Thompson ist da.»

«Wer?»

«Wendy Thompson.»

«Und wer ist das?»

«Das weiß *ich* doch nicht. Aber *sie* scheint *dich* zu kennen. Sie sagt, du hättest gesagt, sie könne *jederzeit* vorbeikommen.»

Für May schien der Besuch dieser Miss Thompson ein Ärgernis und zugleich eine Quelle der Belustigung zu sein.

Ich wünschte, May hätte einen etwas weniger scharfen Humor, dachte Jocelyn und sagte: «Dann will ich mal sehen, was sie will.» Er erhob sich.

«Kommt nicht in Frage, mein Lieber. Ich bringe sie hierher. Eine

Familienversammlung der Pentecosts plus Miss Wendy Thompson – das geht über meine Kraft.»

Er setzte sich wieder und sagte kühl: «Meinetwegen.»

May ging zurück in die Halle. «Bitte, kommen Sie mit», sagte sie, aber ihre Stimme ging unter in einem abscheulichen dumpfen Krachen. Gleich darauf klirrte splitterndes Glas, und dann ertönte Tante Beas herrische Stimme. Sie wollte wissen, welcher Idiot denn da seinen unbeleuchteten Wagen genau an der Stelle abgestellt habe, wo sie hineinfahren mußte.

Die Wirkung des Getöses auf die Menschen glich etwa der eines Stiefels, der in einen Ameisenhaufen tritt. Gaylord ließ alle Vorsicht und sämtliche Zuckerkugeln fahren, sprang aus dem Saatkasten und lief zum Haus hinüber. Katastrophen waren verhältnismäßig selten, und trat einmal eine ein, wollte er dabeisein, und zwar in der ersten Reihe.

Miss Wendy Thompson rang buchstäblich die Hände und rief: «Das war bestimmt mein Wagen!»

Opa war seit eh und je davon überzeugt, daß Bea nicht einmal einen Ochsenkarren lenken konnte, geschweige denn ein Auto. Mehr als einmal hatte er grimmig zu Gaylord gesagt: «Merk dir meine Worte: die kracht mir eines Tages mit ihrem Auto glatt in mein Gewächshaus.» Was Gaylord bewogen hatte, in sein Abendgebet die Bitte aufzunehmen, der liebe Gott möge ihn dabeisein lassen, wenn das passierte. Als Opa jetzt Glas klirren hörte, gab er den simulierten Schlummer schleunigst auf, schwenkte die *Times* wie eine Fahne und stürzte in die Halle mit dem Ruf: «Was zum Teufel fällt Bea eigentlich ein?»

«Es tut mir ja so schrecklich, schrecklich leid», wimmerte Miss Thompson.

Als Jocelyn den Lärm hörte, ließ er sich in seinen Stuhl fallen. «Unheil, nimm deinen Lauf», murmelte er. Es war ihm klar, daß das Unheil, wenn es erst einmal seinen Lauf nahm, ihn unweigerlich in seinen Strudel zog, auch wenn er noch so sehr versuchte, sich unsichtbar zu machen. Also blieb er, wo er war – man würde ihn schon holen. Dem Unheil auch noch entgegenzugehen schien ihm etwas übertrieben.

May sagte zu Miss Thompson: «Entschuldigen Sie bitte.» Und lief nach draußen. Wendy Thompson wäre ihr gern gefolgt, aber sie war wie gelähmt. Sie fühlte sich dem temperamentvollen Lebensstil der Pentecosts nicht gewachsen. Sie sank auf einen Stuhl. Ein kleiner Junge kam hereingestürzt. «Ist wer verletzt?» fragte er gespannt.

«Ich – ich hoffe nicht.» Miss Thompson erhob sich halb von ihrem Stuhl. Auf eine so schreckliche Idee war sie noch gar nicht gekommen.

Er horchte. «Ich höre überhaupt niemand schreien. Hören Sie etwas?»

«Nein, ich auch nicht.»

«Dann ist wahrscheinlich gar niemand verletzt.»

«Fein!» sagte sie erleichtert.

«Außer wenn er tot ist. Ich werde mal nachsehen», sagte Gaylord und lief hinaus. Ein grimmig aussehender alter Herr kam in die Halle gestürzt. «Wo ist May? Was ist denn eigentlich passiert? Wer sind Sie?»

«Es tut mir schrecklich leid», sagte Miss Thompson. «Ich habe einfach nicht daran gedacht.»

«Woran haben Sie nicht gedacht?» bellte John Pentecost mit gesträubtem Schnurrbart.

«Ich habe meinen Wagen unbeleuchtet vor dem Haus stehen lassen, nun ist jemand hineingefahren.»

«Aber *liebe gnädige* Frau, ich bitte Sie.» Die unvermittelte altmodische Höflichkeit des alten Mannes war fast so enervierend wie zuvor seine Grobheit. «Das braucht Sie wirklich nicht zu beunruhigen. Meine Schwester wäre auch hineingefahren, wenn er hell beleuchtet gewesen wäre wie der Buckingham-Palast!»

«Nein – wirklich? Sie meinen – es ist vielleicht gar nicht allein meine Schuld?»

Ein zorniger Blick. «Wenn Ihr Wagen draußen stand und Sie hier drinnen in der Halle saßen, als der Unfall passierte – verdammt noch mal, wie *kann* es denn dann Ihre Schuld sein?» Mit der altmodischen Höflichkeit war es plötzlich wieder vorbei. Doch dann fielen ihm die Manieren ein, auf die er so stolz war. «Nein, meine junge Dame. Machen Sie sich nichts draus. Ihr einziger Fehler war, daß Sie sich überhaupt in den Umkreis meiner Schwester Bea gewagt haben, solange sie am Steuer saß. Das mußte ein schlimmes Ende nehmen. Aber lassen Sie uns hinausgehen und nach Ihrem Wagen sehen.»

Sie schien nur mit Mühe aufstehen zu können. Mit plötzlicher

Anteilnahme sah er sie an. Sie war sehr blaß und zitterte. Ihn überkam ein Gefühl, das er seit vielen Jahren nicht mehr empfunden hatte: er wollte sie beschützen, ihr seinen starken Arm um die schmalen Schultern legen, sie mit sanften Worten beruhigen. Er sagte freundlich: «Lassen Sie. Sie bleiben schön hier. Ich gehe hinaus und sehe nach. Ach so, ja, entschuldigen Sie: ich bin John Pentecost.»

«Und ich bin Wendy Thompson.»

«Sie sind doch nicht –?» fragte er in strengem Ton. Beckys Brief war ihm wieder eingefallen. Der Rotkopf? Er betrachtete Miss Thompsons Haar. Blond. «Nein, natürlich nicht. Entschuldigen Sie!» Lächelnd ging er hinaus.

Die Wagen waren ineinander verkeilt wie zwei im tödlichen Kampf verendete Hirsche. Bea rüttelte sie heftig hin und her, um sie auseinanderzubringen. «Na, Bea», sagte John mit honigsüßem Lächeln. «Du bist also immer noch auf dem Pfad der Zerstörung, wie ich sehe.»

«Unsinn, John. Ich habe *nichts* mehr angefahren, seit mir der Militärtankwagen letzten Februar in die Quere kam.»

«Welcher Militärtankwagen?»

«Na, der, den ich angefahren habe.»

John betrachtete den Mini. Das war doch nicht möglich. Dann betrachtete er Bea und korrigierte sich. Bea war sehr groß, sehr kräftig und sehr energisch, eine Frau, die notfalls wahrscheinlich mit einem ganzen Panzerregiment fertig wurde. Gereizt sagte er: «Paß bloß auf, Bea. Was machst du denn da? Willst du beide Wagen zu Schrott machen?»

«Ich versuche ja nur, sie auseinanderzubringen, verdammt.»

Aus einiger Entfernung ertönte eine helle Stimme. «Die Dame drinnen wird aber böse sein, oha!»

Gaylord hatte kaum ausgesprochen, da wurde ihm klar, daß er einen Fehler gemacht hatte. Tante Bea wandte sich von den beiden Minis ab und spähte in die Dämmerung. «Da *ist* ja mein Bübchen!» Sie breitete die Arme aus. «Komm, gib deiner Tante einen Kuß, mein Schatz.»

Gaylord schob die Unterlippe vor und rührte sich nicht. Ganz von selbst schoben sich seine Füße ein wenig zur Seite, weiter vom Licht weg. Doch es half nichts: Tante Bea kam auf ihn zu. In ihrem Pelzmantel sah sie aus wie ein Grizzlybär auf der Suche nach Honig.

In diesem Augenblick bog ein Sportauto in die Einfahrt, die Scheinwerfer leuchteten auf, und die Hupe ertönte zweimal. «Tante Bekky!» schrie Gaylord und rannte auf den Wagen zu. Er haßte zwar Küsse ganz allgemein, aber bei Tante Becky machte er eine Ausnahme. *Ihre* Küsse waren kühl und weich, und sie roch immer so wunderbar! Tante Becky küßte richtig toll, fand Gaylord.

Opa sagte immer, Peters Sportwagen sei so niedrig, daß man eigentlich einen Flaschenzug zum Aussteigen brauche. Tante Bekky jedoch sprang einfach heraus und stellte sich lachend mit ausgebreiteten Armen auf den Weg: «Hallo, Gaylord!»

Sie drückte ihn an sich und wirbelte ihn im Kreis herum. Als sie aufblickte, sah sie den alten Mann und die beiden Autos. «Hallo, Vater – willst du einen Schrotthandel anfangen?»

Jetzt stieg auch Peter aus. Er trug Handschuhe und einen Schaffellmantel. «Guten Abend, Sir», sagte er.

Der alte Mann brummte irgend etwas. Ihm war Beckys Brief wieder eingefallen. «Was ist denn das für eine Geschichte mit dem berückenden Rotkopf?» erkundigte er sich taktvoll.

Becky ließ Gaylord los und nahm ihren Vater beim Arm. «Oh, du bist doch ein unmöglicher alter Mann», sagte sie liebevoll und ging mit ihm ins Haus.

«Wieso – Rotkopf?» fragte Peter mürrisch und nahm die Koffer aus dem Wagen.

Die anderen überhörten es. Aber Gaylord, hilfsbereit wie immer, sagte: «Tante Becky hat an Opa einen Brief geschrieben, darin steht, daß du irgendwas mit einem Netz tun willst, Onkel Peter. Und dann noch was mit einem berückenden Rotkopf, ich weiß aber nicht mehr genau, was.»

Peter schleppte den Koffer ins Haus und sagte nichts.

«Onkel Peter –?»

«Ja?»

«Was ist das, ein berückender Rotkopf?» Gaylord hatte lange darüber nachgedacht und war zu dem Schluß gekommen, es müsse entweder ein Schmetterling oder eine besondere Sorte Zuchtvieh sein. Aber er wollte es genau wissen, und er verstand auch nicht, was Onkel Peter mit Tieren zu tun haben konnte. Und so wartete er jetzt begierig auf die Antwort.

«Ein Vogel», sagte Onkel Peter, und in seiner Stimme schwang so viel Bitterkeit mit, daß der Junge ihn erschrocken ansah.

Es wurde immer rätselhafter, dachte Gaylord. Wenn er doch bloß noch wüßte, was Tante Becky von dem Vogel geschrieben hatte. Er hatte irgend etwas mit Onkel Peter vorgehabt. Paps hatte ihm einmal von einem Mann in Griechenland erzählt, dem Vögel die Leber herausgepickt hatten. So etwas Gräßliches war es bei Onkel Peter hoffentlich nicht. Er hätte es zu gern gewußt. Aber er mochte Onkel Peter nicht gleich in der ersten Minute nach seiner Leber fragen.

Sie waren fast am Haus angelangt. Und wer stand dort in der Tür – niemand anders als der Grizzlybär, der auf den Honigtopf lauerte! «Entschuldige, Onkel Peter», sagte Gaylord sehr höflich und glitt in den schützenden Schatten zurück. Gleich darauf war er im winterlichen Dunkel verschwunden.

John Pentecost war schon wieder etwas eingefallen. «Du, Bea – wo ist denn nun Dorotheas *Frosch*?»

«May ist mit den beiden ins Haus gegangen. Komm, ich mache euch bekannt.»

Was hatte May ihm doch gesagt – irgend etwas über die Höflichkeit, die man einem Gast und Schwager schuldig war ... Ausgerechnet ihm so etwas vorzuhalten! Während er noch daran dachte, sagte Bea: «Übrigens, John, Edouard spricht ausgezeichnet Englisch. Ich habe ihm aber schon gesagt, du würdest sicher Pidgin-Englisch mit ihm reden.»

Eine gute Idee! Dann wußte der Frosch gleich, was man von ihm hielt. Aber nein – Höflichkeit über alles. Jedenfalls so lange, bis es an der Zeit war, dem Kerl zu sagen, daß man ihn durchschaut hatte. «Hätte nie gedacht, daß Dorothea auf einen Gauner reinfällt – und daß du das auch noch zuläßt», sagte er vorwurfsvoll.

Bea blieb abrupt stehen. «*Was* sagst du da? *Was* soll er sein?»

«Ein Gauner.»

«Edouard ein Gauner? Du bist wohl verrückt!»

«Aber natürlich ist er ein Gauner. Das ist doch sonnenklar!»

Bea ging weiter. «Du bist wahrhaftig bewundernswert, John. Selbst wenn du von etwas keinen blassen Schimmer hast, hält dich das nicht davon ab, engstirnig, intolerant und überheblich darüber zu reden und zu denken.»

Der alte Mann kochte. Bea war noch keine zwei Minuten im Hause, und schon ging sie auf ihn los. Sie redete immer noch. «Ich erwarte, daß du Edouard mit der Höflichkeit begegnest, die du einem Gast *und* einem künftigen Schwager schuldig bist.»

Hatte er das nicht schon einmal gehört? «Wessen Haus ist dies eigentlich?» rief er wütend.

«Deins. Deshalb erinnere ich dich an deine Pflicht. Und ich werde es nicht zulassen, daß du Dorotheas Chancen zunichte machst.»

Das wurde ja immer schöner. Erst May und nun seine ältere Schwester. Beide kanzelten sie ihn ab, als sei er ein Ungeheuer und nicht einer der vernünftigsten und dabei liebenswürdigsten Männer, die es in England gab. *Höflich.* Als ob er je etwas anderes als höflich war.

Aber eines kam nicht in Frage: daß ein Gauner in die Familie aufgenommen wurde.

9

Sie waren alle im gemütlich-ländlichen Wohnzimmer versammelt. May saß dabei, aber ihre Gedanken waren anderswo. Sie waren in der Küche, wo auf dem Herd die nächste Mahlzeit (das «Froschfutter» hätte Opa gesagt) leise vor sich hinbrutzelte. Sie waren bei Gaylord – wo steckte er bloß wieder? May hatte den Motorradfahrer nicht vergessen. Sie waren bei Amanda: ob sie auch ruhig und friedlich schlief? Einer ihrer Gedanken wanderte auch zu Jocelyn: Saß er etwa immer noch am Schreibtisch und tat so, als habe er keinen Ton gehört? Oder war er aus seiner Höhle hervorgekrochen und kümmerte sich um die arme Miss Soundso, deren Auto hinüber war und die völlig verstört gewirkt hatte? Es war wirklich unverzeihlich, einen Gast in diesem Zustand einfach sich selbst zu überlassen. Aber Jocelyn hatte sicher inzwischen irgend etwas unternommen. Sie konnte sich nicht entschließen, hinauszugehen und sich davon zu überzeugen. Sie wollte vorher unbedingt das Zusammentreffen der beiden Welten – die erste Begegnung zwischen Opa und dem Frosch – miterleben.

Großtante Dorothea war da: zierlich, fast zerbrechlich, schwebend gleichsam und selig lächelnd im Glück der späten Liebe.

Auch Monsieur Edouard Saint-Michel Bouverie war da, lächelte seine Liebste an, blickte offen bewundernd zu May hinüber und geriet in typisch gallisches Entzücken, als Becky, reizend wie immer, ins Zimmer kam. Becky lief lachend zu Dorothea hinüber und küßte sie zärtlich: «Herzlichen Glückwunsch, Tante Dorothea.»

«Vielen Dank, mein Herz, das ist lieb von dir. Aber du kennst wohl meinen lieben Edouard noch nicht –»

«Nein.» Becky, rosig und blond und strahlend, wußte, wie ein Mann zu gewinnen war. Sie streckte ihm die Hand entgegen, etwas höher, als sie es bei einem Engländer getan hätte, und sagte: «Je suis enchantée, Monsieur.»

«Oh!» Der Ton kam tief aus der französischen Kehle, halb wie das Schnurren eines Kätzchens, halb wie das befriedigte Knurren eines Terriers, der einen großen schönen Knochen erwischt hat. Ehrerbietig nahm Edouard die kleine weiße Hand, beugte sich tief darüber und hob sie an die Lippen. Dann richtete er sich auf und blickte Becky in die Augen. «Enchantée», murmelte er bewegt. Es war wie auf der Bühne.

Becky tat einen tiefen Atemzug. Ihr war zumute, als habe sie gerade eine halbe Flasche Champagner getrunken. «Peter – das ist mein Mann», erklärte sie, zu Edouard gewandt, «kommt auch gleich. Er bringt nur die Koffer ins Haus.»

«Ah – Sie haben einen Mann?» In gespielter Verzweiflung wandte er sich an May. «Lauter reizende junge Damen – warum sind sie nur alle verheiratet?»

Becky gluckste. Auch May fühlte sich beschwingt. Es war lange her, daß jemand sie eine reizende junge Dame genannt hatte. Natürlich war es Unsinn, man brauchte ja nur an Gaylord und Amanda zu denken. Und trotzdem ...

Peter kam herein, und Becky sagte: «So, das ist mein Mann, Monsieur. Peter, das ist Tante Dorotheas Verlobter.» Edouard packte ihn freundschaftlich bei der Schulter. «Sie also haben diese schöne junge Frau der übrigen Welt gestohlen!» Eine Umarmung folgte: Er drückte seine rechte Wange an Peters rechte und dann seine linke an Peters linke Wange. «Sie Glücklicher!»

«Ja, ganz recht – gewiß», sagte Peter etwas verwirrt.

Er sah zu seiner strahlenden Frau hinüber. Ja, klar, es stimmte schon, er konnte sich glücklich schätzen. Warum kam sie bloß auf so dumme Ideen ... Rotkopf, ha! Dieser Franzose sollte nur mal eine Weile mit ihr zusammenleben – er würde bald merken, daß er nicht nur auf Rosen gebettet war.

Ich möchte bloß wissen, was geschieht, wenn er Schwiegervater auch auf beide Wangen küßt! dachte May. Sie blickte hinüber zu Tante Dorothea. Ob sie nicht gekränkt war angesichts der vielen Komplimente, die Edouard den anderen, jüngeren Frauen machte? Nein, Dorothea lächelte und nickte allen strahlend zu, wie die stolze Besitzerin eines kleinen Hündchens, das um Zucker bettelt.

Die Tür öffnete sich. Achtung, jetzt geht's los! dachte May. Aber es war nicht der alte Mann, es war zu ihrer Erleichterung Gaylord, der sich so unauffällig wie möglich ins Zimmer schob.

Es war ihm keineswegs leichtgefallen, auf das geplante Versteckspiel zu verzichten und sich in den tantenreichen Raum zu wagen. Aber seine Neugier hatte gesiegt: Gaylord wollte den Frosch, den Franzosen, sehen.

Wieder eine Enttäuschung. Der einzige Franzose, den er näher kannte, war Kaiser Napoleon, von dem ein Bild in der Klasse hing. Der hier hatte weder weiße Kniehosen noch einen spitzen Hut. Wie traurig. Er hatte sich umsonst in die Höhle des Löwen begeben!

Und da breitete Großtante Dorothea auch schon die Arme aus und rief: «Da *ist* ja mein Bübchen. Hier, Edouard, das ist Gaylord. Komm, mein Schatz, gib deiner Tante einen Kuß.»

Na, da war nichts zu machen. Bloß gut, daß Tante Bea nicht auch im Zimmer war. Zögernd kam er heran. Wie eine Fliege im Spinnennetz kam er sich vor, als sie die Arme um ihn schloß. Aber es kam noch schlimmer. «Und nun gib deinem Onkel Edouard einen Kuß», sagte Dorothea.

Gaylord war entrüstet. Nicht einmal seine richtigen Onkel machten je den Versuch, ihm einen Kuß zu geben, und dieser Franzose war doch überhaupt gar kein richtiger Onkel. Aber Edouard sagte etwas, womit er sich für immer Gaylords Liebe und Bewunderung errang: «In England küssen sich die Männer nicht, Dorothea.» Und er schüttelte Gaylord fest und freundschaftlich die Hand.

Gaylord war genauso *enchanté* wie die anderen. Zutraulich sagte er: «Komisch, und ich dachte zuerst, du wärst so wie Mr. Jeremy Fisher.»

«So? Und wer ist Jeremy Fisher – ein Politiker?» fragte Onkel Edouard.

«Nein, nein», sagte May hastig, «das ist eine Gestalt aus einem Buch von Beatrix Potter, Monsieur.»

«Aha.» Er wandte sich wieder an Gaylord. «Und was für ein

Mann ist denn dieser Mr. Jeremy Fisher? Ist er nett? Oder –» er zog ein finsteres Gesicht – «ist er ein Scheusal?»

«Sehr nett ist er», sagte May, ohne viel Hoffnung, die Situation noch retten zu können.

«Ein Mann, der gern fischen geht», warf Peter hilfreich ein. «Fischen Sie auch gern, Monsieur?»

Dorothea, deren Gedanken sich langsam und selten lange in der gleichen Richtung bewegten, sagte: «John hat mich früher auch mal mitgenommen zum Fischen.»

«Wirklich?» Begierig stürzte sich May auf diese sensationelle Mitteilung. «Und hat es dir Spaß gemacht, Tante Dorothea?»

«Nein, gar nicht. Ich durfte nicht reden. John behauptete, die Forellen könnten jedes Wort hören. Aber –» sie schüttelte den Kopf – «er wollte wohl bloß, daß ich aufhörte zu reden.»

Edouard lächelte und legte seine Hand auf die ihre.

«Und überhaupt», fuhr Dorothea fort und blickte in die Runde, «habt *ihr* etwa jemals einen Fisch mit Ohren gesehen?»

Gaylord hatte einige Zeit nachgedacht und verkündete jetzt laut: «Mr. Jeremy Fisher ist ein Froschherr.»

Schweigen. Edouard machte ein erstauntes, resigniertes Gesicht, als hätte er im voraus gewußt, daß er als Franzose die Engländer nie begreifen würde. Doch plötzlich ging ihm ein Licht auf. Er lachte laut auf, zog Gaylord an sich und fuhr ihm durchs Haar. «Oh, mon brave! Was bist du für ein reizendes Kerlchen!» Er lachte immer noch und zeigte dann auf seine bequemen, aber tadellosen Schuhe. «Du hast wohl angenommen, ich hätte Schwimmhäute, wie?»

Gaylord war begeistert. Onkel Edouard war der netteste Mann, den er je kennengelernt hatte.

John Pentecost kam zusammen mit Bea ins Zimmer. Er sah so grimmig aus wie ein Mann, der entschlossen ist, hart zu bleiben und dennoch höflich zu sein. Argwöhnisch sah er sich nach dem französischen Gauner um, der es auf das Geld seiner Schwester abgesehen hatte.

Er ging zu Dorothea hinüber und küßte sie. Sie legte beide Arme um seinen Hals und umarmte ihn zärtlich. Aus dem Augenwinkel musterte er den Franzosen.

Er hatte im Geist zwei Bilder vor sich gesehen: einen dunklen öligen Typ von schäbiger Eleganz und mit einem herunterhängenden Schnauzbart, dessen Spitzen bis zum Kinn reichten, und einen

Typ mit Vollbart, schwarzem Jackett, gestreiften Hosen, grauem Seidenschal und Brillantnadel darin – den Typ, den jeder, der nicht so gewitzt war wie John Pentecost, für einen Gentleman halten mußte.

Der Mann, den er vor sich sah, entsprach keinem der beiden Bilder. Der braune Tweed seines Anzuges war so dick und so rauh wie John Pentecosts eigener Anzug. Und das gebräunte Gesicht sah aus, als seien ihm Sonne, Wind und Regen vertrauter als französische Salons. Er lachte herzlich und hatte den Arm liebevoll um Gaylords Schultern gelegt. John Pentecost war bereit, diesem Mann das größte Kompliment zu machen, das er einem Ausländer zu zollen imstande war: nach zwei Whiskies und bei richtiger Beleuchtung hätte man wahrscheinlich fast vergessen können, daß er kein Engländer war.

Trotzdem, der Kerl war nun einmal kein Engländer, und John Pentecost hatte nicht die Absicht, das zu vergessen.

«John», sagte Dorothea jetzt, «dies ist ein sehr glücklicher Augenblick für mich.» Sie tupfte sich zart die Augen mit dem Taschentuch und sah ihn dabei lächelnd an. «Das ist dein lieber neuer Schwager, Edouard Saint-Michel Bouverie.»

John Pentecost hielt sich in sicherer Entfernung, nickte steif und knurrte: «Wie geht es Ihnen?»

Zu seiner Überraschung nickte der Frosch ebenfalls steif mit dem Kopf und sagte tonlos: «Wie geht es Ihnen?»

John war ganz gegen seinen Willen besänftigt. Für ihn zerfielen die Männer in zwei Gruppen. Die einen sagten, wenn man einander vorgestellt wurde: «Wie geht es Ihnen?» Die anderen sagten: «Sehr angenehm! Freut mich, Sie kennenzulernen.» Oder auch nur: «Hei!» Und wer sich nicht mit dem klaren, vernünftigen «Wie geht es Ihnen?» vorstellte – einerlei welcher Nationalität er war –, dem war weder zu helfen noch zu trauen. Er beschloß, eine freundliche Geste zu riskieren, und fragte höflich: «Comment ça va, hein?»

«Bien, merci.» Der Franzose lächelte.

«Bon.» Schweigen. Es dämmerte Opa, daß er, was das Französische betraf, sein Pulver verschossen hatte. «Bon», wiederholte er nach einigem Nachdenken. Edouard kam ihm zu Hilfe.

«Dorothea hat mir erzählt, daß Sie gern fischen, Sir.»

«Ja, Forellen.» Opa ließ sich in einen Sessel fallen. «Aber davon verstehen Sie ja wohl nicht viel, nehme ich an.»

«Oh, ich habe ein paarmal in Schottland gefischt. Und vor allem natürlich in Irland.»

Opa zog seinen Sessel etwas näher heran. Er wäre nie auf den Gedanken gekommen, daß Franzosen fischen konnten, ja, daß sie überhaupt imstande waren, irgend etwas anderes zu tun, als dem Essen, dem Trinken und der Liebe zu frönen. Er rückte noch ein Stückchen näher. Erstaunlich.

May verließ das Zimmer. Und auch die anderen entschuldigten sich einer nach dem anderen und gingen hinaus. Schließlich saßen nur die beiden alten Herren noch im Wohnzimmer. Und als May ihnen eine Tasse Tee brachte, hörte sie, wie der Franzose gerade eine neue Geschichte zu erzählen begann. «Ich weiß noch, einmal, als ich oben am Dee fischte ...»

10

Wendy Thompson war klug genug, um zu wissen, daß nur Mut und Willenskraft ihr helfen konnten, aus ihrem zurückgezogenen Leben und ihrer Einsamkeit herauszufinden. Aber nun hatte sie einmal Mut aufgebracht – und schon saß sie in der Patsche. Aus ihrer ersten Unternehmung nach dem Tode ihrer Mutter war eine Kette von Niederlagen und Unglücksfällen geworden! Eine freundliche junge Frau hatte sie begrüßt, die so hübsch und von so strahlender Heiterkeit war, daß Wendy Thompson sich ihr gegenüber ganz klein und häßlich vorkam. Ihr Auto war zu Schrott gefahren worden. Dann waren nacheinander ein durchgedrehter kleiner Junge und ein alter Mann, der ihr zunächst einen Todesschrecken eingejagt hatte, erschienen und danach eine hochgewachsene, herrische Frau mit herben Zügen, die sie von oben bis unten gemustert und dann überaus freundlich gesagt hatte: «Sind Sie etwa das Küken, dem der Wagen draußen vor dem Eingang gehört? Zu töricht, dort zu parken! Und unbeleuchtet! Bei dieser Dunkelheit! Aber lassen Sie nur, jeder macht mal eine Dummheit. Machen Sie sich nichts draus!» Und damit war sie lachend verschwunden. Nach ihr war ein junger Mann erschienen, der sich mit zwei schweren Koffern abschleppte. Er stellte sie in der Diele ab und wandte sich ihr zu. «Hallo», sagte er.

«Hallo», erwiderte sie.

«Sind Sie mit uns verwandt?»

«Nein, ich bin bloß gekommen, um –»

«Gott sei Dank. Ich bin nämlich noch relativ neu in der Familie, und dauernd werden mir hier im Haus neue Verwandte vorgesetzt. Ist das Ihr Auto da draußen?»

«Ja. Glauben Sie, daß der Schaden sehr groß ist?»

«Keine Ahnung. Wir können es uns ja mal ansehen.»

Das gab ihr etwas Mut, und sie zitterte schon weniger, trotz der kalten Winterluft draußen. Er holte eine Taschenlampe aus seinem Sportwagen und richtete den Lichtstrahl auf Miss Thompsons Mini.

Sie schnappte nach Luft. Der rechte vordere Kotflügel war völlig zerknautscht, der Scheinwerfer zertrümmert. Aber der junge Mann sagte beruhigend: «Na, das geht ja noch. In ein paar Tagen läuft er wieder.»

«In ein paar Tagen? Ich muß doch nach Hause!»

«Aber nicht mit dem Wagen. Na, machen Sie sich nichts draus.»

Wenn ihr bloß nicht jeder raten wollte, sich nichts daraus zu machen. *Natürlich* machte sie sich etwas daraus. Ihr schöner Mini! Sie hatte so lange dafür gespart! Und überhaupt, jeder hier gab ihr gute Ratschläge oder kritisierte sie – nur den Mann, um dessentwillen sie nach Shepherd's Warning hinausgefahren war, hatte sie noch immer nicht zu sehen bekommen. Sie sagte: «Ich wollte eigentlich gern Mr. Jocelyn Pentecost sprechen, aber –»

«Jocelyn? Ach so. Der ist sicher gleich untergetaucht, als er den Krach hörte.»

Ihr sank das Herz. Vielleicht war er kriegsbeschädigt? «Warum meinen Sie?»

«Ach wissen Sie, er ist der netteste Kerl von der Welt, aber nicht gerade praktisch. Und nicht sehr gewandt in den schwierigen Situationen des Lebens. Er macht um jede Krise möglichst einen weiten Bogen.»

«Aha. Ich verstehe.»

Da stand sie nun vor ihrem kaputten Auto, etliche Kilometer von zu Hause entfernt, und der Mann, den sie hatte besuchen wollen, kauerte womöglich unter seinem Schreibtisch! Was tun? Wenn sie die Straße am Fluß entlangging, würde sie, das wußte sie, schließlich in ein Dorf kommen. Und von dort konnte sie vielleicht mit einem Bus nach Ingerby fahren. Oder sie müßte ein Taxi nehmen.

Aber die Landstraße war dunkel, und sie kannte die Gegend nicht. Sie traute sich andererseits auch nicht, den jungen Mann oder gar Mr. Pentecost einfach zu bitten, sie nach Hause zu fahren, obwohl sie wußte, daß das ganz natürlich gewesen wäre.

«Kalt hier draußen», sagte der junge Mann freundlich. «Kommen Sie, wir gehen lieber wieder hinein.»

Sie gingen wieder in die Diele, und der junge Mann sagte: «Entschuldigen Sie mich bitte, ich muß, glaube ich, mal nach meiner Frau sehen.» Er hatte keine Lust, sich neuen Vorwürfen auszusetzen, und Becky würde sicher gleich wieder mißtrauisch, wenn sie ihn im Gespräch mit der jungen Frau hier fand. Sie sah so zart und so verloren aus! Wie leicht konnte es passieren, daß man in so einer Situation eine Frau beschützend in die Arme schloß, ohne an etwas anderes zu denken! Aber das sollte einer mal einer eifersüchtigen Ehefrau verständlich machen!

Inzwischen begann es in Wendy Thompson zu sieden. Es war unglaublich, wie man sie hier behandelte! Man hatte ihr Auto beschädigt, hatte sie in der Diele stehen lassen, und jetzt hatte man sie offenbar einfach vergessen. Es war genug! Zum Teufel mit Schriftstellern, die nicht einmal die Höflichkeit besaßen, einen Besucher zu empfangen! Zum Teufel mit dem Klub der Literaturfreunde! Sie riß die Haustür auf, trat nach draußen und schlug die Tür hinter sich zu. Mit dieser Geste schüttelte sie sozusagen den Staub des Hauses Pentecost von den Füßen.

Über der Einfahrt brannte eine Lampe, aber jenseits ihres Lichtscheins war es jetzt stockfinstere Nacht. Wendy Thompson, die ein Stadtkind war, erschrak und hielt inne. Sie hatte nicht damit gerechnet, daß es *so* dunkel hier draußen war. Ihr Zorn verdrängte die Angst eine Weile, aber bald legte sich der Zorn, und die Angst ergriff von ihr Besitz. Sie hätte sich am liebsten wieder reumütig ins Haus geschlichen.

Angestrengt blickte sie in die Finsternis, und nach einigen Sekunden konnte sie den Weg erkennen und ging los.

Der Wind hatte sich gelegt – kein gutes Zeichen, aber sie wußte es nicht. Ringsum herrschte tiefes Schweigen. Ein großer dunkler Schatten, etwas, was sie mehr fühlte als sah, flatterte mit einem weichen Klagelaut vor ihr über den Weg. Eine Eule. Sie hatte nie darüber nachgedacht, daß Eulen auch außerhalb von Hörspielen existierten. Kälte und Schweigen. Nacht. Eulen. Uuhh –

Sie hatte Angst. Aber sie biß die Zähne zusammen und schritt entschlossen weiter. Sie war froh, das Haus der Pentecosts hinter sich gelassen zu haben. Mr. Poyser, der Rechtsanwalt, der den Nachlaß ihrer Mutter verwaltete, würde die Sache mit dem Wagen für sie erledigen. Und die Werkstatt mußte den Mini in Shepherd's Warning abholen. Sie selbst brauchte sich nicht darum zu kümmern, brauchte nicht noch einmal hinzufahren.

Ein furchterregendes Geräusch ließ sie zusammenfahren. Ein Motorrad! Es kam ihr entgegen, kam auf sie zugerast und schoß mit grellem Scheinwerferlicht in einem solchen Tempo an ihr vorbei, daß ihr Hören und Sehen verging. Sie sah den Fahrer geduckt wie eine große häßliche Kröte auf dem Sattel hocken. Sobald er an ihr vorbei war, verringerte er die Geschwindigkeit und hielt an. Wendy wagte nicht, sich umzublicken. Sie ging weiter.

Das Motorrad folgte ihr langsam. Das Scheinwerferlicht warf ihren Schatten über den Weg vor ihr. Sie wäre gern weggelaufen. Aber es war sinnlos und vergeblich, auch nur den Versuch zu unternehmen. Sie zwang sich, ganz ruhig zu gehen. Links schimmerte der Fluß, zur Rechten lag hinter einem Drahtzaun ein offenbar frisch gepflügtes Feld.

Sie bebte vor Angst und ging immer schneller. Der Motorradfahrer folgte ihr.

Schließlich hielt sie es nicht mehr aus. Sie wandte sich um und schrie wütend über das Geknatter hinweg:

«Was wollen Sie von mir?»

Ohne ein Wort zu sagen, beschleunigte der Motorradfahrer sein Tempo und fegte an ihr vorbei. Gott sei gedankt! Aber zwanzig Meter weiter hielt er an, wendete die Maschine, so daß Wendy von dem Lichtstrahl erfaßt wurde, und stellte den Motor ab.

Die Stille war fast unheimlich. Wendy hielt die Hand schützend vor die Augen und ging hinüber auf die andere, dunkle Seite der Straße. Der Lichtstrahl folgte ihr. Sie ging wieder auf die Flußseite, und wieder folgte ihr das Licht. Sie war in dem Lichtkegel gefangen.

Über den Drahtzaun klettern und davonlaufen in die Dunkelheit? Aber es war nicht so einfach, bei Nacht über einen gepflügten Akker zu stolpern. Und wenn der Fahrer sein Motorrad an der Straße stehenließ und ihr nachsetzte, hatte er sie schnell eingeholt. Außerdem zitterte sie jetzt so sehr, daß sie es sich gar nicht zutraute –

querfeldein zum Haus der Pentecosts zurückzulaufen, das schaffte sie nie im Leben.

Wendy Thompson war klein und zierlich und nicht sehr mutig. Doch jetzt faßte sie einen erstaunlichen Entschluß. Sie wollte entschlossen vor den Mann da hintreten und ihm sagen, er solle sie in Ruhe lassen.

Beherzt schritt sie dem Licht entgegen. Der Motorradfahrer rührte sich nicht. Sie war fast bei ihm angelangt, und noch immer machte er keine Bewegung. Vielleicht, dachte sie hoffnungsvoll, kann ich einfach an ihm vorbeigehen. Vielleicht läßt er mich laufen, wenn er sieht, daß ich kein junges Mädchen bin.

Ja, bestimmt. Sie sah ihn jetzt von nahem. Der interessierte sich für eine Jüngere, eine mit mehr Fleisch auf den Knochen ...

Dann sprach er. Seine Stimme war hart und tonlos. «Wohnen Sie da drüben auf dem Gut?»

Sie konnte nicht gleich antworten. Ihr Mund war zu trocken.

Wütend schrie er: «Ich habe Sie etwas gefragt! Wohnen Sie da drüben?»

«Nein. Und Sie sollten sich schämen, andere Leute so zu erschrecken.»

Er schwieg. Dann sagte er: «Sie lügen! Natürlich wohnen Sie da. Und ich schmeiße Sie ins Wasser. Alle, die da wohnen, schmeiße ich in den Fluß, und dann halte ich ihren Kopf unter Wasser!»

«Ich wohne *nicht* da», sagte sie kläglich.

«Sie sind aber in dem Haus gewesen.» Er hatte auf seinem Motorrad gesessen, die Füße auf dem Boden. Jetzt stieg er ab. «Und das genügt mir.»

Er stand im Dunkeln, und sie stand immer noch in dem Lichtkegel des Scheinwerfers, dem einzigen Licht weit und breit. Es blendete sie so, daß ihr die Augen schmerzten. Und plötzlich schoß eine behandschuhte Hand aus dem Dunkel hervor, packte sie am Handgelenk und zog sie zum Fluß hinüber. Sie schrie laut auf. Im gleichen Moment hörte sie ein Geräusch in der Ferne. Schritte? Kam jemand vom Gutshaus her? Ja, es hörte sich an wie Schritte. Es konnten Schritte sein.

Auch der Motorradfahrer hatte das Geräusch gehört. Er hielt inne. Der Griff seiner Hand lockerte sich. «Hilfe!» schrie Wendy Thompson. «Hilfe!» Sie riß sich los und lief taumelnd die Straße zurück. Im Laufen hörte sie, wie das Motorrad davonfuhr. Das Geräusch wurde immer leiser. Aber war der Kerl endgültig weggefahren, oder hatte er wieder angehalten? Lauerte er irgendwo in der Finsternis?

Die Schritte waren nähergekommen. Hatte man etwa im Hause ihr Verschwinden bemerkt und suchte jetzt nach ihr? Wie töricht stand sie dann da! Aber das machte ihr nach der ausgestandenen Angst nichts mehr aus.

«Hallo», sagte eine helle Stimme. Vor ihr stand der kleine Junge.

«Hallo», sagte Wendy Thompson erleichtert.

«Wo wollten Sie denn hin?»

«Nach Hause, nach Ingerby.»

«Da gehen Sie aber in die falsche Richtung.»

«Ich habe deine Schritte gehört, da habe ich gewartet», sagte sie.

Gaylord zappelte vor Aufregung. «Ich habe die weiße Nonne gehört! ‹Hilfe!› hat sie geschrien. ‹Hilfe!›» Er ahmte sie täuschend nach. «Haben Sie's auch gehört?»

«Nein.»

«Ja, ich weiß, die meisten Leute *können* es nicht hören. Die Tante von Henry Bartlett sagt, man muß süchische Kräfte haben.»

«Psychische Kräfte, meinst du?»

«Ja», sagte er bewundernd.

Sie griff nach seiner Hand. Alle ihre Ängst waren wie verflogen. Sie dachte nur an den Jungen und an die Gefahr, die ihm drohte: Er gehörte zum Haus und sollte daher, wie der Motorradfahrer gesagt hatte, ertränkt werden. Sie mußte ihn ins Haus zurückbringen, ohne ihn zu ängstigen, und mußte seine Eltern warnen. In der Ferne konnte sie zwischen den Bäumen einen Lichtschein erkennen. Sicher lauerte der Kerl noch auf dem Uferweg.

Aber sie hatte nicht mit Gaylord gerechnet. Und Gaylord war zu dem Schluß gekommen, daß die Dame sich fürchtete. Kein Wunder, dachte er, nach seiner unvorsichtigen Bemerkung über die weiße Nonne. Er kam sich auf einmal sehr groß und erwachsen vor, wie ein Held oder wie der Ritter Archibald, von dem ihm Paps erzählt hatte. Er mußte sie beschützen. Sie war furchtbar nett. Fast noch netter als die Verkäuferin im Supermarkt. «Ich kann ja ein Stück mitkommen», sagte er großmütig und freundlich. «Manchmal fallen Leute in den Fluß, da unten, wo er so nahe an den Weg kommt. Die werden dann glatt weggeschwemmt.»

«Nein, nein. Komm, wir gehen zu dir nach Hause.»

Sie hatte also tatsächlich Angst. Tröstend sagte er: «Jetzt kann uns nichts mehr passieren. Die Tante von Henry Bartlett sagt, die weiße Nonne erscheint nie zwei Leuten auf einmal.»

«So, nun komm», sagte sie energisch.

Aber er weigerte sich. «Nein, nein, ich komme ein Stück mit, wenn Sie wollen», sagte er beruhigend und tat einen Schritt in Richtung des Dorfes. Er war fest entschlossen, die Dame zu beschützen. Wenn doch bloß ein Geist käme! dachte er. Wenn die Dame doch bloß in den Fluß fallen wollte, damit er sie retten konnte.

Doch die Dame war, so zart sie aussah, anscheinend sehr eigensinnig. Sie packte ihn fest an der Hand und zog ihn zurück zum Haus. Gaylord war empört. Er schob die Unterlippe vor und sagte: «Sie wollten doch ins Dorf.»

«Mein lieber Junge», sagte sie leicht gereizt. «Ich kann dich doch nicht allein lassen in der Dunkelheit.»

«Warum denn nicht?»

«Weil du noch zu klein bist.»

Das war zuviel. «Ich werde acht!»

«Du wirst acht? Dann kannst du aber auch schneller gehen.» Sie hatte in der Ferne das Motorrad wieder gehört.

Er riß sich los. Jetzt wollte er ihr zeigen, wie schnell er gehen konnte. «Meine Güte!» keuchte sie. «Da komme ich ja kaum mit.»

Er ging noch schneller. Sie blieb ein wenig zurück. Sein Zorn verrauchte. Zutraulich erzählte er ihr: «Zu Hause hat irgendwer sein Auto genau da stehen lassen, wo Tante Bea hineinfahren konnte. Schön blöd, was?»

«Ja, sehr. Das war nämlich ich.»

«Sie waren das?» Er blieb stehen und wartete auf sie. Seine warme kleine Hand schob sich in die ihre. «Opa sagt immer, wenn Tante Bea unbedingt Auto fahren muß, dann müßten eigentlich immer zwei Männer vor ihrem Auto herlaufen und dafür sorgen, daß sie freie Bahn hat.»

Die erleuchteten Fenster des großen Hauses waren jetzt schon ganz nahe. Aber fast ebenso nahe war das Geräusch des langsam fahrenden Motorrads. «Komm, jetzt laufen wir um die Wette», sagte Miss Thompson.

Wie ein Pfeil schoß Gaylord davon. Sie folgte, und fast gleichzeitig erreichten sie die Haustür, keuchend und lachend – die besten Freunde. Das Motorrad entschwand in der Dunkelheit.

Was war denn eigentlich mit dieser Miss Thompson, dachte Jocelyn Pentecost. Wo steckte sie? Und was wollte sie? Vielleicht machte sie eine Meinungsumfrage. Vielleicht wollte sie wissen, was man vom Fernsehprogramm hielt. Wenn sie bei Opa hängengeblieben war, um so besser. Da kam sie jedenfalls auf ihre Kosten, dachte er schadenfroh. *Er* konnte nichts dafür. May hatte gesagt, er sollte Miss Thompson in seinem Arbeitszimmer empfangen. Also wartete er.

May kam ins Zimmer gestürzt. «Ich werde verrückt!» sagte sie. «Draußen ist das große Chaos ausgebrochen, und du sitzt hier und träumst!»

«Ich warte auf Miss Thompson.»

«Da kannst du lange warten. Sie ist weg.»

«Um so besser. Wahrscheinlich wollte sie gar nicht zu mir und ist längst bei jemand anders gelandet.»

«Keine Ahnung. Aber sie hat sich nicht verabschiedet. Ihr Auto ist noch hier, oder vielmehr das, was davon übrig ist.» Sie sah seinen erstaunten Blick. «Bea ist in ihren Wagen reingefahren.»

«Nein!»

«Doch. Was hast du denn geglaubt, woher der Krach kam?»

«Mein Gott. Ist jemand verletzt?»

«Nein, zum Glück nicht.»

«Und was ist nun mit Miss Thompson?»

«Sie ist schuld – behauptet Bea. Aber Miss Thompson war im Hause, als es geschah.»

«Und nun ist sie verschwunden?»

«Ja, spurlos. Wie der Schnee vom vorigen Jahr. Und noch etwas, Jocelyn. Ich will keine unnötige Aufregung machen, aber ...» Ihre Stimme zitterte plötzlich. «Gaylord ist ... Ich weiß nicht, wo er ist. Er ist nirgends zu finden.»

Er sah sie einen Augenblick wortlos an. «Und du meinst –»

«In seinem Zimmer ist er nicht. Und draußen habe ich mir schon die Kehle heiser geschrien.»

Ihm kam eine Idee. «Der ist untergetaucht!» rief er. «Um Beas Küssen zu entgehen.»

«Das habe ich auch gedacht. Aber er würde doch bestimmt kommen, wenn er mich rufen hörte. Ach, laß nur, es ist sicher gar kein Grund zur Aufregung.»

Er sah sie nachdenklich an. «Aber du machst dir Sorgen.»

Sie zuckte mit den Schultern. «Ja, tue ich wohl. Besonders nach der Sache mit dem Motorradfahrer.»

«Und du hast überall gesucht?»

«Ja, überall: in der Scheune, auf dem Heuboden – in all seinen Lieblingsverstecken.»

Hat ihn auch sonst keiner gesehen?»

«Nicht in der letzten Stunde oder so. Ich würde mir auch gar keine Gedanken machen, wenn nicht *beide* verschwunden wären. Was diese Miss Thompson allerdings mit dem Motorradfahrer zu tun haben könnte, ahne ich nicht. Immerhin–»

Schon verknüpften sich in seinen Gedanken all die verschiedenen Fäden. Es war die brutale Gewalt, die immer wieder auf alles ihre Schatten warf. «Ich rufe die Polizei an», sagte er entschlossen.

Diesmal war es May, die noch zögerte. «Ich weiß nicht, Liebling – ich glaube, das sollten wir nicht tun. Der Junge *muß* ja irgendwo in der Nähe sein. Und diese Miss Thompson ist vielleicht einfach nach Hause gegangen.»

«Ohne irgendeinem Menschen etwas zu sagen? Hat sie denn gesagt, *wo* sie zu Hause ist.»

«Nein. Wir wissen nichts von ihr außer ihrem Namen. Das läßt mir eben keine Ruhe.» Eindringlich blickte May ihren Mann an. «Jocelyn, bitte. Du weißt, du bist manchmal mit deinen Gedanken woanders ... Überleg doch mal ganz fest, ob du nicht irgendwann einmal eine Miss Wendy Thompson kennengelernt hast.»

«Wie sieht sie aus?»

«Anfang Dreißig. Nicht sehr schick, aber nett. Klein, zierlich. Sie wirkt sehr unsicher, aber sonst eher wie ein lieber netter Mensch, würde ich sagen.»

«Nein.» Er hatte aufmerksam zugehört und sah sie jetzt grinsend an. «Klingt nicht nach einem meiner Seitensprünge.» Er wurde wieder ernst. «Entschuldige, mein Herz.» Er griff nach dem Telefon und wollte den Hörer abnehmen. «Halt!» sagte May. «Warte mal.» Sie horchten. «Das ist doch Gaylord!» sagte May. Und sie liefen beide zur Haustür.

Heiterkeit und Gelassenheit zählten zu Mays Stärken. Trotzdem mußte sie sich sehr beherrschen, um nicht in Zorn zu geraten, als sie die beiden, um die sie sich so geängstigt hatte, fröhlich und atemlos vor der Haustür stehen sah. «Gaylord, wo bist du gewesen?» fragte sie in scharfem Ton. Miss Thompson würdigte sie keines Blickes.

Wendy Thompson spürte, woher der Wind wehte. Mit ruhiger Stimme sagte sie: «Ich traf Ihren kleinen Sohn unten am Fluß, Mrs. Pentecost, und habe ihn so schnell wie möglich nach Hause gebracht, weil ich mir dachte, Sie könnten sich vielleicht ängstigen.»

«Ja, geängstigt habe ich mich allerdings. Aber ich danke Ihnen, Miss Thompson», sagte sie etwas steif. Dann wurde ihr klar, wie sehr sie und Jocelyn Miss Thompson vernachlässigt hatten, und sie sagte: «Bitte, kommen Sie doch herein. Sie wollten doch nicht etwa zu Fuß nach Hause gehen?»

«Doch. Verstehen Sie, ich hatte das Gefühl, sehr ungelegen zu kommen, und da wollte ich –»

Sie standen in der Diele. Wendy Thompsons Wangen waren gerötet von der Anstrengung des Laufens, und ihre Augen funkelten vor Freude darüber, daß sie den Jungen heil zurückgebracht hatte. Jocelyn sah ein völlig anderes Wesen vor sich als die verschreckte kleine Person, die May ihm beschrieben hatte. Er sagte: «Ich fürchte, wir haben Sie sehr schlecht behandelt, Miss Thompson.»

«Aber keine Spur, Mr. Pentecost. Es war nicht recht, daß ich einfach so hergekommen bin.» Sie war erleichtert, daß er so gar nicht dem Bild ähnelte, das sie sich von ihm gemacht hatte, dem Mann, der sie streng über seine Schreibmaschine hinweg anstarrte. Sie sah ihn lächelnd an.

Gaylord hatte sich bis jetzt ungewöhnlich zurückgehalten. Er wußte, es gab Augenblicke im Leben, in denen man besser schwieg, und sein Instinkt sagte ihm, daß dies ein solcher Augenblick war. Doch jetzt mußte er etwas loswerden. «Mummi, ich hab die weiße Nonne gehört!» Er ließ eine höchst realistische Nachahmung der Hilferufe von Wendy Thompson folgen.

«Gaylord, du bist jetzt ruhig, sonst kommt uns die Feuerwehr auf den Hals.» Und da folgte auch schon die gefürchtete Frage: «Was hast du überhaupt unten am Fluß zu suchen? Du weißt doch –»

«Er hat mich beschützt», erklärte Miss Thompson.

«Wovor?» erkundigte sich May kühl.

«Vor der weißen Nonne, Mummi! Und vor dem Wasser – ich meine, vor dem Reinfallen.»

«Vielleicht darf ich dazu etwas sagen», begann Miss Thompson.

«Gaylord, du machst dich jetzt fertig und gehst ins Bett!» sagte Mummi.

Gemein! dachte Gaylord. Aber er hatte Erfahrung im Feilschen: darin hätte er es mit einem orientalischen Teppichhändler aufnehmen können. Nur erreichte er diesmal nicht soviel wie sonst, weil ein Dritter zugegen war und er sich dadurch im Nachteil befand. «Also Mummi, ich –»

«Gut, zehn Minuten. Aber nicht eine Minute mehr. Kommen Sie, Miss Thompson, wir gehen ins kleine Wohnzimmer.»

II

Schwarz und tief hing der Himmel über der stillen Erde. Kein Baum, kein Grashalm rührte sich. Doch dann kam ein leiser Hauch, ein zweiter folgte, dann ein langes anhaltendes, tiefes Seufzen, das bald zu einem Pfeifen und schließlich zu einem Heulen anschwoll. Eine Flocke, federleicht, trieb durch die Dunkelheit, dann noch eine und noch eine, immer mehr, bis es Millionen von Flocken waren, die tanzend herumwirbelten. John Pentecost reagierte auf jeden Wetterumschwung so empfindlich wie ein Barometer. Er hörte den aufkommenden Wind. Doch keiner hörte den Schnee, der das einsame Haus mit einem weißen Laken zudeckte und eifrig alle Wege auslöschte.

Derek Bates fuhr durch den Flockenwirbel nach Hause. Er kochte vor Wut. Miss Thompson – er hatte sie erkannt, sie war Lehrerin an der Grundschule, und er wußte auch, wo sie wohnte – hatte ihn überlistet, bloß durch ihr blödes Gerede. Trotzdem, wenn nicht jemand dazwischengekommen wäre, hätte er sie in den Fluß geworfen, aber ganz glatt. Mit polternden Schritten betrat er das Haus, warf seine Lederjacke und seine langen Stiefel in der Küche auf den Fußboden und ließ sich vor dem Fernsehapparat im Wohnzimmer in einen Sessel fallen. «Wie ist es draußen?» fragte sein Vater. «Schneit», antwortete Derek. Er hatte keine Lust, mit seinem Vater zu reden. Gebannt starrte er auf den Bildschirm. Ein Mann, der sich einen Strumpf über den Kopf gezogen hatte, schlich sich in ein Zimmer, in dem eine alte Frau schlief. Jeden Augenblick mußte sie aufwachen. Da! Jetzt! Ihr Mund stand offen, die Augen quollen ihr aus dem Kopf. Derek war begeistert. Toll, dachte er. Irre komisch! Und der Kerl mit der Strumpfmaske sah aus wie ein Roboter, gar nicht wie ein Mensch, wie er da immer näherkam, Schritt für Schritt. Derek atmete schneller. Das sollte man mal mit dieser blöden Miss Thompson machen, dachte er. Etwas später ging er ins Schlafzimmer seiner Eltern, nahm einen dunklen Strumpf seiner Mutter aus der Schublade und zog ihn sich über den Kopf. Als er vor dem Spiegel stand, lief ihm selbst ein kleiner Schauer den Rücken hinunter.

Als sie aus dem Wohnzimmer kamen, sagte May: «Wir sind Ihnen wirklich sehr dankbar, Miss Thompson. Auch wenn Sie unsere Befürchtungen bestätigt haben.»

«Ja, sehr dankbar», fügte Jocelyn hinzu und sah sie mit einem freundlichen Lächeln an. Eine reizende kleine Person. Wenn man daran dachte, daß sie da draußen dem Kerl einfach ausgeliefert gewesen war ... Sie kam ihm vor wie eine kleine Waise aus Andersens Märchen, und er hatte das Gefühl, sie beschützen zu müssen. Er sagte: «Bitte, bleiben Sie doch zum Dinner, Miss Thompson. Ich bringe Sie dann nach Hause.»

May war der zärtlich-väterliche Blick, mit dem er Miss Thompson ansah, nicht entgangen. Sie liebte ihren Jocelyn, doch sie traute ihm zu, daß er es, wenn er mit Miss Thompson allein im Auto saß, am Ende mit der väterlichen Zärtlichkeit ein wenig übertrieb. «Das wäre reizend», sagte sie. In Gedanken suchte sie angestrengt nach einem «Aber –», fand jedoch keines. Und da hörte sie plötzlich ein zartes, ganz leises Rieseln, das ihr wie vom Himmel fallendes Manna klang. War das möglich? Die Erhörung eines Gebets, das sie noch nicht einmal gesprochen hatte? Sie horchte. Es klang, als tappten winzige Finger vorsichtig an die Fensterscheibe. Ja, es *war* möglich. Es war so. Und schon kam auch Gaylord angerannt und rief: «Mummi – es schneit! Es schneit wie aus Eimern!»

Sie ging zur Haustür und riß sie auf. Im Nu war sie umringt von tanzenden Schneeflocken. Sie blickte hinaus und sah den Flockenwirbel. Sie sah, wie immer, alles gleichzeitig: ihren Mann mit seinem Beschützerblick, Miss Thompson, klein und schutzlos – sie sah die Situation, die Folgen und die notwendigen Schritte. «Ach, du liebe Zeit!» sagte sie. «Noch eine Stunde, und die Straßen sind blockiert. Sie fahren am besten sofort, Miss Thompson.»

«Ja, bloß ... Ich fürchte, mit meinem Wagen ...»

«Ach ja, natürlich. Wir müssen ihn unterstellen. Aber ich glaube,

Sie dürfen trotzdem keine Zeit verlieren. Mein Schwager Peter kann Sie nach Hause bringen.»

«Ich bringe Sie», sagte Jocelyn großmütig. «Dann können wir gleich über meine Lesung sprechen.»

«Ich dachte, wenn Peter fährt, dann –»

«Peters Wagen ist nicht gerade sehr bequem», erklärte Jocelyn. «Diese Sportwagen sind so schlecht gefedert.»

Miss Thompson strahlte Jocelyn voller ergebener Dankbarkeit an. May sagte etwas schärfer: «Wenn es um Bequemlichkeit geht, wäre vielleicht Vaters Rover das richtige?»

«Aber ich kann doch Vater nicht gut bitten, bei diesem Wetter nach Ingerby zu fahren», sagte Jocelyn fröhlich.

Jetzt ertönte Gaylords Stimme. «Paps – Paps – laß uns eine Schneeballschlacht machen!»

«Dafür ist noch nicht genug Schnee», sagte Mummi.

Und Jocelyn fügte eilig hinzu: «Außerdem muß ich Miss Thompson jetzt nach Hause fahren. Und für dich ist allmählich Schlafenszeit.»

Wie aufregend! Wenn sie nun im Schneetreiben steckenblieben und tagelang festsaßen? Gaylord sah sich verzweifelt durch hohe Schneewehen stapfen, um Miss Thompson, die bereits halb erfroren war, Hilfe zu bringen. «Darf ich mit?» fragte er ohne viel Hoffnung. Er rechnete mit einem klaren «Nein».

«Nein, ich glaube nicht», begann Paps. Aber zu Gaylords höchstem Erstaunen sagte Mummi fast eilfertig: «Aber ja, natürlich, mein Herz. Warte, ich hole dir deinen Mantel.»

Sie ging schnell davon. Gaylord sah ihr verblüfft nach. Beinahe Schlafenszeit, und trotzdem erlaubte sie ihm, diese lange, gefährliche Fahrt mitzumachen! Er verstand die Welt nicht mehr. Meist wußte er ganz genau, was Mummi tun oder sagen würde. Doch er wußte auch, daß sie manchmal, in ganz, ganz seltenen Fällen, etwas völlig Unerwartetes tun konnte. Wie eben jetzt.

«So toll hab ich's noch nie schneien sehen. Du, Paps?» Gaylord hüpfte auf dem Rücksitz fröhlich auf und ab.

Miss Thompson sagte: «Mrs. Pentecost wird mir gewiß nie verzeihen, daß ich Sie an einem solchen Abend als Chauffeur ausnutze.»

Der Wagen rutschte und schlingerte. Die Schneeflocken fielen wie Heuschrecken über ihn her. Zu Tausenden warfen sie sich gegen die Windschutzscheibe. Der Wischer fegte sie unaufhörlich weg, aber sie kamen unermüdlich wieder. Jocelyn war jetzt nicht mehr der halbwegs erfolgreiche Schriftsteller, nicht mehr der gute Ehemann und liebevolle Vater – er war ein überaus empfindliches Instrument, und seine Augen, Ohren und Finger waren zum Steuerungsmechanismus einer Maschine geworden, die mit den Elementen zu kämpfen hatte. Da war die Straße vor ihm, der Schnee und der Wagen, mit dem er zusammengewachsen war, und sonst gab es nichts mehr in der weiten Welt.

Aber es gab doch noch andere Dinge, die er wahrnahm. Zum Beispiel Miss Thompsons kleines, blasses Gesicht, das schwach beleuchtet wurde von den Lämpchen am Armaturenbrett, oder den weichen Pelzmantel wenige Zentimeter von seiner Schulter, oder ihre Hände, die gefaltet auf ihren Knien lagen. Was für eine zarte Person, wie empfindsam! Wie selten sah man solche Frauen heutzutage! Es tat gut, es beflügelte ihn förmlich, sich alle Mühe zu geben, um sie sicher durch den Schneesturm zu bringen. Galant erwiderte er: «Sie nutzen mich nicht aus, Miss Thompson. Ich freue mich, daß ich Ihnen helfen kann.»

«Klar, wir freuen uns sogar sehr», sagte Gaylord, der sich in Sachen Ritterlichkeit nicht von seinem Paps übertrumpfen lassen wollte. «Ritter Archibald hat bestimmt auch nie abends eine Dame allein nach Hause gehen lassen.»

Miss Thompson war tief gerührt. Und plötzlich erkannte sie etwas sehr Erstaunliches: Sie war richtig glücklich. Der Nachmittag hatte so scheußlich und so peinlich angefangen. Und doch waren alle, jeder einzelne, *so* nett zu ihr gewesen: Jocelyn Pentecost, der junge Mann mit dem Sportwagen, der kleine Junge und sogar der alte Herr, solange er nicht schimpfte. Bei Mrs. Pentecost war sie nicht *ganz* so sicher. Und auch nicht bei der alten Dame, die in ihren Mini hineingefahren war. Aber die Männer! Miss Thompson war den Umgang mit Männern nicht gewohnt. Deshalb hatte sie immer etwas Angst vor ihnen gehabt! Wie gut, daß es noch solche Menschen gab! In gespielt strengem Ton sagte sie: «Wir haben *immer* noch keinen Termin für Ihre Lesung vereinbart, Mr. Pentecost.»

Sie hatte sich nicht den günstigsten Moment ausgesucht. Jocelyn Pentecost wurden gerade zwei sehr unangenehme Tatsachen klar: In dem wilden Schneetreiben hatte er die Rechtsabbiegung nach

Shepherd's Warning verpaßt und fuhr nun immer weiter nach Norden, während er längst nach Südosten fahren sollte. Er mußte entweder umkehren – ein Kunststück auf der schmalen verschneiten Straße – oder noch meilenweit über die einsame baumlose Heide fahren, bis er an die nächste Rechtsabzweigung kam. Aber noch unangenehmer war die zweite Tatsache: Der Motor hatte angefangen zu stottern – es klang, als habe er eine Gräte verschluckt.

Seine Kassandra auf dem Rücksitz ließ ihn nicht lange im Zweifel. «Paps, du hast die Kreuzung verpaßt. Ganz bestimmt. Wir sind schon dran vorbei. Wir sind schon beinahe in der Niemandsheide.»

Grimmig schweigend fuhr Jocelyn weiter. «Mensch, da wird ja ein Sturm sein, auf der Heide», freute sich Gaylord. «Der kann uns glatt umwehen. Der Onkel von Henry Bartlett ist da schon einmal umgeweht.»

«So, wirklich?» fragte Miss Thompson höflichkeitshalber.

«Ja.» Und dann verkündete er stolz: «Du, Paps, ich glaube, der Motor setzt gleich aus.»

Jocelyn erwiderte nichts. Miss Thompson sagte ängstlich: «Es kommt mir schon eine Weile so vor, als ob – und dabei ist doch alles meine Schuld, Mr. Pentecost, weil ich ...»

Im Augenblick konzentrierte sich Jocelyn ganz auf den Ballen seines rechten Fußes – bittend, flehend, drängend. Es half alles nichts, der Motor spuckte, hustete und starb. Die Schneeflocken machten jetzt den Eindruck, als wollten sie den stehengebliebenen Wagen so schnell wie möglich mit einer weißen Decke versehen und allen Blicken entziehen.

«Hier kommt nie jemand her», sagte Gaylord. «Vielleicht müssen wir tagelang warten, bis einer kommt.»

«Alles meine Schuld», sagte Miss Thompson. «Es tut mir ganz schrecklich leid, wirklich.»

Jocelyn versuchte den Motor anzulassen. Ein kratzendes Geräusch, aber kein Funke Leben. «Wissen Sie, Miss Thompson», sagte Gaylord, «ich habe mir etwas überlegt. Auch wenn sie einen Suchtrupp losschicken, hierher kommen die nie. Die suchen auf dem Weg nach Shepherd's Warning, aber nicht hier. Uns finden die hier nie im Leben.»

Jedesmal, wenn sie eine Panne hatten, sagte May zu Jocelyn: «Willst du nicht mal unter die Haube gucken, Lieber?» Und jedesmal befolgte Jocelyn diese Aufforderung ohne Widerrede. Aber mit der Gewißheit, daß ihm die Inspektion der Innereien einer Gans genausoviel genützt hätte. Trotzdem war er im Begriff, einen Blick unter die Motorhaube zu werfen, als Gaylord wieder anfing: «Der Onkel von Henry Bartlett ist auch –»

«Ach, geh doch zum Teufel mit dem Onkel von Henry Bartlett», sagte Jocelyn.

Miss Thompson drehte sich nach Gaylord um. «Erzähl's mir nur», sagte sie leise.

Gaylord war gekränkt. «Ich wollte bloß sagen, der hat auch einmal eine Panne gehabt und hat den Hilfsdienst angerufen, und als der Mann vom Hilfsdienst hinkam, hat er gesagt, sehr einfach, Sie haben kein Benzin mehr im Tank. Henrys Mutter sagte, der kam sich vielleicht blöd vor!»

Jocelyn hatte schon das rechte Bein draußen; jetzt zog er es zurück und schloß ruhig die Tür. Er blickte auf die Benzinuhr.

«Du, Paps, willst du nicht mal unter die Haube gucken?» fragte Gaylord.

«Nein», sagte Jocelyn tonlos. «Ist nicht nötig.»

May machte sich Sorgen. Hoffentlich kamen Jocelyn und Gaylord mit der jungen Lehrerin gut durch den Schneesturm. Aber sie hatte nicht viel Zeit, sich düsteren Gedanken zu überlassen. Sie mußte Tante Bea versichern, daß die elektrische Heizdecke sie *nicht* zum Tode befördern werde. Sie mußte Becky und Peter in Beckys früheres Zimmer begleiten, wo Becky plötzlich anfing, die Hände zu ringen, und rief: «Oh, glückliche Mädchenjahre! Ach, May, warum habe ich bloß damals nicht geahnt, wie gut ich es hatte?» Eine Frage, die Peters Laune nicht gerade verbesserte. Sie mußte zu verhindern suchen, daß den Hühnern, die schon so lange im Ofen brutzelten, die Beine und Flügel abfielen. Sie mußte Tomatensaft für Dorothea, Gin für Bea und Edouard und Whisky für Opa holen und dazu für jeden ein passendes Glas. Und jetzt erschien Opa, den leeren Sodasiphon in der Hand und mit einem Katastrophenblick in den Augen. «May, der Siphon ist leer. Jocelyn muß schnell ins Dorf fahren.»

«Tut mir leid, Schwiegervater», erwiderte May. «Jocelyn ist weggefahren.»

«Weg? Wohin?» Opa legte Wert darauf, jederzeit zu wissen, wo jeder war, was er machte und warum er es tat.

«Er bringt Miss Thompson nach Hause.»

«Wer ist Miss Thompson?»

«Das Mädchen mit dem Mini.»

«Zum Donnerwetter!» sagte Opa gereizt. «Er hat doch schließlich Pflichten gegenüber seiner Familie, May. Das Haus ist voller Gäste, seine Frau steht am Herd –»

«Und sein Vater braucht Soda», warf May boshaft ein.

«Jawohl. Wenn die Frau ihr Auto nicht so ungeschickt vors Haus gestellt hätte, dann hätte sie längst nach Hause fahren können. Und Jocelyn wäre hier und könnte sich nützlich machen. Na gut, dann muß ich wohl selber gehen», schloß er verärgert.

«Du weißt, daß wir Schneesturm haben?»

Er starrte sie an. «Nein, natürlich weiß ich nicht, daß wir Schneesturm haben. Mir sagt ja *niemand* was.» Er sah seine Schwester kommen. «Bea, nun hör dir das an! Du bist doch vorhin in den Wagen von der jungen Frau reingefahren. Stell dir vor, Jocelyn, der Narr, bringt sie nach Hause, und ich sitze da und hab kein Selterswasser für meinen Whisky! Und obendrein schneit es wie besessen.»

«Es schneit?» schrie Tante Bea. «Mein Wagen! Er steht noch draußen. John, bitte, hol doch schnell Beckys jungen Mann, damit er ihn in den Schuppen fährt.»

In diesem Augenblick kam Beckys junger Mann wie gerufen die Treppe heruntergestürzt. Er stürmte durch die Diele und rief Opa zu: «Mr. Pentecost, Ihre Tochter können Sie behalten, und ich wünsche Ihnen viel Glück dazu. Ich gehe.»

«Du, Peter», sagte May freundlich, «würdest du wohl Schwiegervater bitte helfen, Tante Beas Wagen unterzustellen, bevor du gehst? Und auch den von Miss Thompson? Bitte.»

«Ich denke gar nicht –» begann Peter hitzig. Da fing er Mays heiteren Blick auf. War das ein Trick, mit dem sie ihn festhalten wollte? May war intelligent, das wußte er, aber sie mußte schon außerordentlich intelligent sein, um ihn nach dem, was Becky eben gesagt hatte, zum Bleiben zu bewegen. Immerhin – May hatte ihn dazu gebracht, einen Augenblick nachzudenken. Er sagte: «Entschuldige bitte, May. Ich war wohl nicht sehr höflich.»

May sah ihn freundlich lachend an. Aber John Pentecost war mit seinen Gedanken noch bei dem Schneesturm. Er ging zur Haustür, legte die Hand auf den Türgriff und sagte. «Schön, junger Mann. Geh nur. Und komm erst wieder, wenn du bereit bist, dich bei meiner Tochter, bei meiner Schwiegertochter und bei mir zu entschuldigen.»

«Niemals!» rief Peter entrüstet. Opa öffnete die Tür. Schneeflokken wirbelten herein.

«Mein Gott!» sagte Peter. «Es schneit ja!»

«Allerdings, es schneit, du Trottel», gab Opa zurück. «Aber das ist dein Problem. Nur zu! Fahr los!»

«Äh ... Der Schnee liegt ja schon bis zum Auspuff ...»

«Geh. Es kommt zuviel Kälte rein», sagte Opa ungerührt.

«Ach was, ich ...» Peter wußte offensichtlich nicht recht weiter. Dann faßte er sich. «Ich hab wohl etwas übereilt gehandelt. Ich sehe mal nach Becky und rede mit ihr. Vielleicht können wir ...»

«Brav, brav.» Opa legte ihm liebevoll die Hand auf die Schulter. «Das tu nur. Aber kannst du nicht vorher eben schnell ins Dorf fahren?» Er sah, wie Peter einen Blick auf seinen halb eingeschneiten Wagen warf. «Du kannst meinen Rover nehmen», sagte er eilig. «Der liegt nicht so tief.»

«Oh, Sir –» Peter war überwältigt. Der Rover war der ganze Stolz des alten Mannes; niemand durfte ihn fahren außer ihm selber. Daß er den Wagen ihm, Peter, anvertraute, bedeutete eine noch größere Ehre, als daß er ihm seine Tochter anvertraut hatte. Er ging hinaus. «Bring lieber gleich sechs mit», rief Opa ihm nach. «Für den Fall, daß wir hier monatelang eingeschneit sind –»

«– haben wir dann wenigstens Soda im Haus», ergänzte May trocken. Sie schlenderte mit ihrem Schwiegervater durch die Diele zurück. Im Geist hatte sie Peter schon von der Liste der Esser gestrichen. Jetzt setzte sie ihn wieder drauf und überlegte, wann er wieder zurück sein würde, wann Jocelyn und Gaylord wohl wieder auftauchten und wie die Unglückshühner im Ofen die lange Wartezeit überstehen würden.

Oben wurde eine Tür zugeschlagen. Gleich darauf kam Becky herunter, mit feucht schimmernden Augen und schmalen Lippen. «Hat jemand Peter gesehen?» fragte sie laut.

«Ja», sagte Opa. «Er ist gerade rausgegangen.»

Becky zuckte zusammen. «Soll das heißen», fragte sie, «daß er – daß er fort ist?» Sie lief auf die Haustür zu.

«Becky», sagte May liebevoll, «es ist nicht gerade das richtige Wetter draußen für silberne Sandalen und ein rückenfreies Abendkleid.»

«Aber –» fing Becky kläglich an. «Ich dachte nicht, daß er wirklich ... Du, May, glaubst du, er ist zu – zu *ihr* gefahren?»

«Kommt drauf an, was du zu ihm gesagt hast.» Opa war die Strenge in Person. «Du weißt ja: kleiner Zank, großer Stank.»

«Ich hab's doch gar nicht so gemeint –»

«Es kommt nicht darauf an, was du gemeint, sondern was du gesagt hast.»

«Na ja, ich hab sicher ziemlich scheußliche Sachen zu ihm gesagt.»

Beckys reizendes Gesicht sah so reuevoll aus, daß May den Arm um sie legte und sagte: «Komm, wir wollen dich nicht länger auf die Folter spannen, Becky. Dein Vater hat Peter ins Dorf geschickt. Er soll ein paar Flaschen Soda holen, für den Fall, daß wir hier einschneien.»

«Dann kommt er also wieder?» Becky strahlte. «Aber wieso sollen wir hier denn einschneien?»

«Schau mal nach draußen, dann siehst du es.»

Becky trat ans Fenster und spähte nach draußen, dann kam sie zurück und stellte sich vor ihren Vater hin. «Du alter Egoist», sagte sie. «Bei diesem Wetter meinen armen Peter loszuschicken, nur damit du deinen Gelüsten frönen kannst. Schäm dich!»

«Mein liebes Kind», sagte Opa spitz. «Ohne mich und meine Gelüste wäre Peter längst über alle Berge. Dann wäre er jetzt vielleicht unterwegs zu seinem Rotkopf, um sich trösten zu lassen.»

«Woher willst du das wissen?»

«Er hat mir mit deutlichen Worten zu verstehen gegeben, daß ich meine Tochter behalten könne.»

May konnte der Versuchung, ihrer Schwägerin die Meinung zu sagen, nicht widerstehen. «Wir hatten allerdings den Eindruck, du hättest ihn tief verletzt, Becky.»

«Ach, der Arme. Und ich wollte ihn doch nur ein bißchen ärgern ...» Becky war voller Reue.

Na, Gott sei Dank, dachte May. Damit war zumindest eine der Spannungen für dieses Wochenende beseitigt. Jetzt brauchte sie sich nur noch um ihre beiden Männer zu sorgen, um die Tanten, um Edouard und um die Hühner, die wahrscheinlich nie mehr auf den Tisch kommen würden. Soeben erschien Bea und fragte: «May, wann essen wir eigentlich? Dorothea hält es ohne Essen nicht länger als höchstens fünf Stunden aus. Wie die Spatzen.»

«Essen – wieso?» fragte Opa unschuldig. «Wir können noch gar nicht essen. Ich habe doch meinen Whisky-Soda noch gar nicht getrunken.»

«Unsinn, John. Sodawasser deprimiert.»

«Whisky aber nicht, Gott sei Dank. Du hast überhaupt gut reden, Bea. Du säufst Gin wie ein Faß, seit du das Haus betreten hast.»

«Überhaupt, John –» Bea wählte ihre Worte sehr sorgfältig – «es könnte nicht schaden, wenn du auf beides verzichten würdest, auf deinen Whisky *und* auf das Essen.» Sie musterte ihn kritisch. «Du ißt zuviel.»

«Es macht mir eben Spaß, zum Donnerwetter!»

May schob ihren Arm unter Beckys Arm und ging mit ihr in die Küche.

«Rührend, diese höflichen Umgangsformen der älteren Generation, findest du nicht auch?» Sie seufzte. «Und noch heute morgen hat sich dein Vater bitter beklagt über den Sittenverfall bei der Jugend von heute.»

«Miss Thompson», sagte Jocelyn, «ich habe eine Dummheit gemacht. Es ist mir furchtbar peinlich.»

«Aber Mr. Pentecost», erwiderte sie in herzlichem Ton, «jemandem, der so schreibt wie Sie, darf vieles nachgesehen werden. Was ist denn passiert?»

«Ich hab kein Benzin mehr im Tank», sagte Jocelyn zerknirscht.

Sie legte ihre behandschuhte Hand auf die seine. «Das passiert jedem mal, irgendwann, glauben Sie mir», sagte sie freundlich.

Gaylords Reaktion war wenig feinfühlig.

«Mensch, Mummi wird dich ja aufziehen, Paps! Das heißt, *falls* wir sie wiedersehen», fügte er hinzu. Er hielt das unter den gegebenen Umständen für wenig wahrscheinlich.

Jocelyn erwiderte nichts darauf. «Ich glaube, gegen neun kommt hier ein Autobus vorbei», meinte er. Zwar glaubte er sich zu erinnern, daß der Bus nicht jeden Tag fuhr, aber das wollte er vorläufig lieber nicht sagen.

Gaylord äußerte die Ansicht, daß die Straße um neun längst unpassierbar sei, auch für Autobusse. Sein Vater und Miss Thompson überhörten dies. Jocelyn sagte: «Ich finde es großartig, wie Sie sich mit all dem abfinden, Miss Thompson.»

«Aber Mr. Pentecost, was sollte ich sonst tun?» sagte sie heiter.

«Es würde mich gar nicht wundern, wenn jetzt noch Wölfe kämen», sagte Gaylord mit düsterer Stimme.

Auch Miss Thompson hätte es nicht gewundert. An diesem ersten Tag, an dem sie ihre kleine Welt verlassen hatte, war so viel passiert, daß jetzt alles möglich schien. Aber Jocelyn wies seinen Sohn zurecht und sagte: «Wir sind hier schließlich ganz nahe bei Shepherd's Warning und nicht in der eisigen Steppe.»

«Wieso eisige Steppe? Unser Lehrer hat gesagt, Hunger treibt die Wölfe von den Wäldern und Bergen, wo sie leben, in die Nähe der Siedlungen der Menschen. Oder es sind Wölfe aus dem Zirkus, wo wir neulich waren. Ausgerückte Wölfe, meine ich.»

«Gaylord, könntest du nicht deine Phantasie ein bißchen im Zaum halten?»

«Was heißt das, im Zaum halten?» Aber es interessierte ihn schon nicht mehr. Es war doch immer das gleiche mit den Erwachsenen. Selbst ein so großartiges Abenteuer wie dieses hier mußten sie einem verderben. Aber so leicht gab er sich nicht zufrieden. Er drückte die Nase an die Scheibe und spähte nach draußen in die weiße Unendlichkeit. «Mann, ich glaube, da ist ein Schneemensch», flüsterte er mit unheilverkündender Stimme.

Miss Thompson betrachtete das kleine eifrige Gesicht. Langsam begann sie, den Jungen zu verstehen. Gestern hätte sie ihm wahrscheinlich beteuert, daß die Existenz des Schneemenschen sogar in Nepal bezweifelt wurde, von Shepherd's Warning ganz zu schweigen. Jetzt sagte sie: «Sieh mal – da, hinter dem Busch! Er hat sich bewegt.»

Gaylord war begeistert. Er war sich durchaus nicht sicher gewesen, ob da draußen wirklich der Schneemensch herumstrich. Wenn er ganz ehrlich war, mußte er sogar zugeben, daß er es eigentlich nur *gehofft* hatte. Aber wenn ein Erwachsener ihn auch gesehen hatte? Mit plattgedrückter Nase spähte er nach draußen. «Eben hat er sich am Kopf gekratzt, Miss Thompson!»

«Ja. Und am linken Knie.»

Sie sahen einander an und lachten glücklich. Die haben gut lachen, dachte Jocelyn, auf dem die ganze Verantwortung und ein schlechtes Gewissen lasteten. Hätte er bloß den Benzinstand geprüft! «Wir haben immer noch keinen Termin für die Lesung vereinbart», sagte er. Gleichzeitig dachte er angestrengt darüber nach, ob der Bus, der an bestimmten Abenden über diese stille Straße fuhr, ein nf (nur freitags) oder ein fn (freitags nicht) war – immerhin ein Unterschied. Aber schließlich hatte er, Jocelyn Pentecost, wenn auch mit Tante Beas «Hilfe», Miss Thompson in diese gräßliche Lage gebracht. Also war es seine Pflicht, Interesse für ihr Anliegen zu bekunden.

«Es war nicht recht von mir», sagte sie jetzt, «Sie so einfach zu überfallen, Mr. Pentecost. Ich hätte Ihnen vorher schreiben sollen.»

«Nein, nein, durchaus nicht. Ich freue mich wirklich, daß Sie gekommen sind. Es tut mir nur leid, daß Ihr Besuch mit so einem Desaster enden mußte. Es ist allein meine Schuld.»

Verrückt, dachte Gaylord, was Erwachsene in einer so gefährlichen Situation für langweiliges Zeug reden konnten! Er blickte wieder aus dem Fenster. «Jetzt sind es schon zwei», verkündete er. «Sie starren dauernd zu uns herüber. Bestimmt wollen sie uns verschlingen.» Aber natürlich hörte ihm niemand zu. Nicht einmal Miss Thompson. Dabei hatte sie doch den einen Schneemenschen selbst gesehen! Typisch. Mal so, mal so – wie alle großen Leute!

Miss Thompson war mit ihren Gedanken tatsächlich ganz woanders. «Bitte, Mr. Pentecost, Sie brauchen sich wirklich nicht zu entschuldigen. Ich hätte nicht kommen sollen. Nur – es lockte mich so, weil ich Ihre Bücher so bewundere.»

«So? Vielen Dank, Miss Thompson.» Komplimente waren Nektar für Jocelyn. Und in diesem Schneesturm, in einem Auto ohne einen Tropfen Benzin im Tank, konnte er die doppelte Menge vertragen. «Man versucht», fuhr er fort, «das Leben widerzuspiegeln, und freut sich, wenn es einem etwas gelingt ... Mein Gott, da kommt etwas!» Mit einem Satz war er aus dem Wagen.

Bittere Enttäuschung überfiel Gaylord. Das Abenteuer, das so herrlich angefangen hatte, drohte zu Ende zu gehen! Hoffentlich fuhr das sich nähernde Auto einfach vorbei. Aber der Land-Rover verlangsamte schon sein Tempo, und jetzt hielt er an.

Duncan Mackintosh stieg aus und kam näher. Nicht einmal der Anflug eines Lächelns verzog sein Gesicht. «Ich dachte mir schon, als ich das Auto sah, daß Sie es sind, Mr. Pentecost. Ist was los mit dem Wagen?»

Hätte man Jocelyn Pentecost eine Liste mit den fünfzig Millionen Namen der Einwohner Großbritanniens gegeben und ihn aufgefordert, den Mann zu nennen, von dem er am wenigsten gern aus der Patsche gezogen werden wollte, hätte er zweifellos auf Anhieb Duncan Mackintosh genannt. Ausgerechnet dieser gräßliche Kerl, dachte er. Ausgerechnet dieser praktische, tatkräftige, humorlose Schotte mußte hier auftauchen. Der Mann, neben dem er sich immer wie ein schwachsinniger Schuljunge vorkam. Verdrossen antwortete er: «Ich hab kein Benzin mehr.»

«Sind Sie ganz sicher? Ist es auch nichts anderes? Steht der Anzeiger auf leer?» Er warf einen prüfenden Blick auf das Armaturenbrett und klopfte mit dem Finger auf die Benzinuhr. «Hier – *das* ist er.»

«Ach. Und ich dachte, das ist der Tacho», sagte Jocelyn. Es war der beste Beweis für seine Gereiztheit, dachte er im gleichen Augenblick, daß er sich zu einer so billigen Spöttelei hinreißen ließ.

«Nein.» Mr. Mackintosh deutete auf den Tachometer. «Das hier ist der Tacho.» Noch einmal klopfte er mit dem Zeigefinger auf die Benzinuhr. «Ja, tatsächlich, der Tank ist leer. Sie steigen am besten um in den Land-Rover. Schalten Sie die Scheinwerfer aus, und sehen Sie zu, daß die Fenster alle geschlossen sind.»

Sie ließen das Auto stehen und stiegen um. Miss Thompson dachte: Ausgerechnet der Mann, den ich wegen seiner Tochter sprechen wollte. Was für ein Zufall! Jocelyn dachte: Warum habe ich dem Kerl nicht klipp und klar gesagt, daß ich weiß, welches die Benzinuhr ist, und selber gesehen habe, daß der Zeiger auf leer stand? Gaylord blickte sehnsüchtig auf das kleine Auto zurück, das schon halb eingeschneit war – Schauplatz eines todbringenden Abenteuers, das Julias Vater nun durch die viel zu frühe Rettung der Helden verdorben hatte.

«Miss Thompson ist Julias Lehrerin», sagte Mr. Mackintosh mit unbewegter Miene.

«Ach, was für ein Zufall», sagte Jocelyn Pentecost.

«Aye.» Schweigend fuhr Mr. Mackintosh weiter.

«Man kommt sich so furchtbar dumm vor, wenn man mit leerem Tank dasteht», sagte Jocelyn.

«Ich sorge immer dafür, daß meiner nie weniger als viertelvoll ist. Wenn Sie sich an diese einfache Faustregel halten, kann Ihnen kaum was passieren.»

Wie recht er hatte! Und wie abstoßend selbstsicher alles klang, was er sagte. Doch jetzt sagte eine entschlossene Stimme:

«Ich finde, das sollte jedem mindestens einmal im Leben passieren. Man wird dann nicht so leicht überheblich.»

Das saß. Mr. Mackintosh schwieg eine Weile. Dann sagte er ruhig: «Besser überheblich als beschränkt, Miss Thompson.»

Wieder vertrieb glühender Zorn – diesmal wegen Jocelyn Pentecost – ihre Scheu. Sie sagte: «Wann werden Sie Ihrer Tochter erlauben, mit ihrem Leben das anzufangen, was sie möchte, Mr. Mackintosh?»

Er antwortete nicht darauf. Nur die plötzliche Steigerung des Tempos zeigte, daß er die Frage gehört hatte und übelnahm.

«Ich habe Sie etwas gefragt, Mr. Mackintosh.»

«Ich habe es gehört, Miss Thompson. Darf ich Sie daran erinnern, daß ich der Vater bin und Sie dafür bezahlt werden, dem Kind Lesen und Rechnen und Schreiben beizubringen?»

«Das war nun wirklich nicht nötig, Mr. Mackintosh», sagte Jocelyn.

«Wenn Sie sich über mich beschweren wollen, Mr. Pentecost, wenden Sie sich bitte an meinen Arbeitgeber, Mr. Pentecost senior.»

Wendy Thompson wandte sich dankbar an Jocelyn und sagte: «Sie brauchen mich nicht zu verteidigen, Mr. Pentecost. Mir liegt nur daran, daß Julia die Erlaubnis zum Tanzen bekommt, das ist alles. Stellen Sie sich einmal vor, Ihre Eltern hätten Ihnen verboten, Schriftsteller zu werden.»

Jetzt hielt es Gaylord nicht länger aus. Er hatte schon allzu lange geschwiegen. «Mummi sagt immer, wenn Paps kein Schriftsteller geworden wäre, dann hätte er einen erstklassigen Schmied abgegeben.»

«Na, ob das für Sie das richtige gewesen wäre, Mr. Pentecost –» meinte der Schotte.

«Mein Gott», rief Jocelyn ärgerlich, «damit will meine Frau doch nur sagen, daß ich ungeschickt mit den Händen bin.»

«Aye. Das fällt mir immer wieder auf: Die Engländer sagen oft das Gegenteil von dem, was sie meinen. Und wenn man's als Schotte dann nicht versteht –» jetzt schwang Bitterkeit in seiner Stimme mit – «sagen sie, es war nur ein Scherz.»

«Und warum wollen Sie nicht, daß Julia eine Ballettschule besucht, Mr. Mackintosh?»

«Ach, ich ... äh ... Weil sie nach acht Tagen doch keine Lust mehr hätte.»

«Das stimmt nicht.»

«Und weil es mir nicht paßt, daß meine Tochter halbnackt vor lüsternen Männern rumtanzt.»

«Es geht um *Ballett*, nicht um Striptease, Mr. Mackintosh. Sie waren doch vermutlich auch damit einverstanden, daß Ihre Frau –»

Jetzt war sie zu weit gegangen, hatte die unsichtbare Linie zwischen dem Erlaubten und dem nicht mehr Zulässigen überschritten – das wußte sie, und es tat ihr leid. Er blickte sich böse zu ihr um und sagte: «Lassen Sie meine Frau aus dem Spiel, Miss Thompson.»

«Entschuldigen Sie, bitte. Das hätte ich nicht sagen sollen. Es tut mir leid. Aber eines muß ich Ihnen sagen: Wenn Sie Julia das Tanzen verbieten, nehmen Sie ihr damit einen großen Teil der Freuden, die ihr das Leben zu bieten hat. Und es sind doch nicht allzu viele, meine ich.»

«Unfug!» sagte er grob.

«Es ist genauso, als sperrten Sie eine Lerche in den Käfig, Mr. Mackintosh.»

Er schwieg. Sie waren jetzt fast am Gutshaus angekommen. Er seufzte und sagte: «Eine so zierliche junge Frau und trotzdem ein richtiger Kampfhahn! Imponiert mir, Ihr Mut, Miss Thompson. Aber ich will nicht, daß Sie Julia Flausen in den Kopf setzen.»

«Das tue ich auch gar nicht. Es geht um etwas, was sie seit langem im Kopf hat und sich von Herzen wünscht.»

«Aye. So, Mr. Pentecost, da wären wir. Und vergessen Sie nicht: Wenn der Tank nur noch viertelvoll ist, immer gleich auftanken! Dann passiert Ihnen so eine dumme Geschichte nicht wieder. Gute Nacht allesamt.» Er fuhr los. Die Rücklichter entschwanden im Schneegestöber.

«So ein Grobian», sagte Miss Thompson lachend. «Aber ich gebe noch nicht auf.» Dann sah sie Jocelyn erschrocken an. «Ach, ich wollte ihn doch bitten, mich ins Dorf zu bringen! Das habe ich nun im Eifer des Gefechts ganz vergessen.»

«Liebe Miss Thompson, Sie wären ja doch nicht mehr nach Ingerby gekommen. Nein, nein, meine Frau wird Sie schon noch unterbringen, und morgen früh fahren wir Sie dann nach Hause.»

«Ach ja, bleiben Sie doch bei uns, Miss Thompson!» drängte Gaylord. Er fühlte sich immer noch als ihr Beschützer. Vielleicht konnte er sie sogar heiraten, wenn er groß war. Die Verkäuferin vom Supermarkt hatte ja schon einen Mann. Und Miss Thompson war eigentlich sogar noch netter als Tante Becky.

Hier übernachten, in diesem turbulenten Haus? Wendy Thompson überlegte. Mr. Jocelyn Pentecost war reizend und überaus höflich, und der kleine Junge war einfach bezaubernd ... Aber Mrs. Pentecost gegenüber fühlte sie sich sehr unsicher. Außerdem wurde ihr bei der Vorstellung, Abendbrot und Frühstück im Kreise einer so großen Familie einzunehmen, angst und bange. Und am Ende mußte sie in der Nacht ein Zimmer mit der alten Dame teilen, die ihren Mini kaputtgefahren hatte! Schrecklicher Gedanke. Sie sehnte sich nach ihrem gemütlichen Häuschen, nach einem friedlichen Abend bei geschlossenen Türen und vorgezogenen Gardinen, doch zwischen ihr und dem gemütlichen Häuschen lag jetzt eine Schneewüste. Es blieb ihr also gar keine Wahl.

Als May zum drittenmal an diesem Tag Miss Thompson vor ihrer Haustür stehen sah, reagierte sie verständlicherweise nicht gerade begeistert. «Ach, da seid ihr ja wieder», sagte sie, zu Jocelyn gewandt. «Du bist also nicht durchgekommen – na ja, kein Wunder bei dem Schneetreiben! Gaylord, du gehst sofort ins Bett. Paps wird dir dein Abendbrot raufbringen.» Und nach einer kleinen Pause: «Guten Abend, Miss Thompson.»

«May, ich habe Miss Thompson gesagt, du hättest gewiß noch ein Bett für sie.» Er lachte verlegen und ein wenig schuldbewußt.

Ohne jemanden anzusehen, sagte May: «Aber natürlich, Miss Thompson, wir freuen uns.»

«Ich mache Ihnen so schrecklich viel Umstände», sagte Miss Thompson.

«Nein, nein, keine Spur.»

Gaylord wußte aus bitterer Erfahrung, daß Mummi jetzt bestimmt nicht mehr mit sich handeln ließ. Aber ehe er ins Bett ging, mußte er ihr wenigstens noch von dem großen Abenteuer berichten. «Du, Mummi, wir hatten eine Panne in der eisigen Steppe, und da war ein Schneemensch! Ich hab ihn ganz deutlich gesehen.»

«Tatsächlich, Gaylord?» sagte May abwesend. Dann ging ihr ein Licht auf. «Du hattest eine Panne, Jocelyn?»

Gaylord wurde klar, daß er, ohne es zu wollen, Paps soeben flußabwärts verkauft hatte. Zu dumm. Vereint hatten er und Paps immer noch eine Chance – getrennt konnte Mummi sie zu Hackfleisch verarbeiten. Eilig sagte er: «Es war gar nicht Paps' Schuld, daß wir kein Benzin mehr hatten. Da war bestimmt ein Loch im Tank, Mummi.»

«Kein Benzin im Tank, Jocelyn?»

«Es war alles meine Schuld», sagte Miss Thompson kläglich.

«Unsinn, Miss Thompson», sagte May. «Davon kann doch gar keine Rede sein!»

«Ich bin ganz allein an allem schuld», gestand Jocelyn.

Doch zu seiner großen Erleichterung fing May jetzt plötzlich fröhlich an zu lachen und sagte: «Es ist doch auch völlig egal, wer schuld ist, Kinder. Hauptsache, ihr seid alle wieder heil zu Hause. Nur die *arme* Miss Thompson steht hier unter lauter fremden Leuten in einem fremden Haus.» Und sie schenkte der *armen* Miss Thompson ein liebenswürdiges, huldvolles Lächeln. «Lassen Sie nur, Miss Thompson, wenn Sie uns erst etwas besser kennen, werden Sie feststellen, daß wir ganz umgänglich sind. Auch mein Schwiegervater beißt nicht, müssen Sie wissen.»

«Ach wie schön!» sagte Wendy Thompson mit seligem Lachen. Sie merkte, daß es albern klang, aber ihr fiel in diesem Augenblick nichts anderes ein, was sie der großherzigen Mrs. Pentecost hätte sagen können.

«Und Wölfe waren auch da, Mummi!» Es war Gaylords allerletzter Versuch, seine Mutter abzulenken. Aber er wußte sofort, daß er einen Fehler gemacht hatte. Normalerweise hielt er sich, sobald das Thema Zubettgehen zur Sprache kam, still und leise im Hintergrund. Heute hatte er sich in seiner Aufregung hinreißen lassen, ihr von seinen Abenteuern zu erzählen. Mummi sagte nur: «Los, ins Bett mit dir, Gaylord.»

Zu ihrem Erstaunen verschwand er sofort. Hoffentlich steckte nichts dahinter ... Doch dann sah sie, was Gaylord einen Moment früher gesehen hatte, und wußte den Grund seiner plötzlichen Folgsamkeit: Tante Bea kam aus dem Wohnzimmer in die Diele.

Ihr folgten Tante Dorothea, Edouard und der alte John Pentecost. Edouard hielt ein Glas mit Gin Tonic in der Hand, John sein Glas Whisky. John hatte dem Franzosen den Arm um die Schultern gelegt und redete eindringlich auf ihn ein. Er sprach über den Gemeinsamen Markt, der seiner Überzeugung nach das Ende des englischen Musicals und der Krickettspiele bedeutete.

May sagte: «Monsieur, das ist mein Mann – ich glaube, Sie kennen ihn noch nicht. Jocelyn, das ist Monsieur Edouard Saint-Michel Bouverie.»

Jocelyn war im Begriff, ihn mit dem üblichen «Wie geht es Ihnen?» zu begrüßen. Aber Edouard kam ihm zuvor: «Monsieur», sagte er. «Sie sind zu beneiden.»

«So, finden Sie?» fragte Jocelyn. Ja, sicher, er hatte Glück, seine Arbeit machte ihm meistens Spaß, er hatte zwei reizende Kinder, keine ernsten Geldsorgen ...

«Ja – Sie haben eine Frau ‹so süß, daß unter ihr sich keine Blume biegt›.» Seine Finger formten eine Knospe, die er an die Lippen drückte und dann mit großer Geste May zuwarf.

Jocelyn war beeindruckt. «Sie kennen Ihren Shakespeare», sagte er voller Bewunderung.

May ließ sich nicht von ihren Gastgeberinnenpflichten ablenken. «Sie kennen sicher noch nicht alle, Miss Thompson», sagte sie und machte Wendy mit den Anwesenden bekannt. «Miss Thompson bleibt über Nacht hier», erklärte sie.

Der Franzose gebärdete sich so entzückt, als sei damit der Höhepunkt seines Glücks erreicht. Bea sagte streng: «Hoffentlich fahren Sie in Zukunft etwas vorsichtiger, meine Gute.»

May verkündete: «In einer halben Stunde können wir essen.» Gerade noch Zeit genug, dachte sie, um sich umzuziehen, den Tisch zu decken, sich die Nase zu pudern und die Hühner aus dem Backofen zu holen, ehe sie gänzlich zerfallen waren.

«Ist Ihnen das auch recht, mein Lieber?» fragte Opa seinen Freund Edouard fürsorglich.

«Aber ja, ausgezeichnet. Da kann ich mich ja noch in Ruhe umziehen.»

«Oh, das ist aber nicht nötig», beteuerte Opa und klopfte Edouard auf die Schulter. «So fürstlich geht's bei uns nicht zu. Sie müssen mit unserer bescheidenen Kost vorliebnehmen, nicht wahr, May?» Er zwinkerte seiner Schwiegertochter zu.

«Ja», sagte sie und wandte sich dem Franzosen zu. «Ich habe nur ein einfaches Mahl vorbereitet: Coq au Vin mit Pommes Anna und Auberginen und danach Profiterolles. Wünschen Sie dazu –»

«Und das spülen wir mit einem schönen englischen Bier runter, was?» fragte Opa.

«Wunderbar», sagte Edouard, der englisches Bier schal und ungenießbar fand.

«Gut», sagte May. «Ich habe allerdings für alle Fälle zwei Flaschen Meursault Clos des Bouches Chères kaltgestellt – den 1971er. Aber –» Jocelyn stellte erstaunt fest, daß sie plötzlich ganz klein und hilflos aussah – «ich verstehe nicht viel von Weinen. Vielleicht trinken Sie doch lieber Bier –?»

Edouard wandte sich an John Pentecost. «Sie werden mir verzeihen, lieber Freund. Für keinen anderen Wein würde ich auf Ihr Bier verzichten. Aber ein Meursault ...» Hier folgte ein Handkuß, den er May zuwarf. «Das ist der Wein, den die Götter auf dem Olymp trinken, meine reizende Nichte in spe.»

Jocelyn war schon fast eingeschlafen, als er plötzlich den Kopf hob und fragte: «Wo ist Miss Thompson?»

«Mit in Beas Zimmer», antwortete May etwas kurz. «Warum – brauchst du sie?»

»O Gott, nein. Ich wollte es bloß wissen.»

May seufzte und wollte wieder einschlafen, aber Jocelyn fuhr fort: «Furchtbar nette kleine Person. Und wie die sich gegen Mackintosh behauptet hat!»

May sagte nichts.

«Seine kleine Tochter möchte zum Ballettunterricht, und er will nichts davon wissen. Aber ich glaube, Miss Thompson wird ihn noch so weit bringen, daß er nachgibt.»

«Tapfer, tapfer», murmelte May und gähnte.

«Was? Oh, entschuldige, Liebes, du bist müde, nicht wahr?»

Gaylord war aufgewacht, als Opa sich geräuschvoll schlafen gelegt hatte, und dachte an die nette Miss Thompson. Er malte sich lauter grauenhafte Situationen aus, aus denen er sie erretten konnte. Zum Beispiel stellte er sich vor, wie sie gefesselt auf den Schienen lag und den Drei-Uhr-Zug immer näherkommen hörte: bestimmt ein grausiges Erlebnis, bei dem man das Fürchten lernen konnte. Aber auch ein paar Fälle, in denen er selber Trost brauchte und ihn bei Miss Thompson fand, malte er sich im Halbschlaf aus. Und in dem Gedanken, daß zumindest *ein* Zukunftsproblem gelöst war, schlief er zufrieden wieder ein.

Wendy Thompson hatte keine Ahnung, daß sie zur zukünftigen Mrs. Gaylord Pentecost erwählt worden war. Sie teilte ein Zimmer mit Tante Bea. Und als Wendy gerade fast eingeschlafen war, knipste die alte Dame das Nachttischlämpchen an, setzte sich im Bett auf und fragte: «Wer sind Sie doch noch? Wie war doch Ihr Name? Ich weiß immer gern, mit *wem* ich im Zimmer schlafe.»

«Ich bin Wendy Thompson. Ich bin Lehrerin. Ich sollte mit Mr. Pentecost wegen einer Lesung im Klub der Literaturfreunde von Ingerby sprechen.» Sie setzte sich ebenfalls auf, das gebot die Höflichkeit.

Tante Bea stopfte sich ein Kissen in den Rücken, machte es sich bequem und sagte: «Vor vier kann ich nie einschlafen. Und Sie?»

«Oh, ich – ich schlafe eigentlich immer ganz gut.»

«Tatsächlich? Beneidenswert! Ich hoffe nur, Sie schnarchen nicht.» Pause. Dann in strengem Ton: «Oder schnarchen Sie etwa?»

Wendy kam sich vor wie bei einem Verhör.

«Ich – nein, ich glaube nicht.»

«Dorothea schnarcht nämlich. Eine gräßliche Angewohnheit. Außerdem – eine Dame schnarcht nicht!»

«Wenn ich schnarche, müssen Sie mich bitte wecken.»

«Oh, darauf können Sie Gift nehmen.»

Tante Bea saß immer noch da und hielt ihre Knie umfaßt. Aber jetzt schwieg sie. Wendy Thompson wußte nicht recht, ob die Audienz damit beendet war oder nicht. Sie war todmüde und legte sich wieder hin. Gedanken und Bilder tanzten ihr durch den Kopf. Die Augen fielen ihr zu, ihr Atem ging tiefer.

«Sie schnarchen ja schon fast!» mahnte die herrische Stimme aus dem anderen Bett.

«Ich – oh, entschuldigen Sie, bitte. Meinen Sie wirklich?» Wendy Thompson war wieder hellwach geworden.

«Ja. Haben Sie sich schon einmal näher mit dem Rokoko beschäftigt?»

«Ich – nein, eigentlich nicht.»

«Sollten Sie auch nicht tun», sagte Tante Bea fest. Sie dachte einen Augenblick nach. «Alles Unsinn», sagte sie dann.

«Tatsächlich?»

«Ja. Ich möchte beinahe sagen: pure Albernheit.»

«Aha.»

Die alte Dame starrte vor sich hin. Sie sagte nichts, aber Wendy hatte das Gefühl, sobald sie die Augen schloß, würde Tante Bea wieder zustoßen. Sie war wie der Vogel in einer Kuckucksuhr, der sich schon Minuten vor dem Stundenschlag langsam und kratzend aus seinem Häuschen schiebt und alle Leute im Zimmer mit nervöser Unruhe erfüllt.

«Zu Hause trinke ich abends immer eine Tasse Kakao», verkündete Tante Bea.

Wendy hatte genug. Sie konnte unmöglich bis vier Uhr morgens mit Tante Bea wach bleiben und abwechselnd «Tatsächlich?» und «Aha» sagen. «Ich glaube, Sie sollten sich hinlegen und versuchen zu schlafen, Miss Pentecost», sagte sie mutig.

«Das hätte keinen Zweck. Ich kann doch nicht einschlafen.» Pause. «Aber ich will Sie nicht wachhalten, Miss Thompson», fügte sie in gekränktem Ton hinzu.

Wendy legte sich wieder zurecht. «Ich bin wirklich sehr müde. Gute Nacht, Miss Pentecost.»

«Gute Nacht.»

Ach, war das gut. Weiche Kissen, ein weiches Bett, wohlig müde Glieder. Wie die ersten Wellen der Flut kehrte der Schlaf langsam wieder.

«Sie haben doch keine Angst vor Mäusen?» fragte Tante Bea mit lauter Stimme.

«Ich – also, *sehr* gern mag ich sie *nicht*!» Wendy saß plötzlich wieder kerzengerade in ihrem Bett.

«Nun, dann werden Sie sich auf eine unruhige Nacht gefaßt machen müssen. Ich glaube, da drüben in der Kommode spielt eine ganze Mäusefamilie Verstecken.»

12

Am nächsten Morgen hatte das englische Wetter einen jener Purzelbäume geschlagen, für die es weltweit berühmt ist: Die Sonne strahlte von einem wolkenlos blauen Himmel herab, und das Land glich einem weichen Federbett aus Schnee. Alles war so sauber und klar, und nirgendwo gab es ein Anzeichen für das so nahe bevorstehende Chaos.

Wendy Thompson hatte schließlich – Tante Bea und allen Mäusen zum Trotz – doch wie ein Murmeltier geschlafen. Und als sie am Morgen die Augen aufschlug und plötzlich wieder die Hoffnungen und Ängste, die Pflichten, Sorgen und Freuden ihres Lebens vor ihr standen, sagte sie sich voller Zuversicht, daß der neue Tag, einerlei ob er gut, schlecht oder scheußlich ausfallen würde, so gut wie sicher eine Weile des Zusammenseins mit Mr. Pentecost für sie bereithielt, und darauf freute sie sich. Mr. Pentecost war freundlich und still, und er hatte Augen, die ganz plötzlich lächeln konnten.

Allerdings erwartete sie auch allerlei Ungewohntes. Zum Beispiel hatte sie noch nie in einem Kreis von lauter fremden Menschen gefrühstückt. Und keiner von ihnen schien auch nur einen Gedanken daran zu verschwenden, daß sie hier fremd war und sich ein wenig verloren fühlen mußte.

Mrs. Pentecost kam ihr zu Hilfe. «Also, Miss Thompson, Sie haben die Wahl. Mein Schwiegervater ißt zum Frühstück immer dasselbe: Porridge, Spiegeleier mit Speck und Würstchen, Toast, Orangenmarmelade. Und Kaffee. Mein Mann ißt nur ein Stück trockenen Toast und trinkt zwei Tassen Tee. Sie können gern das eine oder das andere haben oder auch etwas ganz anderes natürlich.»

Was Miss Thompson am liebsten zum Frühstück aß, war in Streifen geschnittener Toast, der in ein weichgekochtes Ei getunkt wurde. Aber das konnte man natürlich unmöglich bei anderen Leuten tun. Außerdem war von *gekochten* Eiern nicht die Rede gewesen. Sie sagte daher schüchtern: «Könnte ich vielleicht etwas Toast und Butter haben?»

Ihre Antwort löste ein Gewitter aus. «Toast und Butter?» donnerte John Pentecost und ließ die *Times* einen Augenblick sinken. «Sie sind ja ebenso schlimm wie Jocelyn, junge Frau. An einem Morgen wie diesem braucht der Mensch eine ordentliche Grundlage. Porridge, Eier, Speck.» Empört raschelte er mit seiner Zeitung. Sie enthielt schon genügend Unerfreuliches, da brauchte nicht noch so ein unterernährtes junges Ding zu kommen und ihm das Frühstück zu verderben.

«Hör sich einer das an», sagte Tante Bea. «Mein lieber John, du solltest lieber Frühstück und Mittagessen *ausfallen* lassen und einmal sechs Monate von deinem Fett leben. *Das* wäre gut für dich.»

«Fast alle Männer essen zuviel», warf Becky ein. «Sie haben immer Appetit.» Sie lächelte ihrem Mann flüchtig zu.

May, verständnisvoll und liebenswürdig wie immer, sagte: «Hören Sie nicht darauf, Miss Thompson. Hier ist Toast und Butter und Marmelade. Wenn Sie alle Ratschläge dieser Familie befolgten, würden Sie entweder verhungern oder aber sich zu Tode essen.»

Das war Gaylords Stichwort. «Die Schafe von Henry Bartletts Tante haben sich mal in einem Kleefeld überfressen, hat sie gesagt. Da lagen sie alle auf dem Rücken, ganz aufgeblasen, mit Bäuchen wie Luftballons, und haben die Beine in die Luft gestreckt.»

May befürchtete, daß Gaylord im Begriff war, von Miss Thompson ein ähnliches Bild zu entwerfen, und unterbrach ihn: «Das genügt, Gaylord.» Aber Gaylord setzte seinen Bericht unbeirrt fort. «Da hat Henrys Onkel einen spitzen Stock genommen und die Schafe alle angepiekst. Hat sich angehört, wie als ob einer mit 'nem Fahrradreifen über'n Nagel fährt, sagt Henry.» Ein täuschend echtes Zischen folgte.

Jocelyn korrigierte ihn: «Gaylord, man kann nicht sagen ‹wie als ob›. Es heißt –» Aber Opa unterbrach ihn und sagte eisig: «Ich hatte vor ein paar Minuten vorgeschlagen, Miss Thompson möge sich mit einem anständigen Frühstück gegen die Winterkälte wappnen. Mein wohlgemeinter und konstruktiver Vorschlag wurde zunächst ins Gegenteil verkehrt, sodann dazu benutzt, nicht nur auf mich, sondern auf alle Männer einzudreschen, und schließlich zu einer Darstellung ländlichen Lebens à la Thomas Hardy verwendet.»

Gaylord war gekränkt. «Ich hab bloß gesagt –»

«Hör auf», sagte Opa kurz und zerrte zornig an seiner Serviette.

Wendy Thompson war höchst unbehaglich zumute bei diesen Wortgefechten. Mit niedergeschlagenen Augen saß sie da, knabberte an ihrem Toast und sehnte sich nach Hause zurück. Wie friedlich war es doch in ihrem stillen Wohnzimmer. Allerdings war es manchmal fast zu still, das mußte sie zugeben – ein bißchen wie Grabesstille. May Pentecost beobachtete sie und sorgte für sie mit der unpersönlichen Freundlichkeit einer guten Gastgeberin. Arme kleine Maus, dachte sie. Aber hier hörte die Freundlichkeit auch auf. Miss Thompson war eine junge Frau von dreißig Jahren und nicht unattraktiv. Vorsicht, dachte sie.

Auch Jocelyn beobachtete Miss Thompson und dachte: Sie sieht so empfindsam aus. Wie gräßlich muß es für sie sein, so früh am Morgen zwischen einer Horde von streitenden Fremden zu sitzen. Er sagte: «Vielleicht haben Sie nach dem Frühstück Lust, sich mein Arbeitszimmer einmal anzusehen, Miss Thompson? Es gibt zwar nicht viel zu sehen, aber wenn –»

Sie blickte auf und errötete vor Freude. «Oh, furchtbar gern, Mr. Pentecost.»

May vernahm jetzt deutlich eine innere Stimme, die einen leisen Warnruf ausstieß: «Aufpassen!» Sie blickte zu Miss Thompson hinüber und sagte: «Sie dürfen nicht zuviel erwarten, Miss Thompson. Das Zimmer war früher ein kleines Schlafzimmer. Wir haben nur einen Schreibtisch und Bücher hineingestellt.»

«Ach, darauf kommt es doch nicht an», sagte Miss Thompson mit glückseligem Lächeln. «Es ist doch – es ist, daß dort etwas geschaffen wird ... Gestalten, Leben.»

«O Gott», sagte Opa. Kompletter Blödsinn, dachte er.

Aber May war nachdenklich geworden. Sie empfand Stolz und zugleich ein wenig Neid. Warum hatte sie es einer anderen Frau überlassen, diese Worte zu sagen?

Das Frühstück ging zu Ende. Der alte Mann war bei seinem dritten, also letzten Toast. (Einmal hatte er nur zwei gegessen, und siehe da, mittags hatte er mit Grippe daniedergelegen.)

Gott sei Dank, dachte May. Wieder eine Mahlzeit überstanden, ohne daß es zu ernstem Streit oder schlimmen Worten gekommen war. Plötzlich fiel ihr Blick auf Gaylord, der offenbar sein Pulver noch nicht verschossen hatte. Sie wollte sich erheben, aber es war schon zu spät. «Du, Onkel Peter», sagte ihr Sohn, «du weißt doch, Tante Becky hat gesagt, du wolltest irgendwas machen – ich weiß nicht mehr, was, irgend was mit einem roten Kopf.»

«Wir sind wohl alle fertig?» fragte May und blickte in die Runde. Aber niemand hörte sie. Jocelyn rutschte unruhig auf seinem Stuhl hin und her. Er wäre gern aufgestanden und hätte Miss Thompson nach Hause gebracht, damit er endlich wieder an seine Arbeit gehen konnte. Opa hatte sich bereits in den Leitartikel der *Times* vertieft. Doch die beiden Tanten starrten erst Peter und dann Becky an. Keine zehn Pferde hätten sie jetzt aus dem Zimmer gebracht. Becky beobachtete ihren Mann mit liebevoller Aufmerksamkeit, um zu sehen, wie er reagieren würde. Edouard blickte neugierig und nicht ohne Respekt zu Peter hinüber.

Peter wurde rot und sagte kein Wort.

«Jetzt weiß ich's wieder!» rief Gaylord triumphierend. «Ins Netz gehen, *das* war es. Wie macht man das, wenn man ins Netz geht, Paps?»

«Da gibt es verschiedene Wege, Gaylord. Du hast doch schon manchmal Fischernetze gesehen –»

«Jocelyn, sei nicht albern», sagte Becky freundlich. Sie strahlte

Gaylord mit ihrem unschuldigen Lächeln an, das alle Männer zwischen sieben und siebzig verzauberte, und sagte: «Ins Netz gehen heißt, daß man sich an der Nase herumführen läßt, genau wie ein Tanzbär, verstehst du?»

Komisch, dachte Gaylord. «Aber Onkel Peter hat gesagt, es war ein Vogel.»

«Das stimmt auch, mein Kleiner. Ein Vogel mit wunderschönem Gefieder.»

Ein Vogel und dann ein Tanzbär? Gaylord gab es auf. «Kann ich jetzt spielen gehen, Mummi?»

Die Spannung löste sich. May stand auf und musterte Gaylord mißtrauisch. Hoffentlich fehlte ihm nichts. Es sah ihm so gar nicht ähnlich, ein peinliches Thema einfach fallen zu lassen.

Alle erhoben sich. Peter fuhr sich unauffällig über die Stirn. Seine Frau kam und nahm ihn beim Arm; sie lächelte ihn an und ging mit ihm hinüber ins Wohnzimmer. Die anderen folgten. «Na, der Junge sucht wohl ein bißchen Abwechslung, was?» sagte Tante Bea mit lauter Stimme. «Hab ich mit Ben auch mal erlebt, als er so alt war wie Peter. War so eine kleine Bibliothekarin.»

Niemand sagte etwas zu dieser sensationellen Enthüllung über den verewigten Großonkel Ben.

«Wenn sie Opernsängerin gewesen wäre, hätt's mir ja nichts ausgemacht», fügte Tante Bea ebenso laut hinzu.

«Oder eine aus dem Chor», meinte Dorothea.

«Und sie war auch noch Methodistin!» erklärte Tante Bea.

«Myrtle hieß sie.» Diese Information steuerte Tante Dorothea bei.

Dann seufzten beide.

Weiter war dazu nichts zu sagen. Sie traten alle an die hohe Glastür, die in den Garten hinausführte. Strahlendes Sonnenlicht schien von draußen herein.

Sie blickten auf den weißen Rasen hinaus, der sanft zu den Wiesen und dem sich schwarz dahinschlängelnden Fluß hin abfiel. Sie standen im warmen Zimmer, nur durch die Glasscheiben getrennt von der winterlichen Außenwelt, von Schnee und Eis und schneidender Kälte.

Das einzig Lebendige in der blauweißen glitzernden Welt da draußen war eine kleine Gestalt, die auf dem Weg am Fluß einen Schlitten hinter sich her zog. «Sieht aus wie ein Page, der seinen guten König Wenzeslaus verloren hat», meinte Opa und gab seinem lieben Freund Edouard Feuer.

Gaylord hielt das nicht für wahrscheinlich. Aber wissen konnte man so etwas natürlich nie. Er blickte genauer hin und sagte: «Das ist Henry Bartlett.» Opa, dessen eigene Zigarre jetzt auch gut brannte, hielt ihm das Streichholz hin, und Gaylord pustete es aus. «Ich wußte gleich, daß es kein Page war», sagte er abfällig. «Mummi, kann ich rausgehen und mit Henry spielen? Und darf ich Schultz mitnehmen?»

«Ja, aber zieh dich warm an. Es ist eisig draußen.»

Gaylord verschwand, und bald war er draußen. Der Schnee war fest und trocken, er schimmerte und glitzerte. Gaylord war entzückt über dieses Himmelsgeschenk. Er konnte sich an diesem Morgen nichts Schöneres vorstellen.

Schultz war da anderer Meinung. Es war ein junger Hund, so groß wie ein kleines Kalb, doch noch ohne viel Lebenserfahrung, und die Tatsache, daß jemand über Nacht die ganze grüne Welt mit Schichten weißer Farbe zugedeckt hatte, brachte ihn aus der Fassung. Zuerst bellte er das Weiße an, knurrte, wich zurück und schoß dann darauf los. Aber alles blieb, wie es war, und obendrein machte das Weiße die Pfoten kalt und versuchte sogar, ihn zu verschlingen, ihn unter sich zu begraben. Und wo waren alle seine Spielgefährten? Für Schultz waren alle Geschöpfe des Tierreichs Freunde: von den Vögeln, Bienen und Schmetterlingen bis zum Bullen im Stall. Heute morgen waren weder Bienen noch Schmetterlinge zu sehen, und Schultz war der Ansicht, man sei ihm eine Erklärung schuldig.

«Mann, ist der Schnee tief!» rief Gaylord jubelnd. Feiner Schneestaub wirbelte auf bei jedem Schritt, und die Sonne strahlte vom Morgenhimmel herab. Schultz tobte in komischen Sprüngen um ihn herum. Man konnte einen Schneemann bauen, eine Schneeballschlacht machen und Schlitten fahren – Gaylord war bis zum Platzen von Glück und Freude erfüllt. Er mußte seiner Begeisterung irgendwie Ausdruck geben, deshalb pfiff er fröhlich vor sich hin, oder vielmehr gab er Töne von sich, die dem Sirren eines Pfeifenkessels glichen. Ausgelassen stieß er den Schnee vor sich her, während er seinen Freund Henry durch die unermeßliche Schneewüste auf sich zukommen sah.

Jetzt standen sie beieinander. «Kennst du meinen Onkel Peter?» fragte Gaylord.

«Nein», sagte Henry.

«Der geht ins Netz», teilte Gaylord mit.

Henry Bartlett sah ihn mit großen Augen durch seine Brille an.

«Und gestern abend sind wir beinahe im Schnee umgekommen.»

Henry Bartlett riß seine großen Augen noch weiter auf.

«Wir wären ganz bestimmt umgekommen, wenn Mr. Mackintosh uns nicht gerettet hätte.»

Henry Bartlett überlegte. «Ich bin beinahe in den Fluß gefallen», sagte er, um nicht allzu weit ins Hintertreffen zu geraten. Aber es hörte sich nicht ganz wahr an und war mit dem Tod im Schnee natürlich nicht zu vergleichen.

«Du wärst bestimmt gleich steif gefroren, wenn du reingefallen wärst», sagte Gaylord schließlich.

Henry nickte. Sie konzentrierten sich angestrengt auf einen Dornstrauch, den sie aus dem Schnee zu ziehen versuchten. Schultz, das Kinn fast am Boden, keuchte. Er ließ die Augen nicht von dem Strauch und knurrte ihn ab und zu warnend an.

«Schlitten», sagte Henry nach einer Weile. Gaylord sah ihn fragend an. Henry sagte: «Fahren und ziehen, das geht nicht. Nicht auf einmal.»

Das ließ sich nicht bestreiten, das sah auch Gaylord ein.

Henry sagte: «Müßte mal einer erfinden.»

Auch diese Überlegung billigte Gaylord.

Endlich war es geschafft: eine Schneewolke wirbelte auf, und der Strauch gab nach. Erstaunt hielten sie ihn in der Hand. Sie wußten nicht recht, was sie damit anfangen sollten. Schultz kam heran und beroch ihn. Wieder kein Spielgefährte. Die Enttäuschungen häuften sich.

Henry raffte sich zu einer etwas längeren Äußerung auf. «Mit 'nem Schlitten kann einer allein nicht viel anfangen», sagte er. Zu diesem Schluß war er schon auf dem Weg vom Dorf her gelangt.

«Stimmt», sagte Gaylord, und dann kam ihm ein Gedanke. «Du könntest mich ja ziehen», schlug er vor. Etwas weniger begeistert setzte er hinzu: «Und nachher ziehe ich dich.»

Damit war, so schien es, das Problem gelöst. Gaylord setzte sich auf den Schlitten, und Henry zog. Sie keuchten und liefen abwechselnd, und Schultz rannte freudig bellend neben ihnen her. Es ging doch nichts, dachte Henry zufrieden, über einen klugen Freund, der so fabelhafte Einfälle hatte wie Gaylord Pentecost.

«‹*Gelb fallen die Blätter*›», sagte Miss Thompson. Sie stand vor den Bücherreihen in Jocelyns Arbeitszimmer. «Ein schöner Titel für ein schönes Buch.»

«Danke», sagte er. Komplimente erfreuten ihn immer. Nur war es in diesem Fall keine ungetrübte Freude, denn es erinnerte ihn an die Diskrepanz zwischen dem Autor, der damals dieses Buch mit soviel Schwung geschrieben hatte, und dem ausgelaugten Mann, der er heute war.

Wendy Thompson blickte im Zimmer umher, den Mund leicht geöffnet. Ihre Augen leuchteten. «Hier also entsteht alles», sagte sie.

«Im Augenblick gelingt mir leider nichts», bekannte er. «Ich fühle mich wie betäubt. Ich schreibe noch Sätze hin, aber trotzdem – es geht nicht recht voran mit dem neuen Roman.»

«Aber Ihre Leser warten darauf!» sagte sie erschrocken.

Er lachte kurz auf. «Meine Leser würden es nicht einmal merken, wenn ich nie wieder eine Zeile schriebe.»

Sie trat ans Fenster. Zwei kleine Jungen und ein Hund tollten draußen im Schnee herum – ein zeitloses Bild. Sie wandte sich um und sah Jocelyn an. Sein Gesicht war angespannt, ernst, schmal, aber mit kleinen Lachfältchen um die Augen und mit einem Mund, der gern lächelte. «Mr. Pentecost», sagte sie, «darf ich ganz offen etwas sagen?»

Er sah sie erstaunt an. Daß seine Familie ganz offen mit ihm sprach, reichlich offen sogar, daran war er gewöhnt. Von einer fast Fremden dagegen hätte er es nicht unbedingt erwartet. Aber er hatte miterlebt, wie Miss Thompson gegen Mackintosh zu Felde gezogen war, und er wappnete sich. «Ja, selbstverständlich», sagte er.

Sie holte tief Luft. «Mr. Pentecost, Sie sind ungerecht gegen sich selbst. Sie schreiben Bücher – schöne Bücher, und dann sagen Sie, Ihre Leser würden es nicht einmal merken, wenn Sie nichts mehr schrieben.»

«Es ist aber so», sagte er lächelnd.

«Nein, es ist *nicht* so. Viele Menschen warten auf Ihr nächstes Buch. Sie *müssen* weiterschreiben.»

«Nun, und was raten Sie mir?» fragte er, immer noch lächelnd.

Aber er begann sich schon wieder in einem freundlicheren Licht zu sehen.

«Sie müssen sich ernster nehmen.» Die Sicherheit der kleinen Miss Thompson von gestern schien plötzlich gewachsen. «Und Sie dürfen nicht immer gleich ja sagen, wenn jemand Sie ruft.» Eine Tür fiel ins Schloß. Jocelyn sagte kalt: «Mein Familienleben geht nun wirklich nur mich an, Miss Thompson.»

Punkt. Wenn der stets liebenswürdige Jocelyn sich zu einer so ablehnenden Antwort entschloß, konnte er eine erstaunliche Kälte in sie hineinlegen. Miss Thompson wurde sofort wieder das unsichere Wesen vom Abend zuvor. Sie schluckte, wurde glutrot im Gesicht und sagte: «Entschuldigen Sie bitte. Es klang sicher sehr aufdringlich. Bitte, entschuldigen Sie.» Hilflos wanderten ihre Blicke im Zimmer umher. «Ich glaube, ich sollte jetzt gehen.»

Jocelyn war voller Reue. Das arme kleine Ding! Er hätte nie geglaubt, daß er jemanden so erschrecken konnte, aber er hatte sie ganz offensichtlich zu Tode erschreckt. Sanft und ruhig sagte er: «Entschuldigen Sie, Miss Thompson. Ich habe es nicht so gemeint.»

Sie stand wieder am Fenster. «Bitte, glauben Sie mir: Ich hatte wirklich nur an mich und unseren Klub gedacht, als ich vorhin sagte, Sie sollten nicht immer gleich ja sagen! Was weiß ich schon von Ihrem Familienleben, Mr. Pentecost?»

Er schwieg.

«Wir haben Sie um eine Lesung gebeten – das ist für Sie verschwendete Zeit. Ich habe mich Ihnen gestern abend aufgedrängt. Jetzt wollen Sie mich nach Hause bringen. Und die ganze Zeit reden wir zusammen. Wo Sie doch schreiben sollten!»

«Die Lesung im Klub ist für mich keine Zeitverschwendung», sagte er. «Und es wäre sinnlos, wenn ich jetzt versuchte zu schreiben. Irgendwas ist hier drinnen los.» Er schlug ärgerlich auf seine Brust. Er stand jetzt ebenfalls am Fenster und betrachtete das winterliche Bild: Kinder, Hund und Schnee. «Und unsere Unterhaltung heute morgen –» er wandte sich ihr zu und sah sie ernst an – «war mir eine sehr große Freude, Miss Thompson.»

«Ja, mir auch», sagte sie leise.

Sie standen immer noch am Fenster und blickten hinaus. Da sagte Jocelyn plötzlich zu seinem eigenen Erstaunen: «Lassen Sie uns rausgehen und mitspielen.»

«Mitspielen? Mit Ihrem Sohn und dem anderen Jungen?»

«Ja.» Er hatte nicht oft solche Anwandlungen. Jetzt hatte er Lust.

«Aber ich muß nach Hause, Mr. Pentecost.»

«Wir treffen uns in der Diele, in fünf Minuten. Gestiefelt und gespornt.»

Sie starrte ihn an. Ein verwirrtes Lächeln erschien auf ihrem Gesicht, und sie verschwand. Er blieb noch einen Augenblick stehen, ging dann zum Schreibtisch hinüber und schob mit einer müden, fast ablehnenden Geste die Manuskriptseiten in eine Mappe. Dann ging er hinunter, um sich Mantel, Schal, Handschuhe und Gummischuhe anzuziehen.

Schultz hatte inzwischen vergessen, daß die Welt einmal grün gewesen war. Jetzt war Schnee das natürliche Element. Er wirbelte ihn hoch, wälzte sich darin, grub mit den Pfoten, daß es stäubte, und biß immer wieder übermütig hinein. Und als er jetzt zwei Menschen vom Haus her kommen sah, schnappte er fast über vor Freude und stürzte ihnen entgegen. Bei Miss Thompson vollführte er ohne weiteres das, was May «Fenster putzen» nannte: er stemmte seine Pfoten gegen ihre Brust und begann entzückt, ihr das Gesicht zu lecken. Miss Thompson, die nur selten die Bekanntschaft von Vierbeinern gemacht hatte, war von dieser stürmischen Begrüßung tief gerührt.

Auch die beiden Jungen schienen sich zu freuen. Jocelyn sagte: «Das hier ist Henry, Miss Thompson, Gaylords Freund.»

Henry lief dunkelrot an vor Verlegenheit. Miss Thompson sagte freundlich: «Guten Tag, Henry.» Gaylord überlegte kurz, ob er mit Miss Thompson über seinen Plan, sie zu heiraten, sprechen sollte, fand dann aber, dies sei nicht der richtige Moment. Jocelyn hätte schrecklich gern einen Schneemann gebaut, mochte es aber von sich aus nicht vorschlagen. Er genierte sich ein wenig und wollte auch nicht, daß die anderen, die beiden Jungen und Miss Thompson, nur ihm zuliebe mitmachten. Doch dann überwand er sich und fragte: «Ihr habt wohl keine Lust, einen Schneemann zu machen?»

Gaylord strahlte, meinte dann aber: «Glaubst du, daß Mummi das erlaubt?»

Jocelyn Pentecost war nicht gerade beglückt über diese Frage. Er dachte an das Gespräch mit Miss Thompson, aber er lächelte und sagte: «Laß nur, Gaylord. Ich übernehme die Verantwortung.»

Gaylord hatte immer noch seine Zweifel – er fühlte sich stets mitverantwortlich für Paps. Na ja, aber wenn sie wie Pech und Schwefel zusammenhielten ... «Ich hol mal schnell die Schaufeln», sagte er und entschwand in einer Wolke von Schnee.

Opa warf einen Blick aus dem Fenster und sagte mit einem Unterton von bissiger Freundlichkeit: «Na, so etwas! Mein Sohn Jocelyn arbeitet mit den Händen! Und dabei war er schon vor dem Frühstück mit Peter draußen und hat seinen Wagen ausgegraben.» Er öffnete das Fenster und rief: «Jocelyn! Denk an dein Epos! Übernimm dich nicht!»

Jocelyn lachte und winkte. Die unerschütterliche Überzeugung seines Vaters, daß Bücherschreiben keine Arbeit und eine höchst lächerliche Art des Geldverdienens sei, hatte ihn manchmal etwas geärgert. Aber an diesem strahlenden Morgen konnte ihn die spöttische Bemerkung des Alten nur belustigen.

Becky sagte: «Willst du nicht auch mitmachen, Peter?» Sie sah ihn lächelnd an. «Läuterung durch Arbeit.»

Tante Bea rief mit Stentorstimme: «So macht man doch keinen Schneemann! Keine Ahnung von Organisation – die spielen ja bloß.»

«Die Landschaft sieht ja wirklich bezaubernd aus», sagte Tante Dorothea mit verträumtem Blick. «Komm, wir machen einen kleinen Spaziergang, Edouard.»

Edouard war nicht sehr begeistert. Der Schnee war hübsch anzuschauen, gewiß, aber man *ging* doch nicht *hinein*. Nun, es half wohl nichts. Und so fügte er sich klaglos. Er erhob sich und bot seiner Liebsten höflich den Arm.

Mit schneeverklebten Stiefeln, den Schal bis zu den Augen hochgezogen, so kam John Pentecost in die Küche gestapft, wo seine Schwiegertochter am Herd stand. «Hallo, meine liebe May!»

Sie kannte den Ton: leicht verlegen und beinahe widerwillig liebevoll. So war er, wenn er etwas auf dem Herzen hatte.

«Na, Schwiegervater», sagte sie, ohne von dem Ofenblech vor ihr aufzublicken. «Willst du mir etwa helfen?»

«Hm, äh, ehrlich gesagt wollte ich dich eigentlich um einen Gefallen bitten. Wir sind alle draußen und bauen einen Schneemann, und ich dachte, ob du uns vielleicht – also ein Krug heißer Punsch, das wäre jetzt genau das richtige!»

Sie richtete sich müde auf und sah ihn eine Sekunde lang schweigend an, ohne zu lächeln. «In zwanzig Minuten», sagte sie dann.

«Wirklich sehr lieb von dir», sagte er und legte ihr flüchtig seine Hand auf ihre Schulter, ehe er wieder hinausging. Das war das Nette an May: Sie machte einem alles so leicht. Nie wurde ihr irgend etwas zuviel.

Jocelyn wünschte den Schneemann ins Pfefferland. Aus einer Laune heraus, weil der Morgen so schön war, hatte es begonnen – und jetzt war ein gewaltiges Bauwerk daraus geworden, mit nur fünf Arbeitern, aber einer ganzen Armee von Beratern, Kritikern und Aufsehern. Sie hatten kaum angefangen, als plötzlich Duncan und Elspeth Mackintosh mit Julia erschienen waren. Julia hatte sofort selig mitgemacht und sich nur ein bißchen gewundert, daß ihre Schullehrerin da war. Mr. Mackintosh und Elspeth jedoch hatten nur schweigend dagestanden und mißbilligend zugeschaut. Und dann hatte Mr. Mackintosh sich ebenfalls eine Schaufel aus dem Geräteschuppen geholt und mit verbissener Miene begonnen, die Einfahrt vom Schnee zu säubern. Und wenige Augenblicke später hatte Miss Mackintosh Julia zu sich gerufen und sie leise, aber deutlich hörbar angeherrscht: «Tu etwas Nützliches und hilf deinem Vater!»

Julia sah die Tante bittend an. «Mr. Pentecost hat gesagt, ich darf mithelfen beim Schneemann», sagte sie mit kläglicher Stimme.

«Du hast gehört, was ich gesagt habe, Julia», erwiderte die Tante.

Julia sah hilfesuchend zu Jocelyn hinüber.

Jocelyn Pentecost war ein Mensch, der leider immer auch die Meinung der Gegenseite gelten ließ. Natürlich mußte die Einfahrt vom Schnee befreit werden. Natürlich hatte Mackintosh recht, wenn er diese Arbeit in Angriff nahm. Natürlich war es vernünftiger, wenn er, Jocelyn, ihm dabei half, statt mit den Kindern einen Schneemann zu bauen. Und er wäre auch hingegangen und hätte Mackintosh geholfen, wenn er nicht fest davon überzeugt gewesen wäre, daß der Schotte ihm als erstes gesagt hätte, daß er es falsch anfing und wie er es richtig machen sollte.

Gaylord kannte solche Hemmungen nicht. Er sah die Enttäuschung in Julias Augen und sagte halblaut zu ihr: «Bleib hier, Julia. Das hier ist *furchtbar* nützlich.»

Miss Mackintosh sah, wie er auf Julia einredete. «Was hast du da gesagt, Bürschchen?» fragte sie in scharfem Ton.

Gaylord wurde rot vor Zorn und warf ihr einen bösen Blick zu. «Zisch ab!» sagte er. Er wußte nicht ganz genau, was unter Abzischen zu verstehen war, aber er fand, es drückte genau das aus, was er fühlte.

Miss Mackintosh kam herüber und pflanzte sich vor Jocelyn auf. «Haben Sie gehört, Mr. Pentecost, was Ihr Sohn eben zu mir gesagt hat?»

«Nein.»

«Er ist ein rüder Bengel!»

«Gaylord, bist du rüde gewesen zu Miss Mackintosh?» fragte Jocelyn streng.

«Aye, war ich», antwortete Gaylord in täuschend echt klingendem schottischen Tonfall.

Jocelyn fuhr ihn an: «Wenn du Ja sagen willst, dann sag Ja und nicht dieses gräßliche Aye, hörst du?»

«Was ist denn so gräßlich daran? Würden Sie mir das bitte sagen?» fragte Miss Mackintosh empört.

Jocelyn reichte es jetzt. «Es ist entweder archaisch oder nautisch oder schottisch», sagte er kühl und dachte dabei: Ich rede schon wie mein Vater.

«Und was ist am Schottischen auszusetzen?» verlangte Miss Mackintosh zu wissen.

«Nichts – da, wo es hingehört», antwortete er kurz und bündig.

Miss Mackintosh war immer noch tief empört, wußte aber darauf nichts zu erwidern. Sie wandte sich ab und rief zu ihrem Bruder hinüber: «Duncan, laß dir jedenfalls von Julia helfen!»

«Komm, Julia, du kannst mir helfen», rief er.

Der Unmut schien trotz des sonnigen Morgens ansteckend zu wirken. Miss Thompson ging hinüber zur Einfahrt und funkelte Mr. Mackintosh zornig an. «Sehen Sie denn nicht, wie glücklich sie mit den anderen Kindern ist?» fragte sie. «Können Sie die Kleine nicht ein einziges Mal tun lassen, was ihr Spaß macht?»

Mehrere Sekunden lang starrten die beiden einander an. Dann stieß er wütend seine Schaufel in den Schnee und sagte halblaut: «Mr. Pentecost kann seinen Weg selber freischaufeln.» Er zog den Kragen seines Ledermantels hoch, ging zu seiner Schwester hinüber und sah schweigend bei dem Bau des Schneemanns zu.

Aber das war erst der Anfang gewesen. Dorothea war an Edouards Arm herausgekommen und hatte besorgt gerufen (und zwar so, daß Mr. Mackintosh es gut hören konnte): «Ist das auch das richtige für dich, Jocelyn? Vergiß nicht, du bist doch körperliche Arbeit gar nicht gewohnt.» Und dann kam Bea. «Jocelyn, so wird das nie etwas! Laß mich mal machen!» Und damit übernahm sie das Kommando. Jocelyn war nicht gerade beglückt. Er war auch nicht beglückt, als er hörte, wie sein Vater zu Edouard sagte: «May will uns Punsch machen. Wirklich eine rührende Schwiegertochter.» Dann senkte sein Vater ein wenig die Stimme und fügte leise, aber nicht leise genug hinzu: «Jocelyn würde ohne sie gar nicht fertigwerden.» Und er war alles andere als beglückt, als Tante Bea ihm das Schlittenseil in die Hand drückte und ihn aufforderte, Schnee von einem anderen Schneeberg herbeizuschaffen. Immer gleich ja sagen – ha! Tante Bea behandelte ihn wie einen Sklaven. Doch jetzt fiel sein Blick auf May, und er fand seine gute Laune wieder: Sie sah einfach wunderbar aus in ihrem Wildledermantel und mit der Pelzkapuze. Sie trug ein Tablett, und auf dem Tablett standen ein großer dampfender Krug, eine Anzahl Gläser und ein Teller mit Keksen. Und auf ihrem Gesicht lag ein strahlend heiteres Lächeln. Jocelyn dachte: acht Jahre. Acht Jahre sind wir jetzt verheiratet, und mein Herz kann immer noch schneller schlagen beim Anblick meiner Frau.

Auch Edouards Herz schlug schneller, wie stets beim Anblick einer hübschen Frau. Und ebenso Opas Herz, wie stets beim Anblick von Punsch. Und Schultz, der glücklich war, daß wieder ein neuer Spielgefährte kam, sprang May entgegen. Er konnte nicht abwarten, er mußte unbedingt sofort «Fenster putzen».

«Jocelyn!» rief May. «Schnell – halt den Hund fest!»

«Ja, Liebes, was ist denn?» Jocelyn konnte nie gut zwei Sachen auf einmal bedenken, und jetzt waren seine Gedanken noch bei dem gütigen Geschick, das ihm eine so wunderbare Frau beschert hatte.

«Der Hund!» rief May verzweifelt, denn der Krug auf dem Tablett fing schon an zu rutschen.

«Hierher, Schultz!» rief Jocelyn. Jetzt hatte er verstanden, worum es ging. «Platz! Sofort! Platz, Schultz!»

Aber Schultz gehorchte nicht. Er sprang weiter ausgelassen an May hoch.

«Schaff doch endlich den verdammten Hund weg, Jocelyn!»

schrie John Pentecost. «Der Punsch!» Nicht auszudenken, wenn der Punsch –

Jetzt wurde aus Jocelyn ein Mann der Tat. Entschlossen nahm er May das schwere Tablett ab und trug es vorsichtig zu einem schmiedeeisernen Tisch. Dann drehte er sich stolz zu May um, bereit, ihr Lob entgegenzunehmen. Aber sie lag ausgestreckt im Schnee, und Schultz stand über ihr und leckte ihr begeistert das Gesicht.

Jocelyn lief zu ihr hin, kam aber zu spät: Mr. Mackintosh und der Franzose bemühten sich bereits um sie – jeder auf die eigene Weise. Mr. Mackintosh riß den Hund zurück, und Edouard half ihr auf die Füße, klopfte den Schnee von ihrem Mantel, tätschelte ihr die Hand, hielt sie am Arm fest und gab lauter kleine französische Ausrufe der Besorgnis und der Teilnahme von sich.

«May, hast du dir weh getan? Wie ist denn das passiert?» rief Jocelyn.

Mr. Mackintosh sagte: «Der Hund ist ihr zwischen die Füße gekommen, gerade als sie das Gleichgewicht verlor – weil Sie ihr das schwere Tablett abgenommen hatten.»

«Formidable!» Der Seufzer kam von Edouard.

Jocelyn Pentecost kochte vor Zorn. Dieser Mr. Mackintosh hatte etwas an sich, das einen bis aufs Blut reizen konnte. «Wollen Sie damit sagen, daß es meine Schuld war?» fragte er wütend.

Der Schotte zuckte mit den Schultern. «Hilfreich war Ihr Eingreifen nicht gerade.»

Jocelyn versuchte, zu seiner Frau zu gelangen, aber Edouard hatte beide Arme schützend um sie gelegt. «Sie *müssen* sich hinlegen», drängte er. «Am besten in einem dunklen Zimmer. Vielleicht noch ein Riechfläschchen oder sal volatile –»

«Aber ich denke nicht daran», sagte May lachend. Sie merkte selbst, daß ihr Lachen nicht ganz echt klang. Bei ihrem Sturz war sie mit dem Kopf auf irgend etwas Hartes aufgeschlagen, und zwar ziemlich heftig. Noch immer tanzten ihr Funken vor den Augen.

Jocelyn drängte sich heran. «Bist du verletzt, Liebes?»

May schien ihn erst jetzt wahrzunehmen. Gewöhnlich haßte sie es, wenn man viel Aufhebens um sie machte. Aber von einem weltgewandten Franzosen verwöhnt zu werden, war eigentlich recht hübsch. «Aber nein, woher denn, Liebling», sagte sie und fügte – reichlich kühl, wie Jocelyn fand – hinzu: «Vielen Dank, daß du den Punsch gerettet hast.»

Da hatte er es mal wieder! Und er war so stolz auf sich gewesen. Er hatte wirklich nicht lange gebraucht, um die Situation zu überblicken, und dann hatte er sofort gehandelt. Eine Medaille hatte er erwartet – und jetzt taten alle so, als hätte er seine Frau umbringen wollen.

May beschloß, sich um den Funkentanz nicht weiter zu kümmern. «Also, dann kommt mal alle her», rief sie. «Sonst wird am Ende der Punsch noch kalt.» Lachend und plaudernd kamen alle an den eisernen Gartentisch, stampften mit den Füßen auf und blickten frohgemut in die Sonne und in die bläulich-weiße Schneewüste ringsum. Es war einer der seltenen Augenblicke, da die Welt stillzustehen schien, einer der Augenblicke, da der Geist der Harmonie die Welt ganz leise mit den Flügeln berührte – und weiterzog.

Als May den Punsch ausgeschenkt hatte, wandte sie sich an ihren Sohn: «Gaylord, was möchten deine Freunde wohl trinken?»

«Was möchtest du, Julia?» fragte Gaylord eifrig. «Limonade?»

«O ja, bitte.»

«Ach was, Limonade ist zu kalt für den Magen!» rief Miss Mackintosh. «Ein kleines Glas heiße Milch, das wäre jetzt das richtige für dich, Kind.»

Gaylord sah Julia an. Noch nie, so kam es ihm vor, hatte er so traurig blickende Augen gesehen. Mutig und mit großer Bestimmtheit sagte er: «Ich hole dir ein Glas Limonade, Julia.»

«Sie trinkt entweder Milch oder gar nichts», sagte Miss Mackintosh ebenso bestimmt.

Die beiden Mackintoshs hatten etwas an sich, was an ein Reibeisen erinnerte und andere reizte. Nur so war es zu erklären, daß Gaylord jetzt etwas tat, was ihn genauso erstaunte und entsetzte wie seine Eltern. Er streckte Miss Mackintosh die Zunge heraus.

Miss Mackintosh fackelte nicht lange und versetzte ihm eine Ohrfeige.

Gaylord lief krebsrot an. Mit hoch erhobenem Kopf stapfte er ins Haus.

Zornentbrannt stellte sich May vor Miss Mackintosh hin und sagte: «Was fällt Ihnen eigentlich ein?» Dann ging sie ins Haus, zerrte Gaylord heraus, schleppte ihn zu Miss Mackintosh und befahl ihm mit strenger Stimme, sich zu entschuldigen.

Gaylord blieb stumm und steif stehen.

«Gaylord, wirst du dich jetzt entschuldigen!»

«Nein», sagte Gaylord.

«Duncan», erklärte Miss Mackintosh, «wenn der Bengel sich bis heute mittag nicht entschuldigt hat, packe ich meine Sachen und reise ab.»

«Ich glaube, das wäre wirklich das beste», sagte May laut. «Ihnen fehlt jegliche Selbstbeherrschung.»

Das hatte gesessen. Wenn es etwas gab, das sie überreichlich besaß, so war es Selbstbeherrschung – da gab es für Miss Mackintosh überhaupt keinen Zweifel.

Mr. Mackintosh sah im Moment etwas weniger nach Granit aus als sonst. Mit dem Anflug eines Lächelns nahm er John Pentecost beiseite und sagte: «Das ist bei meiner Schwester leider keine leere Drohung, Mr. Pentecost. Wenn der Junge sich nicht entschuldigt, kommen wir in eine schwierige Lage.»

«Wir, Mr. Mackintosh? Wir?»

Das Lächeln schwand. «Ich, Mr. Pentecost.»

«Aha. Nun trinken Sie erst einmal ein Glas Punsch, Mann. Das andere ist Frauensache – die werden das schon erledigen.»

«Gaylord», sagte May, «du bist sehr ungezogen gewesen, ich muß mich für dich schämen. Willst du dich jetzt bitte entschuldigen?»

«Nein.» Kläglich sah er sie an. Sein Gesicht drückte Entschlossenheit und zugleich Bedauern aus. «Es tut mir leid, Mummi.»

Da war nichts zu machen, und im stillen hatte sie volles Verständnis für ihren Sohn. «Bitte, kommen Sie mit ins Haus, Miss Mackintosh.»

Elspeth Mackintosh folgte ihr. May wandte sich um und sah ihr gerade ins Gesicht. «Also, Miss Mackintosh, mein Sohn ist unhöflich gewesen. Ich bitte Sie an seiner Stelle um Entschuldigung.»

Ein frostiger Blick traf sie. «Aye. Dann will ich mich damit zufriedengeben. Sie haben den Jungen anscheinend nicht mehr in Ihrer Gewalt.»

Einen Augenblick lang hielt May an sich, dann sagte sie: «Und wenn Sie noch *einmal* eines meiner Kinder anrühren, verlassen Sie sofort das Haus.»

«Oh, mich können Sie nicht entlassen, Mrs. Pentecost. Und wenn Sie daran denken, meinen Bruder zu entlassen, dann hat da wohl der alte Herr noch ein Wörtchen mitzureden.»

Die beiden Frauen starrten einander an – trotzig, hart und unnachgiebig. Dann sagte May: «Das ist alles, Miss Mackintosh.» Die Schottin hielt immer noch die Augen feindselig auf sie gerichtet. Dann wandte sie sich ab und ging hinaus.

May setzte sich. Sie merkte, daß sie zitterte. Sie haßte es, sich gehenzulassen – es war eine Verschwendung von Energie und Nerven. Aber es gab Zeiten ... Ihr brummte der Schädel. Merkwürdig. Es ging doch nicht, daß sie sich von Miss Mackintosh derartig aus der Fassung bringen ließ! Sie mußte sich ja doch mit ihr abfinden und wahrscheinlich auf lange Zeit.

Edouard Saint-Michel Bouverie hatte May traurig nachgeblickt, als sie ins Haus gegangen war. An Damen blieben ihm jetzt nur noch seine Verlobte, die reizende Becky, deren Ehemann sich jedoch stets in ihrer Nähe hielt, die blasse kleine Lehrerin – und Bea, die er allerdings eher zu den Männern rechnete. Und natürlich die süße kleine Julia.

Edouard hatte kleine Mädchen gern, und nicht nur, weil sie eines Tages große Mädchen wurden. Er hatte sie gern, weil sie so lieblich waren, so anmutig und süß – und von einer rührenden Unschuld. Jetzt nahm er sein Punschglas und schlenderte damit hinüber zu der blassen kleinen Lehrerin. Sich mit Männern zu unterhalten war Zeitverschwendung, fand er, solange Damen vorhanden waren.

Wendy Thompson sah ihn mit einem dankbaren Lächeln an. Es war ein so herrlicher Morgen gewesen – so etwas hatte sie noch nie erlebt, eine so ungezwungene, fröhliche Gesellschaft. Doch dann hatte sie plötzlich allein dagestanden, ein wenig verloren und ein wenig traurig, daß die fröhliche Stimmung verflogen war. Nur Gaylord, Henry Bartlett und Julia arbeiteten noch immer vergnügt an dem Schneemann.

Lächelnd, mit einer artigen Verbeugung, kam der Franzose auf sie zu und sagte: «Ein bezauberndes Kind, diese kleine Julia.»

«Ja, nicht wahr», sagte Wendy. «Sie ist wirklich süß!» Fast hätte sie gekichert – das kam natürlich vom Punsch. «Sie ist meine Lieblingsschülerin. Ich weiß natürlich, daß man eigentlich als Lehrerin keine Lieblinge haben dürfte.»

«Ach, Sie sind Julias Lehrerin?»

Sie nickte. «Sie möchte gern Ballettunterricht nehmen, aber ihr Vater erlaubt es ihr nicht.»

«Nein? Und was möchte der Monsieur aus ihr machen?»

«Ach, ich weiß nicht. Irgend etwas Praktisches. Stenotypistin oder so.»

«Mon Dieu! Aber die Kleine ist etwas Besonderes. Ich würde gern mal mit ihr plaudern.»

Wendy Thompson rief Julia, und das Kind kam angelaufen. Schüchtern blickte sie zu den beiden Erwachsenen auf. Wendy sagte: «Das ist Julia. Julia, das ist Monsieur Bouverie.»

«Gib mir deine Hand, mein Kind», sagte Edouard.

Erstaunt und etwas ängstlich hielt sie ihm die Hand hin. Er beugte sich zu ihr nieder. «Du wirst sicher einmal eine große Tänzerin», sagte er und gab ihr lächelnd einen Handkuß.

Wendy Thompson merkte, wie ihr Tränen in die Augen stiegen. Daran war natürlich der Punsch schuld. Sie sagte: «Julia muß einmal für Sie tanzen.» Und dann kam wieder das halb unterdrückte Kichern. «Aber nicht in Gummistiefeln.»

«Nein», sagte er ernst, «nicht in Gummistiefeln.» Er blickte in Miss Thompsons kleines, aber entschlossenes Gesicht. «Und Sie haben mit dem Vater gesprochen?»

«Ja. Zweimal.»

«Und was sagt er?»

«Oh, er war ziemlich unhöflich.»

«Aha.» Er wandte sich wieder Julia zu. «Und du willst wirklich richtig tanzen? Jeden Tag, stundenlang, auch wenn die Beine schwer wie Blei sind und wenn du die Arme kaum noch heben kannst und der Rücken sich anfühlt, als würde er durchbrechen?»

«Oh, ja – ja!» Sie strahlte. Doch da wurde sein Gesicht plötzlich alt. Und hilflos sah er Wendy an. «Ach, was können wir schon tun? Der Mann ist ihr Vater. Und wer weiß, vielleicht hätte sie nach einer Woche keine Lust mehr.»

«Das glaube ich nicht. Ich kenne sie – sie ist eine entschlossene kleine Person, trotz ihres sanften Aussehens.»

Er sah sie lange an. «Da hätten wir ja dann zwei von der Sorte», sagte er mit einem vielsagenden Lächeln. Doch dann schüttelte er den Kopf. «Es hat keinen Zweck, Miss Thompson. Wir können nicht lieber Gott spielen.»

«Es käme auf einen Versuch an», erwiderte sie.

Wieder sah er sie sekundenlang an. Dann verbeugte er sich feierlich und küßte ihr die Hand.

Gleich darauf schlenderte er zu Becky hinüber.

John Pentecost hielt seinen Sohn am Ärmel fest. «Du vergißt doch nicht, was Becky von uns wollte – daß wir mit Peter reden, wegen seiner Freundin?»

«Lieber Vater, das ist unmöglich. Wir würden die Sache hundertmal schlimmer machen, als sie ist.»

«Unsinn. Kommt nur darauf an, wie man so etwas anpackt. Wenn einer natürlich wie ein Elefant im Porzellanladen auftritt ... Mit etwas Feingefühl kann man oft Wunder wirken.» Dazu war allerdings nicht jeder imstande, das gab er zu. Takt und Verständnis waren da unerläßlich. Am besten nahm er die Sache selber in die Hand. Also marschierte er munter auf Becky und Peter zu und warf Becky einen bedeutungsvollen Blick zu, den sie auch richtig verstand. Er schob seinen rechten Arm unter Peters linken und sagte: «Komm, Junge, ich hole dir noch ein Glas Punsch.»

«Danke», sagte Peter unsicher.

Der alte Mann schob ihm das gefüllte Glas in die Hand. Beide tranken. Opa suchte nach einer diplomatischen Eröffnung des Gesprächs, und Peter machte sich auf zehn unangenehme Minuten gefaßt.

«Wirklich reizend, deine Becky», sagte Opa.

«Ja, das ist sie.»

«Du hast doch deine Wahl wohl nicht bereut, was?»

«Um Himmels willen! Nein, niemals.»

«Warum machst du sie dann unglücklich?»

«Ich mache sie nicht unglücklich, Schwiegervater.»

«Natürlich tust du das. Schau sie doch an. Ganz niedergeschlagen.» Peter blickte zu Becky hinüber. Sie ging mit dem Franzosen in der Sonne auf und ab, offenbar in ein Gespräch vertieft. Ihr Arm ruhte leicht auf seinem Arm, und der Franzose sah heiter und glücklich aus. Jetzt lächelte Becky strahlend über irgend etwas, was der Onkel in spe ihr erzählte. Es war lange her, seit sie *ihm* das letzte Mal so zugelächelt hatte, dachte Peter grimmig. «Niedergeschlagen?» sagte er bitter. «Sie lacht doch die ganze Zeit.»

«Ach was, Unsinn. Das bißchen Lächeln. Mir kommt sie eher vor wie das Mädchen bei Shakespeare: ‹... geduldig lächelnd auch im Kummer›.»

«Von ‹geduldig lächelnd auch im Kummer› kann bei Becky gar keine Rede sein, Schwiegervater. ‹Ungeduldig mit Töpfen schmeißend›, das würde eher passen.»

«Komm, trink noch einen Punsch», sagte John Pentecost. «Was fällt dir eigentlich ein, Becky zu kritisieren?»

«Na, ich habe eher den Eindruck, sie hat mich kritisiert.»

«Dazu hatte sie wohl auch guten Grund, mein Lieber. Aus einer Ehe kann man nicht einfach ausscheren. Das gehört sich nicht.»

«Ich bin nicht ausgeschert!» Peter geriet allmählich in Zorn.

«Du tätest es aber, wenn du könntest, Liebling!» rief Becky mit heller Stimme herüber.

«Halt du dich da ganz raus!» schrie Opa zurück. Gräßlich, daß sich immer alle einmischen mußten.

«Sagen Sie», erkundigte sich Edouard bei Becky, «sie ist wohl sehr hübsch, diese Freundin Ihres Mannes?»

Becky zog ihren Arm zurück, um ihm besser ins Gesicht sehen zu können. «Wieso, wer sagt denn, daß sie seine Freundin ist?» fragte sie erstaunt.

Er zog leicht die Schultern hoch: «Na, ich habe natürlich angenommen ...»

«Ich wäre Ihnen dankbar, wenn Sie so etwas von *meinem* Mann nicht annehmen würden», erwiderte Becky hochfahrend.

Edouard, der sich nicht klar darüber war, wer hier auf welcher Seite stand, beschloß zu schweigen. Es war alles etwas verwirrend. Sie gingen weiter durch den Schnee. Nach einer Weile sagte er: «Aber wenn sie *nicht* seine Freundin ist, *wozu* dann die ganze Aufregung?» Und mit einem leichten väterlichen Händedruck fügte er hinzu: «Darf ich Ihnen einen kleinen Rat geben, meine Liebe?»

«Bitte», sagte sie kühl.

«Die große Kunst in der Ehe besteht darin, niemals aus Mücken Elefanten zu machen. Es müssen Mücken bleiben, Becky, glauben Sie mir. Denken Sie an Othello!»

Nun mußte sie lachen. «Ich hatte nicht vor, Peter mit einem Kopfkissen zu ersticken.»

«Nein. Meinen Sie, daß Ihr Vater noch ein Glas Punsch für uns hat?» Sie gingen hinüber und gesellten sich zu Peter und zu John Pentecost, der überzeugt war, daß all sein Takt und Feingefühl für die Katz seien, wenn jetzt diese beiden sich einmischten. Edouard wandte sich an Peter und fragte mit gewinnendem Lächeln: «Darf ich ganz offen etwas sagen?»

Peter sah ihn argwöhnisch an. «Ja, bitte –?»

«Ich bringe Ihnen Ihre Frau zurück, Monsieur. Sie ist so reizend und so charmant, daß ich lieber nicht länger allein mit ihr bleiben möchte. Sie hat mich fasziniert, Monsieur, und das ist nicht gut, wenn man verlobt ist wie ich.» Er nahm Beckys Hand und legte sie auf Peters Arm. «Allez, mes enfants», sagte er und schob sie sanft von sich. Becky sah ihren Mann an und sagte zärtlich: «Oh, Peter, was bist du bloß für ein Klotz.» Sie reckte sich und küßte ihn, und er stand da, sichtlich verlegen und ebenso erfreut. Arm in Arm zogen sie davon. «Weißt du, was er mich gefragt hat?» sagte Becky. «Ob deine Freundin hübsch ist!»

«Ein starkes Stück», sagte Peter.

John Pentecost blickte ihnen nach. Er hatte es ja immer gesagt: Takt und Verständnis, damit konnte man alles erreichen. Er war froh, daß er die Sache selber in die Hand genommen hatte. Jocelyn hätte alles hoffnungslos verpatzt.

13

Daß Erwachsene nie lange bei der Sache bleiben konnten, wußte Gaylord, und er war daher auch nicht weiter erstaunt, als sie nach der Punschpause, ohne sich noch um den Schneemann zu kümmern, zu zweit oder dritt ins Haus schlenderten. Nur Miss Thompson warf noch einen nachdenklichen Blick auf die zwei gewaltigen Beine aus Schnee, über die das Vorhaben nicht hinausgediehen war: die vergängliche Erinnerung an eine glückliche Stunde.

Mit siebzehn war Wendy Thompson in den Sommerferien eines Morgens vor dem Frühstück zum Strand hinuntergelaufen. See und Sand erstreckten sich vor ihr wie seit Urzeiten und schimmerten trotzdem wunderbar neu und frisch. Jede kleine Welle hinterließ ein Spitzenmuster in dem nassen Sand. Die Meeresbrise rötete Wendys Wangen, wehte Salz in ihr Gesicht, auf ihre Lippen. Sie war siebzehn an jenem leuchtenden Morgen, und sie tanzte, ganz allein, an dem einsamen Strand, selig und beschwingt. Sie war siebzehn, und an diesem Morgen kam ihr eine Ahnung dessen, was das Leben vielleicht – vielleicht für sie bereithielt. Alle Hoffnungen waren zu Staub geworden. In dem eintönigen Leben mit ihrer Mutter war die Erinnerung an jenen Sommermorgen verblaßt. Und das Salz auf den Lippen war weggewischt. Noch immer wehte der

Wind, noch immer liefen die Wellen über den Strand. Aber von der Siebzehnjährigen, die damals getanzt hatte, war nichts geblieben.

Seltsam, der Tag bei den Pentecosts hatte sie an jenen Morgen am Strand erinnert. Wieder hatte sie einen Hauch dessen gespürt, was das Leben wirklich war – oder sein konnte. Doch nun war es Zeit, wieder in den Alltag zurückzukehren.

Es war Zeit zum Gehen. Sie wandte sich Jocelyn Pentecost zu, der an der Tür auf sie gewartet hatte. «Es war schrecklich nett von Ihnen und Ihrer Frau, daß Sie mich hierbehalten haben. Aber jetzt muß ich wirklich sehen, daß ich nach Hause komme.»

«Bleiben Sie doch noch zum Essen», sagte Jocelyn. «Dann bringe ich Sie gleich nach Tisch nach Hause. May, kann Miss Thompson zum Essen bleiben? Hast du genug?»

«Aber ja, natürlich», sagte May und überschlug schnell im Kopf die Anzahl der Steaks und der Sahnebaisers. Wenn bloß die Kopfschmerzen verschwinden wollten, dachte sie. Der Zusammenstoß mit Miss Mackintosh mußte ihr mehr zugesetzt haben, als sie für möglich gehalten hatte.

«Kann Henry auch zum Essen bleiben, Mummi?»

May sah das erwartungsvolle Gesicht ihres Sohnes und daneben Henrys fragende Augen. «Ja, das kann er, mein Junge. Ich denke nur, er sollte vielleicht doch lieber nach Hause gehen, sonst ängstigt sich seine Mutter.» Der Nachsatz klang nicht sehr hoffnungsvoll.

«Nein, Mummi, die ängstigt sich nicht. Sie hat gesagt, er kann hierbleiben, wenn er gefragt wird.»

Henry schluckte und nickte. Wie reizend, dachte May, die schon öfter gefunden hatte, daß Mrs. Bartlett ihre mütterlichen Pflichten auf die leichte Schulter nahm. «Na, das ist ja fein», sagte sie. Jetzt mußte sie nur Jocelyn noch beibringen, daß er *viel lieber* Salzgebäck und Käse aß als Sahnebaisers.

«Jocelyn», sagte sie leise und eindringlich, «du mußt sagen, du willst kein Sahnebaiser. Sie reichen sonst nicht, verstehst du?»

«Was, wie bitte? Entschuldige, May. Was soll ich?»

«Es geht um die Sahnebaisers. Du mußt sagen, daß du keins willst.»

«Daß ich ... Ach so, ich verstehe. Die Baisers. In Ordnung, May, ich esse dann Käse.»

«Richtig. Vergiß bloß nicht, es zu sagen.»

Es war alles etwas verwirrend. Er hatte es doch gerade gesagt! Na, er würde schon mitmachen. Hoffentlich erkannte er sein Stichwort. Aber eine kleine Sorgenfalte blieb auf seiner Stirn stehen. Nachdem er vorhin den Punsch statt May gerettet hatte, wollte er an diesem Morgen nicht noch einmal einen Fehler machen.

«Baiser, Jocelyn?» May stand mit der Kuchenplatte neben ihm.

«Danke schön, May», sagte er und sah zu ihr auf. Ihr Blick war wie aus Stahl. Sein Stichwort! «Nein, vielen Dank. Ich nehme lieber Gebäck und Käse.» Und sozusagen als Zugabe fügte er improvisierend hinzu (was jedoch auf May offensichtlich wenig Eindruck machte): «Mein Gewicht, weißt du.»

«*Sie* brauchen sich doch keine Sorgen machen um Ihr Gewicht, Mr. Pentecost», sagte Wendy Thompson, und Jocelyn strahlte über das ganze Gesicht.

Halt dich da bloß raus, dumme Gans, dachte May unhöflich. Laut sagte sie: «Und du, Henry?»

Henry schluckte, lief rot an und nickte. Gaylord verkündete: «Sahnebaisers ißt Henry furchtbar gern, Mummi. Beinah so gern wie Toast mit weißen Bohnen, nicht, Henry?»

Henry nickte. Opa hatte den schweigenden Jungen schon eine Weile lang angestarrt. Jetzt hielt er es nicht länger aus und fragte: «Reden kann er wohl nicht, was?»

«Er denkt nach», erklärte Gaylord hilfsbereit.

May sagte: «Ich hätte nach dir dann auch gern den Käse, Jocelyn.»

Er sah sie erstaunt an. «Ißt du denn kein Baiser?»

«Sind doch keine mehr da, du Dummkopf», sagte Opa.

«Oh», sagte Miss Thompson. «Das liegt nur daran, daß ich zum Essen geblieben bin. Mrs. Pentecost, bitte, lassen Sie uns dies hier teilen. Ich habe –»

Wieder griff Gaylord ein. «Mummi, wenn du Henry Toast mit Bohnen machst, gibt er dir sein Baiser, nicht, Henry?»

Henry schluckte ängstlich und nickte.

Tante Bea schaufelte sich einen großen Löffel voll Sahne in den Mund und sagte munter: «Wird deinen Zähnen nur guttun, wenn du das süße Zeug nicht ißt, May.»

Das war zuviel. «Laß meine Zähne aus dem Spiel!» sagte May scharf.

«Na, na, Liebling», murmelte Jocelyn beschwichtigend.

«Du möchtest doch bestimmt viel lieber Toast mit Bohnen, nicht, Henry?» fragte Gaylord.

Wenn es etwas gab, worauf sich Opa noch mehr zugute hielt als auf seine Höflichkeit, dann war es sein Takt, mit dem er schwierige Situationen rettete. Beruhigend sagte er jetzt: «Das passiert dir wirklich nicht oft, May, daß du zuwenig hast. Aber laß nur, wir machen alle mal einen Fehler. Das ist doch nicht weiter schlimm, Kindchen.»

«Ich hole jetzt den Kaffee», sagte May erschöpft.

Derek Bates war dabei, einen Rachefeldzug zu planen. Zusammen mit zwei Freunden saß er in seinem Zimmer. Alle drei hatten sich einen Strumpf über den Kopf gezogen. Das hatte Derek vorgeschlagen, und sie waren begeistert darauf eingegangen. Die Maske verwandelte sie.

Tag und Nacht hatte Derek über seine Demütigung gegrübelt; wie ein Geschwür hatte sich der Groll in ihm ausgebreitet. Freude hatte er nur noch an seinem Haß, und nur Rache konnte ihm helfen.

«Wir könnten den Jungen entführen und ihn dann in den Fluß schmeißen», sagte er jetzt.

Die Reaktion der anderen war wegen der Strumpfmaske nicht deutlich sichtbar, doch schienen sie nicht sonderlich begeistert von dem Vorschlag. Einer sagte: «Der Alte, weißt du, der deine Maschine ...» Er stockte. «Hat der eigentlich deine Nummer notiert?»

«Woher soll ich das wissen?»

«Dann könnte er dich leicht finden. Nee – das mit dem Jungen finde ich nicht richtig.»

«Feigling!» schnarrte Derek.

Das paßte Norman nicht. «Ich meine – es war ja nicht seine Schuld.»

«Und wenn schon!» sagte Frank. Er hielt auch nichts davon, den Jungen umzubringen. Aber die Schuldfrage spielte für ihn überhaupt keine Rolle. Jemand hatte Dereks Motorrad in den Fluß geschmissen, und einer mußte dafür bezahlen. Wer, das war doch wohl egal, oder?

«Wir könnten ja den alten Knacker zusammenschlagen», meinte Norman.

Von dieser Idee war nun wiederum Derek nicht sehr angetan.

«Ich weiß nicht. Dem traue ich allerhand zu», meinte er zweifelnd. «Der hat Kräfte.»

«Er ist aber doch alt?»

«Ja, aber Kräfte hat er trotzdem. Der Junge wäre besser.»

«Ich hab mal gesehen, wie ein Kerl einen mit 'ner kaputten Bierflasche zugerichtet hat. Im Fernsehen. Mann, das war vielleicht was!» sagte Frank genießerisch.

«Ja, 'ne kaputte Bierflasche, das wäre gut», meinte Derek nachdenklich.

Frank war stolz auf seinen nützlichen Vorschlag. Im einzelnen mußte natürlich noch viel überlegt und vorbereitet werden. Aber sie hatten nun doch immerhin eine Idee.

«Und wir könnten auch im Haus gleich ein bißchen Putz machen, während wir warten», sagte Derek. Er sehnte sich nach Rache, aber sie sollte nicht so schnell zu Ende sein.

Es war Zeit zum Gehen. Betrübt ging Wendy Thompson mit Mr. Pentecost zur Garage hinüber. Sie hatte sich von Mrs. Pentecost verabschiedet und sich sehr herzlich für die Gastfreundschaft bedankt. Mrs. Pentecost war sehr liebenswürdig gewesen, aber Wendy wußte natürlich, daß sie für ihre Gastgeberin nicht mehr als ein Gast zuviel an einem turbulenten Wochenende gewesen war. Mit Tante Bea hatte sie die Adressen und Versicherungsdetails ausgetauscht, und zum Schluß hatte die herrische alte Dame ihr lachend die Hand geschüttelt und gesagt: «Leben Sie wohl, junge Frau, und passen Sie das nächste Mal besser auf beim Parken, verstanden?» Der alte Herr hatte von seiner Zeitung aufgeblickt, war dann etwas mühsam auf die Füße gekommen und hatte mahnend gesagt: «Also, Miss Robinson, sehen Sie zu, daß Sie bis zum letzten Penny alles von Bea wiederkriegen – sie hat es! Stimmt doch, nicht wahr, Bea?»

«Mein Gott, John, willst du damit etwa sagen, daß es *meine* Schuld war?»

Becky und Peter hatten höflich lächelnd den Kopf geneigt. Wendy Thompson sah ihnen an, daß beide keine Ahnung hatten, wer sie war, warum sie hier war und wohin sie jetzt ging. Tante Dorothea sagte: «Auf Wiedersehen, Miss Crabtree. Wie schade, daß Sie abgerufen werden.»

Nur für den Franzosen war sie offenbar mehr als ein Blatt im Wind. Er küßte ihr die Hand und blickte sie bewundernd an. «Ich wünsche Ihnen viel Glück mit Ihrer kleinen Schülerin, Miss Thompson. Es ist ein Erlebnis heutzutage, jemandem zu begegnen, der versucht, die – Fackel der Schönheit am Leben zu erhalten.»

«Vielen Dank», sagte sie lächelnd.

Er gab ihr seine Karte. «Hier haben Sie meine Adresse. Ich kann Ihnen mit nichts als Geld helfen», sagte er ruhig. «Aber bitte, zögern Sie nicht –»

«Vielen Dank», sagte sie noch einmal. Und nun stand sie vor der Garage, und Jocelyn ließ den Wagen an. Sie blickte zurück auf das große Haus, die verschneiten Wiesen, den Fluß – und auf den Schneemann. Aus dem sonnigen Morgen war ein grauer Nachmittag geworden. Und mit dem Sonnenschein war auch die Freude geschwunden. Sie kämpfte mit den Tränen, als sie plötzlich neben sich eine helle Stimme hörte: «Oh, fahren Sie fort? Wie schade! Ich möchte, daß Sie immer hierbleiben, Miss Thompson.»

«Gaylord!» Sie hatte so sehr gehofft, der Junge würde kommen und ihr auf Wiedersehen sagen.

Aber das war nicht alles, was Gaylord auf dem Herzen hatte. «Miss Thompson, ich habe Sie noch lieber als Miss Jones von der Wurstabteilung im Supermarkt.»

«Ist das wahr?» fragte sie entzückt.

«Ja, viel lieber. Miss Thompson?»

«Ja, mein Junge?»

«Würden Sie mich wohl heiraten, wenn ich groß bin?»

«Und wie gern, Gaylord! Aber vielleicht bin ich dir dann schon zu alt.»

«O nein, bestimmt nicht. Ganz bestimmt nicht.»

Liebevoll fuhr sie ihm durchs Haar. «Also gut, Gaylord.»

Er sah sie zweifelnd an. «Heiraten Sie auch niemand anders, Miss Thompson?»

«Nein, nein, keine Sorge, mein Kleiner.»

Jocelyn kam jetzt aus der Garage herausgefahren. «So, bitte, steigen Sie ein, Miss Thompson.»

Sie stieg ein und sah, daß Gaylord verloren stehengeblieben war. Jetzt winkte er. Noch einmal glitt ihr Blick über den Garten, den Schneemann und das Haus. Auf den Fenstern lag der Glanz der Nachmittagssonne.

Die Winterdämmerung kam früh. Sie kroch über Felder, Wiesen und Wege und umhüllte die Höfe, die Dörfer. Sie deckte alles zu. Als Jocelyn Pentecost und Miss Thompson in Ingerby ankamen, brannten in den Straßen schon die Laternen. Miss Thompsons Häuschen sah kalt und dunkel aus. «Ich bringe Sie noch schnell hinein», sagte Jocelyn und hielt ihr die Gartenpforte auf. Sie ging voran, schloß die Haustür auf und machte Licht in der Diele. «Bitte, kommen Sie doch herein», bat sie. «Ich mache Ihnen schnell eine Tasse Tee.»

«Nein, danke, wirklich nicht. Ich will nun gleich zurückfahren. Ich fürchte, es wird wieder schneien.»

Sie standen sich verlegen gegenüber. Sie wußten nichts zu sagen und nahmen ihre Zuflucht zu Förmlichkeiten.

«Ja, das verstehe ich. Dann will ich Sie nicht länger aufhalten.» Sie streckte die Hand aus und lächelte. «Mr. Pentecost, ich habe Ihnen viele Umstände gemacht. Ich danke Ihnen sehr für alles – daß Sie so geduldig waren und ... überhaupt, für alles.»

«Ich habe mich sehr gefreut, Sie kennenzulernen», sagte er ernsthaft. «Ja, und dann sehen wir uns also im April.» Ein Händedruck, dann wandte er sich um und ging hinaus. Sie wartete, bis er davongefahren war. Dann schloß sie die Haustür und ging ins Wohnzimmer. Es war sehr kalt. Und als sie Licht machte, sah sie auch gleich, warum: die Fensterscheibe war zersplittert. Und vor dem Kamin lag ein Stein, an dem mit einem Gummiband ein Stück Papier befestigt war. Und auf dem Papier entdeckte sie eine ungeschickte Zeichnung: ein Motorrad.

Tiefe Dunkelheit lag über der Niederung am Fluß. Das einzige Licht weit und breit waren die erleuchteten Fenster des Hauses von John Pentecost und des Verwalterhauses.

Julia Mackintosh lag zusammengerollt unter ihrer Bettdecke und blätterte in dem schönsten Buch, das sie besaß, einem Bildband über Ballett, der ihrer Mutter gehört hatte. Sie betrachtete die Bilder im Licht einer Taschenlampe, denn Tante Elspeth hatte ihr verboten, im Bett zu lesen. Sie konnte sie immer wieder anschauen. Da waren Bilder von den großen Ballettänzern, von Anna Pawlowa als «Sterbender Schwan», von Sergej Dinghilen und seinen «Ballets Russes» in Paris und von Margot Fonteyn, der Primaballerina assoluta in London – die ganze strahlende Welt des Balletts, von der ihr die Mutter so viel erzählt hatte, war hier in diesem herrlichen Buch versammelt. Julia träumte. Irgend jemand, vielleicht sogar die große Margot Fonteyn, würde sie eines Tages auf der Wiese tanzen sehen und sie nach London holen. Im nächsten Augenblick sah sie sich im Covent Garden auf der Bühne stehen, eingereiht in die Gruppe der Tänzerinnen. Aber da kam auch schon der russische Tänzer Nurejew mit drei Schritten auf sie zu, nahm sie bei der Hand, führte sie ganz nach vorn, und dort sollte sie den Pas de deux mit ihm tanzen ... Aber wer jetzt mit festen Schritten kam, war nicht Nurejew, sondern Tante Elspeth, die sich heimlich in Julias Schlafzimmer geschlichen und das Licht unter der Bettdecke gesehen hatte. Sie riß Julia das Buch aus der Hand und zerfetzte es wütend.

Julia war außer sich. Sie biß Tante Elspeth in die Hand. Niemand hätte der stillen kleinen Julia eine so heftige Reaktion zugetraut. Aber man hatte ihr das einzige genommen, was ihr von ihrer Mutter geblieben war, das einzige, was ihr die Hoffnung gab, einmal eine große Tänzerin zu werden.

Tante Elspeth schrie laut auf vor Zorn und Schmerz. Sie nahm das verstümmelte Buch und schlug es Julia um den Kopf, bis ihr Bruder ins Zimmer gestürzt kam. Er packte seine Schwester und entriß ihr das Buch. Als er ihre blutende Hand sah, sagte er ruhig: «Am besten tust du Jod darauf. Und dann pack deine Sachen.»

«Ja, das werde ich», sagte sie keuchend und verließ das Zimmer.

Bekümmert sammelte Julia die Teile des geliebten Buches vom Boden auf. Ihr Vater sah ihr zu. «Hat das Tante Elspeth gemacht?»

Sie nickte. Ihre großen dunklen Augen sahen ihn an.

«Und du hast sie in die Hand gebissen?»

Sie senkte den Kopf, und ihr langes glattes Haar schimmerte im Licht. «Aye.»

Müde setzte er sich auf ihr Bett. «Ach, Kind, Kind!» sagte er langsam und zog sie an sich. Sie machte sie steif, aber nach einer Weile schmiegte sie sich an ihn und fragte: «Reist Tante Elspeth jetzt ab?»

Er nickte, und sie sagte aufseufzend: «Wie schöööön.»

Er schwieg. Und wer wird dich von nun an versorgen, mein Kind? dachte er. Die Zukunft sah trübe aus. Zum erstenmal erkannte Duncan Mackintosh, daß es Dinge gab, die über seine Kraft gingen.

14

Im großen Haus schickte John Pentecost sich an, seinen brüderlichen Pflichten nachzukommen.

Den Anstoß dazu hatte Jocelyn gegeben. Auf der Rückfahrt von Ingerby hatte er sich allerlei Gedanken gemacht. So war ihm eingefallen, daß die kleine Miss Thompson auf der Straße am Fluß am Abend zuvor in Gefahr gewesen war und daß diese Gefahr für sie alle bestand und daß man deshalb etwas unternehmen mußte. Und er hatte auch an seine Lieblingstante Dorothea gedacht, an das Glück, das ihr strahlendes Gesicht widerspiegelte. Hoffentlich war der Franzose ein ordentlicher Mann. Er sah nicht so aus, als ob er etwas zu verbergen hatte. Aber das besagte natürlich nicht viel.

Zu Hause traf er seinen Vater allein im Wohnzimmer an.

«Du, Vater», sagte er, «dieser Franzose ist doch wohl in Ordnung, nicht?»

«In Ordnung?» Der alte Mann starrte ihn an. «Was soll das heißen, in Ordnung?»

«Na ja, ich meine, was wissen wir schon von ihm?»

John Pentecost wand sich unruhig in seinem Sessel. Er mochte es nicht, wenn man ihm Fragen stellte, die er nicht beantworten konnte. «Du willst doch wohl nicht sagen, daß er ein Gauner ist?» fragte er böse.

In diesem Augenblick kam Edouard ins Zimmer. «Ah, Jocelyn», rief er, «haben Sie die kleine Miss nach Hause gebracht? Wirklich ein guter Mensch», fügte er nach einer kleinen Pause hinzu. «Sie versucht aufzubauen, während doch die meisten Menschen im Grunde nichts anderes tun, als irgend etwas niederzureißen und zu zerstören.»

«Mein Gott, finden Sie das auch?» rief Jocelyn aufgeregt. «Das ist etwas, was mich seit langem bewegt. Wenn es um Menschen oder auch um Methoden geht, frage ich immer: Schaffen sie etwas, bauen sie etwas auf, oder zerstören sie? Und im Augenblick scheinen mir diejenigen, die zerstören, in der Überzahl zu sein.»

Der Franzose sah ihn mit einem ernsten Lächeln an: «Sie sind ein kluger und sehr empfindsamer Mensch, Jocelyn.»

«Nein, das bin ich gar nicht!» sagte Jocelyn. «Man könnte es meinen, aber ...» Er merkte, daß seine Stimme zitterte. «Ich bringe es doch fertig, Abend für Abend vorm Fernsehgerät zu sitzen und zu-

zusehen, wie überall in der Welt Menschen verhungern oder hingemordet werden. Entschuldigen Sie mich, bitte.» Bis ins Innerste aufgewühlt verließ er das Zimmer.

«Diese Schriftsteller ... Man weiß bei ihnen nie, woran man ist», sagte John Pentecost, als müßte er sich für seinen Sohn entschuldigen. Als Edouard darauf nichts erwiderte, erhob er sich und holte zwei große Gläser, die er mit Brandy füllte. «Kommen Sie, nehmen Sie doch Platz, mein Lieber.»

Eine Weile saßen sie schweigend da, schwenkten den Brandy in den Gläsern und atmeten genießerisch das Bouquet ein. John Pentecost blickte seinen Gast verstohlen von der Seite her an. Was er da sah, bestätigte seinen ersten Eindruck: der Mann hätte fast ein Engländer sein können. Trotzdem, er hatte keine Lust, sich von Jocelyn noch weitere lästige Fragen stellen zu lassen. Er setzte sich bequem in seinem Sessel zurecht und sagte im Plauderton: «Dorothea hat mir erzählt, daß Sie in einer Bank arbeiten.»

Einen Moment lang schwieg Edouard lächelnd, dann sagte er mit einem leichten Anflug von Hochmut: «Ich *bin* eine Bank, Monsieur. Bouverie & Cie. in Paris.»

Allmächtiger. Und diesen Mann hatte nun Jocelyn verdächtigt, ein Gauner zu sein! Schrecklich! Entsetzlich! «Oh, das wußte ich nicht – bitte, verzeihen Sie.»

Edouard zog mit einem Lächeln die Schulter hoch und sagte: «Und nun möchte ich Sie ganz offiziell um die Hand Ihrer Schwester bitten.»

«Aber mit dem allergrößten Vergnügen. Ich wünsche Ihnen beiden viel Glück. Und wann – hatten Sie gedacht?»

«Im Frühling. Im April, wenn Ihnen das recht ist.»

«Im April. Meine gute Dorothea ... Wer hätte das gedacht! Monsieur, wenn ich das sagen darf: Sie sind zu beneiden.» Er schneuzte sich mit Nachdruck. Die Rührung übermannte ihn.

15

Doch noch lag der Frühling in weiter Ferne. Noch war Winter. Und das Wochenende war erst halb herum, das Haus noch immer voller Gäste, und May hatte hämmernde Kopfschmerzen, die sich am Sonntagmorgen noch immer nicht gebessert hatten. Davon allerdings hatte niemand eine Ahnung. May wirkte so heiter wie immer und kümmerte sich um alles. Seltsamerweise spürte nur Gaylord, daß nicht alles so war wie sonst. Ihr allgegenwärtiges Auge war nicht ganz so allgegenwärtig wie sonst. Es war ihm tatsächlich gelungen, ein paar Dinge zu vergessen, die er sonst nie vergessen durfte: zum Beispiel Händewaschen vor dem Essen oder Gummistiefel ausziehen, wenn er nach oben aufs Klo ging. Selbst ein Fleck auf seiner Steppdecke vom Spielen mit dem Druckerkasten und ein Häufchen Schneematsch im Flur lösten kein Donnerwetter aus. Wirklich sonderbar. Wenn Mummi bloß nicht krank wurde!

May zählte die Stunden. Zum Glück wollte Bea mit Dorothea und Edouard gleich nach dem Mittagessen abfahren – zu Gaylords großer Befriedigung. Peter und Becky tauschten zärtliche Blicke und deuteten an, sie wollten auch lieber vor Einbruch der Dunkelheit nach Hause fahren, worauf Gaylord mit kläglicher Stimme rief: «Fahr doch bitte noch nicht weg, Tante Becky!» Seine Mutter warf ihm einen entsetzten Blick zu, den er prompt mißverstand. «Mummi möchte auch nicht, daß du schon wegfährst, nicht Mummi?»

«Nein, natürlich nicht, mein Herz. Aber die Straßen sind sehr glatt, weißt du, und da ist es vielleicht doch besser –»

Noch eine Mahlzeit, dachte May. Noch zwei Stunden den anderen zuhören, höflich und scheinbar aufmerksam sein und passende Antworten geben – wie ein Automat.

Noch zwei Stunden. Doch jetzt, gerade als sie zum Essen bitten wollte, erschien Mr. Mackintosh mit grimmigem Granitgesicht an der Küchentür und wollte ihren Schwiegervater sprechen. Und zehn Minuten später erschien ihr Schwiegervater, ebenfalls mit grimmigem Granitgesicht, und fragte: «May, hast du einen Moment Zeit?»

Da in diesem Augenblick alles zum Anrichten bereit war – Braten, Sauce, Kartoffeln, Gemüse und Yorkshire-Pudding –, hätte sie eigentlich mit einem klaren Nein antworten müssen. Doch sie sah ihn ruhig an und sagte: «Worum geht es denn, Schwiegervater?»

«Mackintosh will kündigen», sagte er verstört.

«Ach, du liebe Zeit», sagte sie ungerührt. Für ihren Schwiegervater mochte das eine Katastrophe sein – für sie nicht.

«Eine verdammt ernste Sache!» beschwor er sie. «Der beste Mann, den ich je gehabt habe!»

«Hm. Tut mir wirklich leid.» Aber warum kam er zu ihr damit? Sie wartete auf seine Antwort.

«Seine Schwester ist schuld. Sie reist ab. Will gleich morgen früh den Sechs-Uhr-Zug nehmen.»

Jetzt hatte sie begriffen. Sie hob den schweren Braten aus der Pfanne und legte ihn auf die Fleischplatte. Um ein Haar wäre er zurückgefallen in die heiße Sauce.

Der alte Mann fuhr fort: «Und er sagt, *beides*, für das Kind sorgen *und* seine Arbeit tun, kann er nicht.» Erwartungsvolle Pause.

«Ich verstehe», sagte May und stellte die Platte mit dem Braten in den Ofen. Sie begann die Sauce umzurühren.

«Die arme Kleine», sagte Opa gefühlvoll.

«Ja.» May rührte immer noch.

«Woanders wird's ihm auch nicht besser gehen», meinte Opa nachdenklich.

«Nein.»

«Die beiden könnten ja vielleicht auch zu uns ins Haus ziehen ...».

Es ging ja gar nicht allein um sie. Es ging auch um Jocelyn und seine Arbeit. Und um Gaylord. Es war nicht recht, ihm einfach so eine ständige Gespielin aufzuzwingen. Aber da erschien Gaylord ja schon.

«Du, Mummi, ich hab einen furchtbaren Hunger. Können wir nicht –»

«Deine Freundin, Miss Mackintosh, reist ab», sagte May.

«Reist ab? Meinst du, sie reist richtig ab?»

«Ja, sie reist richtig ab.»

«Hurraaa!» schrie Gaylord.

Sie unterbrach seinen Jubel. «Aber Julia hat nun niemand mehr, der sie versorgt.»

Gaylord dachte nach. «Doch, sie hat ihren Vater.»

«Ja, weißt du, darin sind Väter nicht so sehr geübt.»

Das sah er ein. Er liebte seinen Vater zärtlich, aber er kannte seine Grenzen. Er grübelte einen Moment. Dann fragte er: «Könntest du sie nicht versorgen, Mummi?»

«Deine Mutter hat, weiß Gott, schon genug zu tun, junger Mann», sagte John Pentecost in nicht sehr überzeugendem Ton.

«Sie müßten dann beide hier im Haus wohnen», sagte May «Möchtest du denn immer ein Mädchen hier im Hause haben, Gaylord?»

Nein. Aber wenn doch die arme Julia niemand hatte? Er war ein bißchen entsetzt, daß Mummi da immer noch überlegte. «Würde mir nix ausmachen», sagte er mit fester Stimme.

John Pentecost war überaus erstaunt. «Du meinst – du würdest sie hier aufnehmen, May? Das wäre natürlich eine sehr gute Lösung. Aber hast du dir das auch gut überlegt, Kind?»

Sie hatte gerade das volle Tablett aufgenommen. Jetzt setzte sie es wieder ab und blickte ihren Schwiegervater kühl an. «Dir war die Idee sicher noch gar nicht gekommen, nicht wahr?»

«Himmel, nein, natürlich nicht! Aber wo du es nun sagst ... Es wäre schon eine enorme Hilfe, May.»

Na schön, die Kopfschmerzen würden ja nicht ewig dauern. Sie hatte zwar vorgehabt, ja, sich regelrecht danach gesehnt, sich sofort hinzulegen, sobald die letzten Gäste das Haus verlassen hatten, aber ... Sie würde es schon schaffen. Und wenn sie morgen früh ausgeschlafen hatte, war die Welt sicher wieder in Ordnung.

Aber sie hatte die Rechnung ohne zwei Männer gemacht – und bei Männern wußte man ja nie ... Der erste war Jocelyn, der ihr sonst stets das gesamte Hauswesen überließ, jetzt aber rundheraus erklärte, er denke nicht daran, mit diesem gräßlichen Schotten unter einem Dach zu leben, der ihm sicher bald Ratschläge erteilen werde, wie er seine Romane zu schreiben habe. Und der zweite war Mr. Mackintosh selber, der mit seinem Sonntagsanzug eine neue Persönlichkeit angelegt zu haben schien.

«Mrs. Pentecost, das ist wirklich sehr freundlich von Ihnen, und ich kenne niemanden, dem ich Julia lieber überlassen würde als Ihnen. Aber Sie müssen verstehen, ich bin zu selbständig, ich würde mich nicht wohl dabei fühlen. Wenn ich also in unserem Häuschen bleiben könnte und Julia käme zu Ihnen – ich würde sie Ihnen natürlich soviel wie möglich abnehmen.» Und er lächelte sogar dabei! Es war das Lächeln eines Mannes, der entdeckt hatte, was Dankbarkeit ist.

Auch Julia war im Sonntagsstaat gekommen, in einem blauen, bis zum Hals zugeknöpften Mäntelchen mit einem flauschigen Pelzkragen – eine richtige kleine Dame.

«Hallo, Julia», sagte May. «Soll ich dir mal zeigen, wo du schläfst, wenn du bei uns wohnst?»

«O ja, bitte, Mrs. Pentecost.»

Nachdem die Gäste abgefahren waren, hatte May das Bett in

Edouards Zimmer abgezogen und frisch gemacht. Jetzt zeigte sie es Julia. «Na, glaubst du, daß du dich hier wohl fühlen wirst? Gaylords Zimmer ist gleich nebenan, und Mr. Pentecost und ich schlafen drüben auf der anderen Seite des Flurs. Sieh mal hier – durch das Fenster kannst du sogar euer Häuschen sehen.»

Julia verschränkte die Hände. «Es ist schön hier, Mrs. Pentecost.»

«Und durch das Fenster kannst du sogar euer Häuschen sehen», sagte May noch einmal.

Julia sah sie unsicher an. Ein seltsam starres Lächeln lag auf Mays Gesicht. «Durch das Fenster –» begann sie noch einmal, und dann schwankte sie und fiel zu Boden.

Julia schrie auf. Gaylord, der in seinem Zimmer war, kam herbeigestürzt.

Der Anblick seiner reglos auf dem Fußboden liegenden Mutter erschreckte ihn. Das war das Ende der Welt! Er nahm Julia an der Hand und lief mit ihr zu seinem Vater, der in seinem Arbeitszimmer war. Etwas zögernd und schluckend trat er ein. «Paps –»

«Hallo, mein Junge. Hallo, Julia», sagte Jocelyn freundlich. «Was ist? Es ist doch nichts passiert?»

Gaylord nickte. Aber es gab Dinge, die *konnte* man nicht sagen. Die Worte wollten nicht kommen. «Mummi», brachte er schließlich hervor. «Ich glaube –»

Jocelyn erschrak. Er stand langsam auf. «Gaylord, was ist los? Wo ist Mummi?»

«In Julias Zimmer. Sie sagt gar nichts. Vielleicht ist sie tot.»

Ein gurgelnder Laut kam aus Jocelyns Kehle. Er stürzte aus dem Zimmer und lief mit klopfendem Herzen und bleischweren Beinen nach oben.

May lag noch immer auf dem Fußboden, sie war sehr blaß. Er suchte verzweifelt nach dem Puls. Nichts. Aber es gelang ihm nie, den Puls zu finden. Herrgott, wie hilflos er war!

Er schob ihr mit viel Mühe ein Kissen unter den Kopf. Gut. Aber ein Erfolg war nicht zu bemerken. Er lief hinaus in den Flur, wo Gaylord und Julia stehen geblieben waren. Julia sah ihn mit großen, angstvollen Augen an. Gaylord wurde, nachdem der erste Schreck vorüber war, offenkundig wieder hin und her gerissen zwischen Angst und seiner Leidenschaft für dramatische Situationen. Jocelyn rief den Arzt an und informierte seinen Vater. «Bestimmt eine Gehirnerschütterung», diagnostizierte der alte John Pentecost. «Sie muß mit dem Kopf aufgeschlagen sein, als der verdammte Hund sie umgeworfen hat.» Sie tat ihm ehrlich leid. Nur bedauerte er, daß seine sonst so tüchtige Schwiegertochter nicht schon *vor* dem Auszug der Gäste umgefallen war. Dann hätte Becky oder eine seiner beiden Schwestern sich verpflichtet gefühlt, zu bleiben und ihn zu versorgen.

Jocelyn Pentecost fuhr mit in dem Ambulanzwagen, der die immer noch bewußtlose May ins Krankenhaus brachte. Sie müsse zunächst einmal unbedingt unter ständiger ärztlicher Aufsicht sein, hatte der Doktor gesagt. Er betrachtete das blasse Gesicht. Die schlimmsten Vorstellungen zuckten ihm durch den Kopf, wie sehr er sich auch dagegen wehrte. Aber trotz seiner Angst um May konnte er auch die anderen Probleme nicht vergessen. Gaylord, Amanda und jetzt auch noch Julia waren zu versorgen. Und sein Vater! Die geringste Veränderung im täglichen Ablauf, und sofort sprühte John Pentecost Funken. Nein, er, Jocelyn, war dem allen nicht gewachsen. Und dazu die Sorgen, die seine Arbeit ihm machte. Er sah ein unermeßliches Chaos vor sich – und das alles konnte durch den Ausfall der Arbeitskraft einer einzigen Frau entstehen!

Zur gleichen Zeit fuhr Tante Bea unbekümmert mit ihrem Mini über die verschneiten Straßen und plauderte munter mit Edouard und Dorothea. Becky und Peter waren schon zu Hause angekommen und freuten sich auf einen langen friedlichen Abend zu zweit. Der Rotkopf war vergessen.

Duncan Mackintosh saß im Wohnzimmer des Verwalterhäuschens und las in einem Fachblatt für Landwirte. Oben packte Elspeth ihre Sachen. Beide hätten gern ungeschehen und ungesagt gemacht, was am Abend zuvor geschehen und gesagt worden war, aber ihr Starrsinn verschloß beiden den Mund. Gesprochene Worte waren hier endgültig wie das Schicksal. Und Duncan tröstete sich mit dem Gedanken, daß Mrs. Pentecost eine Frau war, die einem Vertrauen einflößte. Sie war freundlich und sehr praktisch – ganz anders als ihr Mann. Trotzdem wurde es ihm schwer, ihr das Kind zu überlassen. Er seufzte.

Es gab Leute – und die meisten seiner Angehörigen und Freunde zählten dazu –, die der Ansicht waren, John Pentecost sei nicht immer ganz frei von Selbstsucht. Wenn das stimmte, so traf es jedenfalls an diesem Sonntag nicht zu. Es war inzwischen schon Nachmittag, und er hatte noch nicht einmal einen Blick in den *Observer* getan, aber trotzdem beschloß er, sich jetzt erst einmal um die Kinder zu kümmern. Er legte Gaylord die Hand auf die Schulter und sagte: «Mach dir keine Gedanken um deine Mutter, mein Junge. Sie ist stark wie ein Brauereipferd. Sie wird's schon schaffen.»

«Sie sah so komisch aus», sagte Gaylord mit halb von Tränen erstickter Stimme und schluchzte. Plötzlich fiel ihm ein, daß ja jemand da war, der es wissen mußte. Er wandte sich an Julia und fragte: «Hat deine Mutter auch so ausgesehen, als sie –?»

Julia sah ihn traurig an, sagte aber nichts. Opa kam mit einem Vorschlag. «Paß mal auf, Junge. Wir spielen jetzt Monopoly. Aber du mußt mir versprechen, daß du dir keine Sorgen mehr machst.»

Es kam Gaylord nicht ganz passend vor, Monopoly zu spielen, wo doch eben Mummi in dem gräßlichen Ambulanzwagen weggefahren war. Aber er fügte sich. Schließlich war es *Opas* Vorschlag ... Er holte das Spiel und machte dabei einen kleinen Umweg, um nachzusehen, ob Amanda ruhig schlief.

Keiner spielte wirklich gut. Gaylord nicht, weil er sich vorstellte, wie die Männer die Bahre mit seiner zugedeckten Mummi aus dem Auto zogen und in das große Krankenhaus trugen. Julia nicht, weil ihr das Spiel nicht lag und sie die Spielregeln nicht recht begriff. Und Opa nicht, weil er – für alle Fälle! – die Seite mit dem Leitartikel aus dem *Observer* vor sich auf seine Knie gelegt hatte. Aber für ihn gab es auch noch andere Gründe, warum er schlecht spielte. Er war mit seinen Gedanken nicht bei der Sache. Er machte sich Sorgen.

Die Vorstellung, daß jetzt Jocelyn für Küche und Haushalt verantwortlich sein sollte, behagte ihm ganz und gar nicht. Verzweifelt ließ er sämtliche Frauen aus der näheren Verwandtschaft vor seinem inneren Auge vorüberziehen. Becky? Nein. Becky würde Peter nicht allein lassen, schon gar nicht jetzt, nach der Sache mit dem Rotkopf. Rose, seine älteste Tochter? Nein, die trennte sich nie von ihrem Mann. Dorothea? Bloß nicht! Das bedeutete: nichts als Fisch und Joghurt zum Essen. Und Bea? Nein, das wollte er sich nicht antun! Sie würde ihn in seinem eigenen Haus herumkommandieren und ihn am Ende auf eine Diät aus Zitronensaft und Salatblättern setzen, mit einem Gläschen Apfelsaft als Sonderzulage am Sonntag. Nein. Ihn schauderte. Es mußte doch jemanden geben, der einen alten Mann nicht verhungern ließ, dachte er voller Selbstmitleid. Aber es gab niemanden. Er hatte es ja immer gesagt: Freunde in der Not …

So weit war John Pentecost mit seinen trüben Gedanken gekommen, als laut und schrill das Telefon klingelte.

Voller Angst und Abscheu hatte Wendy Thompson einen Moment lang auf die zersplitterte Fensterscheibe, die Glasscherben am Boden und den Ziegelstein gestarrt. Dann war sie zitternd ans Telefon gegangen und hatte bei der Polizei angerufen, worauf zwei Beamte erschienen waren, die sich alles angesehen hatten, aber nicht übermäßig beeindruckt schienen, auch nicht, als sie ihnen von dem Vorfall mit dem Motorradfahrer am Fluß erzählt hatte. Als die Polizisten gegangen waren, hatte sie ein Stück Pappe an das Fenster genagelt. Jetzt saß sie in der Küche, die nach hinten hinausging, und horchte angespannt auf jeden Laut. Wie konnte jemand sie so hassen, um ihr das anzutun – selbst wenn der Haß sich nicht so sehr gegen sie persönlich als vielmehr gegen die ganze Menschheit richtete? In der Nacht schlief sie schlecht, und den ganzen Sonntag überlegte sie, ob sie es den Pentecosts mitteilen sollte. Aber vielleicht gab es da gar keine Verbindung, und Mrs. Pentecost dachte womöglich, sie nehme das nur zum Vorwand, um mit Mr. Pentecost zu telefonieren. Andererseits war es vielleicht doch wichtig, daß sie von der Sache erfuhren und sich klarmachten, daß die Drohung noch immer bestand.

Es war nicht leicht, eine Entscheidung zu treffen. Erst am Abend rief sie an. Sie hoffte, Jocelyn Pentecost werde am Apparat sein.

Aber es war der kleine Junge. Seine Stimme klang aufgeregt: «Hallo – wer ist da? Bist du es, Paps?»

Sie sagte: «Ist da Gaylord? Hier ist Wendy Thompson – du kennst mich doch noch?»

«Ja, natürlich. Ich dachte bloß, es wäre Paps. Er hat nämlich Mummi ins Krankenhaus gebracht.»

«Nein!» Also hatte sie doch zu lange gewartet! «Was fehlt ihr, Gaylord?»

«Sie ist ohnmächtig. Das ist so ähnlich wie tot, aber nicht ganz.»

«Aber wie kam –»

«Schultz hat sie doch umgeschmissen. Da muß sie irgendwo mit dem Kopf aufgeschlagen sein, sagt Paps.»

«Mein Gott, das tut mir schrecklich leid, Gaylord.»

«Ja. Wollen Sie Opa sprechen?»

«Ach ja, bitte.»

Er ging zu Opa hinüber. «Miss Thompson, Opa.»

«Wer ist Miss ...? Ah ja, ich erinnere mich.» Eine nette junge Frau. Er ging an den Apparat. «Hier ist John Pentecost, Miss Thompson», sagte er so sanft und honigsüß, wie er nur konnte.

Wendy sagte: «Mr. Pentecost, Gaylord hat mir erzählt ... von seiner Mutter. Es tut mir schrecklich leid. Meinen Sie, daß es etwas Ernstes ist?»

«Nun, ich fürchte, sie wird einige Zeit im Krankenhaus bleiben müssen.»

«Das wird sehr schwierig sein für Sie alle. Ist von Ihren Verwandten jemand geblieben, um Ihnen zu helfen?»

«Nein, nein, die waren alle schon abgereist. Und sie sind ja natürlich auch alle irgendwie gebunden.» Sie hörte den Seufzer. «Na ja, irgendwie werden wir schon durchkommen. Nur mit den Kindern ... vor allem mit dem Baby ist es schwierig.»

«Ja, ich verstehe. Schrecklich. Wenn ich Ihnen irgendwie helfen kann –»

Er war tief gerührt. «Nein, liebe Miss Thompson, das kommt gar nicht in Frage. Wirklich furchtbar liebenswürdig von Ihnen. Aber das möchte ich Ihnen nun doch nicht zumuten. Lassen Sie nur, wir werden schon irgendwie durchkommen. Und meinem Sohn und auch mir kann es gar nichts schaden, einmal die Ärmel hochzukrempeln.»

Die Vorstellung, daß Jocelyn Pentecost nun die Ärmel hochkrempeln und im Haushalt zupacken mußte, statt zu schreiben, war ihr unerträglich. Das durfte nicht sein. Sie sagte: «Mr. Pentecost, ich bin nicht sehr tüchtig, aber wir haben gerade Ferien, und ich würde mich wirklich freuen, wenn ich irgendwie helfen könnte ...»

Der alte Mann war noch tiefer gerührt. Aber standhaft erwiderte er: «Nein, Miss Thompson. Sie sind jung, Sie haben Ihr eigenes

Leben. Und unser Problem ist ja nicht unüberwindlich – so hoffe ich jedenfalls.»

«Aber es ist mir wirklich ernst, Mr. Pentecost.»

«Tatsächlich? Meinen Sie das wirklich? Also ... also dann hole ich Sie in etwa einer Stunde ab», sagte John Pentecost. «Wo wohnen Sie?»

Sie beschrieb es ihm. «Dann packen Sie nur gleich Ihre Sachen», sagte er und legte den Hörer auf.

Wendy Thompson war ungefähr so zumute wie den Kindern Israel, als die Mauern von Jericho gefallen waren. Die Kapitulation war so plötzlich und so unerwartet gekommen – jetzt meldeten sich Bedenken und Zweifel. Ihr Satz «Wenn ich Ihnen irgendwie helfen kann» war durchaus aufrichtig gemeint gewesen, aber sie hatte dabei mehr an Dinge wie Einkäufe oder Aufpassen auf die Kinder gedacht. Und jetzt hatte sie auf einmal einen ganzen Haushalt zu versorgen! Und was verstand sie schon von Männern und Babies? Aber sie war natürlich bereit, und mit Freuden!

John Pentecost ging in die Diele und zog seinen Mantel an. Er war außerordentlich zufrieden mit sich. Noch vor wenigen Minuten hatte die Zukunft grau und trübe ausgesehen. Jetzt war, dank seinem Unternehmungsgeist und Takt, die Situation gerettet. Er sagte zu Gaylord: «Sowie dein Vater zurückkommt, muß ich noch mal fort, mein Junge.»

«Aber wir sind doch noch gar nicht fertig mit dem Spiel!» protestierte Gaylord, dem inzwischen auf dem Brett halb London gehörte. Er horchte auf. «Da kommt Paps – das ist sein Auto!» Er stürzte hinaus und öffnete die Haustür. «Paps! Wie geht's Mummi?»

Jocelyn legte den Arm um Gaylords Schultern. «Es geht ihr schon ein bißchen besser. Sie liegt jetzt schön eingepackt in einem weißen Bett und hat es warm und gemütlich.»

«Kann sie atmen?»

«Ja, natürlich kann sie atmen.»

«O prima. Du, Opa hat so getan, als ob er zwölf gewürfelt hat. Dabei waren es bloß neun.»

John Pentecost erschien an der Tür. «Da bist du ja. Wie geht's May?»

«Immer noch bewußtlos», sagte Jocelyn verzagt. «Sie können noch nichts sagen.»

«Tut mir wirklich leid, Jocelyn.»

«Danke. Und wie geht's hier? Ist Amanda aufgewacht?»

«Nein. Um die anderen beiden habe ich mich gekümmert», sagte er zufrieden.

Jocelyn stand da, schmal und blaß. «Eine scheußliche Situation, Vater. Vor allem mit Amanda. Ich weiß gar nicht, wie wir ohne May fertig werden sollen.»

Der alte Mann klopfte ihm auf die Schulter. «Ist alles schon geregelt, mein Junge. Ich fahre jetzt und hole Hilfe: Haushälterin, Kinderfrau, egal wie du sie nennen willst.»

«Wer ist es denn?» Jocelyn hatte sich auf der ganzen Heimfahrt den Kopf zerbrochen, wer ihnen helfen könnte, aber es war ihm niemand eingefallen.

«Wendy Thompson», sagte Opa und lächelte selbstzufrieden.

«Was? Die kannst du doch nicht bitten!»

«War gar nicht nötig. Sie hat sich selber angeboten. Ich muß jetzt weg. Sie hat ihre Sachen gepackt und wartet auf mich.»

«Vater», sagte Jocelyn drängend, «das geht nicht! Das geht wirklich nicht.»

«Und warum nicht?»

Das wußte Jocelyn nicht. Er wußte – er wußte nur ganz bestimmt, daß May während ihrer Abwesenheit lieber eine Schlange im Hause hätte als die kleine, unschuldige und nicht übermäßig attraktive Miss Thompson.

«Ich muß fort», sagte sein Vater und ging hinaus.

Nie im Leben war Jocelyn Pentecost sich so verzweifelt einsam vorgekommen. Ja, es war mehr als Einsamkeit, er kam sich amputiert vor.

Dabei hatte sich der Arzt ganz beruhigend geäußert. Wir müssen Ihre Frau eine Weile beobachten, nichts weiter, Mr. Pentecost, für alle Fälle. Aber Ärzte konnten sich irren, vor allem bei Kopfverletzungen. Jocelyns Phantasie arbeitete fieberhaft und steuerte sämtliche noch fehlenden Details bei. Gestern morgen noch hatte sie lachend und strahlend draußen im Schnee gestanden – und nun lag sie im Krankenhaus und brachte nicht einmal mehr ein Lächeln zuwege. Es war erst ein paar Stunden her – und doch kam es ihm so lang wie ein Leben vor.

Gaylord schob seine kleine Hand in die große Hand seines Vaters. Er hielt es nicht für wahrscheinlich, daß er Mummi je wiedersehen würde. Und plötzlich wollte er sie wiedersehen, ganz dringend. Er hätte gern geweint, aber das ging nicht. Er durfte Paps nicht noch trauriger machen.

«Henry Bartletts Tante haben sie auch mal mit dem Ambulanzwagen weggebracht», sagte er. Keine Antwort.

«Henry sagt, danach haben sie sie nie mehr gesehen.»

Sie kehrten ins Wohnzimmer zurück. Seltsam, dachte Jocelyn, May ist erst seit ein paar Stunden aus dem Haus, und schon ist alles anders geworden. Das Feuer brennt noch, die Blumen sind noch genauso frisch wie zuvor, die Gardinen sind zugezogen – aber es ist, als sei das Haus gestorben.

Nein, so ging es nicht! Er mußte überlegen, Entscheidungen treffen. Plötzlich hing alles an ihm, er war verantwortlich, mußte planen. Und das war etwas, was er absolut nicht konnte. Er wußte gar nicht, wo er anfangen sollte.

Gaylord sagte: «Paps, Julia und ich können Amanda baden. Nicht, Julia? Und dann geben wir ihr das Fläschchen, und dann gehen wir ins Bett. Du brauchst nur für dich und Opa was zu essen zu machen, das ist alles. Julia und ich können morgen das Geschirr abwaschen.»

Jocelyn Pentecost sah seinen Sohn erstaunt an. «Wann hast du dir denn das alles ausgedacht?»

«Gar nicht, Paps. Das ist ganz von selber gekommen.»

Beneidenswert, dachte Jocelyn. Alles, was ihm fehlte, hatte Gaylord anscheinend mit in die Wiege bekommen. Er ging in sein Arbeitszimmer und ließ sich auf seinen Stuhl fallen. Er dachte an die Tage, da er hier ruhig und friedlich gearbeitet hatte, während May unermüdlich in Haus und Küche tätig gewesen war. Wie wenig hatte er es ihr zu danken gewußt! Wie oft hatte er durch kleinliche Ärgernisse oder Unachtsamkeit die Sonne verdunkelt.

16

Hätte er doch die guten Tage zurückholen können! Wie glücklich wäre er jetzt gewesen über ein Lächeln seiner Frau, wie glücklich, wenn er sie draußen bei der Arbeit hätte singen hören! Oh, nie wieder würde er das alles als selbstverständlich hinnehmen! Er nahm es sich fest vor ...

Er hörte die Stimme seines Vaters im Flur. «So, da können Sie ja gleich das Zimmer neben Gaylord beziehen, Miss Thompson – hier.»

Und dann Miss Thompson: «Vielen Dank, Mr. Pentecost. Ich will nur hoffen, daß ich auch alles schaffe.»

«Ach, natürlich. Mit mir jedenfalls werden Sie keine Schwierigkeiten haben, das brauche ich wohl kaum zu sagen.»

Das machte ihr anscheinend Mut. «Einiges weiß ich ja auch schon.» Sie lachte. «Mr. Jocelyn Pentecost bekommt Toast und Tee zum Frühstück, und Sie Eier mit Speck und Würstchen und Toast mit Marmelade.»

«Und Kaffee.»

«Ja, und Kaffee.»

Jocelyn trat aus seinem Zimmer. «Vater, kann ich dich – oh, guten Tag, Miss Thompson. Entschuldigen Sie. Vater, kann ich dich eben mal kurz sprechen?»

«Natürlich, mein Junge. – Richten Sie sich doch inzwischen in Ruhe ein, Miss Thompson.» Wohlgelaunt folgte er Jocelyn in dessen Arbeitszimmer. Er wußte, was Jocelyn auf dem Herzen hatte, aber bis Jocelyn gesagt hatte, was er sagen wollte, würde Miss Thompson längst ihre Sachen ausgepackt haben. Diesmal hatte er seinen Sohn vor vollendete Tatsachen gestellt.

Jocelyn schloß die Zimmertür. «Hör zu, Vater. Das ist ganz unmöglich. Das können wir nicht machen.»

«Mein lieber Junge, nun hör du mir erst einmal zu.» Er legte die Hand auf Jocelyns Arm. «Sie ist geradezu *glücklich*, uns helfen zu können.» Er sah seinen Sohn bewegt an. «Weißt du eigentlich, daß Miss Thompson im letzten Monat ihre Mutter verloren hat? Jetzt hat sie keinen Menschen mehr auf der Welt, die arme Person. Wir tun ihr geradezu einen Gefallen, glaub mir. Es wird sie auf andere Gedanken bringen.»

«Aber –»

Für John Pentecost gab es kein Aber. «Ich hab mich unterwegs im Auto mit ihr unterhalten. Weißt du, woran ich denken mußte?»

«An das erhörte Gebet eines alten Egoisten?» fragte Jocelyn boshaft.

Sein Vater überhörte die Bemerkung. «Sie kam mir vor wie ein erschöpfter Schwimmer, der auf einmal sieht, daß ihm jemand einen Rettungsring zuwirft. Ihre Dankbarkeit war *rührend*.» Er zog sein Taschentuch hervor und schneuzte sich laut und nachdrücklich.

Jocelyn schwieg. Er wußte, es gab noch einen anderen Grund. Die Tatsache nämlich, daß Miss Thompson sich offenkundig, so absurd das auch war, angezogen fühlte von einem Autor, dessen Bücher sie bewunderte. Aber das konnte er seinem Vater nicht sagen. Er gab sich also einen Ruck und sagte entschieden: «Gut, ich bin damit einverstanden, daß sie sich um die Kinder kümmert. Aber wir beide, du und ich, wir können für uns selber sorgen.»

«Ja, selbstverständlich, mein Junge, das können wir. Was machst du uns zum Abendbrot?»

Niedergeschlagen ging Jocelyn nach unten, um einen Blick in die Küche zu werfen. Gewiß, er konnte Spiegeleier braten, aber weiter reichten seine Kochkünste auch nicht. Deshalb war er trotz allem sehr erleichtert, als die Tür leise geöffnet wurde und Miss Thompson erschien.

«Mr. Pentecost, zuerst möchte ich gern wissen, wie es Ihrer Frau geht. Und dann sagen Sie mir bitte, was ich tun kann.»

Er war gerade dabei, das wenige zu berichten, was ihm der Arzt gesagt hatte, als sein Vater mit festen Schritten die Küche betrat. «Ah, da sind Sie ja, Miss Thompson. Ich glaube, nach so einem Tag wie heute sollten wir uns jetzt ein schönes kräftiges Abendessen gönnen. Meinen Sie nicht?»

«Ich wollte gerade vorschlagen, daß Miss Thompson sich um Amanda kümmert», sagte Jocelyn kühl.

«Oh, das hat noch Zeit. Die schreit, wenn sie Hunger hat.» Und um nicht hartherzig zu erscheinen, fügte er gefühlvoll hinzu: «Die arme Kleine. Ja. Wie steht's denn nun mit dem Essen?»

Zweifellos, der Gedanke an ein warmes Essen war verführerisch. «Na schön, Vater», sagte Jocelyn, «wenn du Miss Thompson als Mädchen für alles betrachtest, und wenn Miss Thompson wirklich nichts dagegen hat, dann werde ich ihr zeigen, wo alles ist.»

«Ja, das tu nur», sagte der alte John Pentecost. In der Tür blieb er stehen, nahm die Zigarre aus dem Mund und meinte: «Ihr sagt Bescheid, wenn ich irgendwas helfen kann, ja?»

Miss Thompson nickte ihm lächelnd zu, und der alte Mann ging hinaus. Als sie allein waren, fragte Jocelyn streng: «Sagen Sie – hat mein Vater Sie überrumpelt?»

Sie lachte. Ja, tatsächlich, sie lachte. «Überrumpelt? Ich konnte ihn nur mit Mühe überreden, mich kommen zu lassen. Beinah kniefällig mußte ich ihn bitten.»

«Der Vorschlag kam also wirklich von Ihnen?»

Ihre großen Augen sahen ihn an. «Ja, natürlich. Ich möchte schrecklich gern alles tun, was ich kann. Wenn es *Ihnen* recht ist.» Sie hing an seinen Lippen.

«Ja – offen gesagt, ich wüßte wirklich nicht, was ich ohne Hilfe anfangen sollte. Aber –»

«Gut, dann ist es also abgemacht.» Sie sah ihn freudig erregt an. Dann wurde ihr Blick plötzlich ernst. «Sie haben schon Sorgen genug, aber eines möchte ich Ihnen doch noch sagen – etwas, was mir gestern abend passiert ist.» Sie erzählte ihm von der eingeworfenen Fensterscheibe. «Sehen Sie, deshalb ist es mir sogar angenehm, ein paar Tage nicht zu Hause zu sein.»

Er wurde sofort zum Beschützer. «Mein Gott, Miss Thompson, wie scheußlich. Und Sie glauben wirklich, es gibt da einen Zusammenhang mit dem Motorradfahrer unten am Fluß?»

Sie schwieg einen Augenblick. Dann sagte sie: «Wenn Sie mich fragen: ja. Ja, ich glaube es. Aber das ist ja schließlich nicht Ihre Schuld.»

Hier irrte sie. Die Schuld lag bei den Pentecosts. Oder genauer, bei seinem Vater. Sein Vater hatte Gewalt mit Gewalt vergolten. Und dieser eine Gewaltakt des alten Mannes zog immer weitere Kreise. Er sagte: «Wir sind alle schuld, Miss Thompson. Die Welt ist so, wie wir sie gemacht haben.»

«Sie nicht, Mr. Pentecost. Sie sind so – so gut.»

«Gut – ich?» Der Gedanke amüsierte ihn. «Ich bin wie Hamlet – jeder Mensch ist wie Hamlet. ‹Oh, welch ein Schurk' und niedrer Sklav' ich bin!› Ja – das hier also ist die Speisekammer. Da gibt's allerhand Dosen: Suppen, Lachs, weiße Bohnen.»

«Ich glaube, Sie gehen zu streng mit sich ins Gericht, Mr. Pentecost. Hamlet hatte nicht Ihre ethischen Grundsätze. Minestrone – wäre Ihnen das recht, zu Beginn?»

«Ja, sehr – wenn wir den Parmesan finden können. Ohne Parmesan geht es nicht. Sie haben recht, an bürgerliche Moralprinzipien würde man bei einem Dänenprinzen der damaligen Zeit nicht unbedingt denken. Ah, hier ist der Parmesan. Aber was bedeuten schon bürgerliche Moralprinzipien?»

«Gar nicht wenig, möchte ich annehmen. Und wie wär's dann mit Omeletts?»

«Ja, mit Schinken, das wäre sehr gut. Für Vater ist eine Mahlzeit ohne Fleisch keine richtige Mahlzeit. Nein, ich glaube doch, es ist nicht viel mehr als oberflächlicher Lack. Sie sagen, ich hätte Prinzipien. Aber in der ganzen Welt verhungern Menschen, jeden Tag. Macht es mir wirklich etwas aus, solange sie es im stillen tun und mich nicht behelligen? Das hier ist der Herd. Meine Frau sagt, er hat seine Mucken, seit wir Erdgas haben. Und da stehen die Töpfe und Pfannen und so.»

«Aber was wollen Sie als einzelner dagegen tun, Mr. Pentecost? Was meinen Sie, wie viele Eier?»

«Ein Dutzend vielleicht? Nun ja. Das weiß ich auch nicht. Ich weiß nur, daß es Millionen Menschen gibt, die froh wären, wenn sie *einmal* am Tage ein Mahlzeit kriegten, wie ich sie *dreimal* am Tage zu mir nehme, ohne darüber nachzudenken.»

Sie nickte stumm.

Eine reizende Person, wirklich, dachte er. Es mußte hübsch sein, ganz leicht den Arm um sie zu legen. Aber im Augenblick sah sie ihn an, als hätte er einen Heiligenschein. Und außerdem war da noch May, und bei allem Gerede über Moral und Kochen war doch sie es, die seine Gedanken beherrschte. Er sagte: «Aber Gefühle existieren nicht mehr, wissen Sie. Wir sind vom Fernsehen überfüttert mit grauenhaften Bildern und Schrecken. Oh, da ist ja auch Amandas Fläschchen – hier in dem Behälter. Gott sei Dank macht sie mit dem Fläschchen keinerlei Schwierigkeiten.»

«Sie können mir glauben, Mr. Pentecost, es gibt nicht viele Leute, die –»

In diesem Augenblick steckte John Pentecost den Kopf zur Küchentür herein. «Ich werde den Kindern sagen, sie sollen schon mal den Tisch decken, Miss Thompson.» Er sah sich in der Küche um und fragte dann etwas zweifelnd: «Kann ich ihnen sagen, daß wir gleich so weit sind?»

Jocelyn zog es vor zu schweigen. Aber Miss Thompson sagte fröhlich aufgeregt: «O nein, lieber noch nicht, Mr. Pentecost.» Sie lachte vor lauter Glück. «Wir haben uns über Moralbegriffe unterhalten, statt das Abendessen zu machen.»

«Allmächtiger», sagte John Pentecost laut und verschwand im Wohnzimmer. «Nicht zu fassen», murmelte er vor sich hin, während er einen Schuß Sodawasser in seinen Whisky goß. Da reden sie über Moral und lassen einen alten Mann aufs Essen warten!

Wendy Thompson spürte es: sie wurde gebraucht. Ein Schriftsteller, dessen Bücher sie gelesen hatte, brauchte sie. Sein kleiner Sohn, seine winzige Tochter, sein alter Vater – alle brauchten sie. Sie fühlte, wie plötzlich ihre Kräfte wuchsen. Sie sagte: «Wenn ich das Essen weiter vorbereite, könnten Sie sich dann schon einmal um das Fläschchen für Amanda kümmern, Mr. Pentecost?»

«Bitte, nennen Sie mich Jocelyn. Mr. Pentecost – das klingt so unfreundlich.»

Sie sah ihn unschlüssig an. «Ich weiß nicht, ob ich das fertigbringe.» Aber sie sagte sich den Namen im stillen vor: Jocelyn. Ein sanfter melodischer Name. Er paßte gut zu ihm. «Danke, Jocelyn.»

Sie lächelten sich an. Wendy floß über vor Glück. Doch ihr war sehr wohl bewußt, daß es ein Glück war, das sie später nur noch einsamer machen würde. Dennoch, diesmal wollte sie den Augenblick des Glücks genießen, solange er dauerte.

Er dauerte nicht lange. «Ich glaube, Sie wissen jetzt, wo alles ist. Kann ich Sie eben mal alleinlassen und im Krankenhaus anrufen?» Er verschwand, und als er zurückkam, sagte er, strahlend vor Erleichterung: «Sie ist bei Bewußtsein! Ich darf sie ein paar Minuten sehen! Ja ...» Er zögerte und sagte dann stotternd: «Geht es wohl, daß ich Ihnen den Rest überlasse und –»

«Aber natürlich», sagte sie lächelnd und verbarg ihre Enttäuschung. Und auch ihre Angst. Wenn nun der alte Mann etwa die Suppe aus der Dose oder die Omeletts ablehnte und Amanda womöglich ihr Fläschchen nicht trinken wollte ...

«Fein.» Er sah sich hilflos um. «Dann fahre ich jetzt.»

Er ging. Von draußen steckte er noch einmal den Kopf zur Tür herein. «Auf Wiedersehen, Miss Thompson», sagte er etwas unsicher.

«Auf Wiedersehen, Mr. Pentecost. Hoffentlich wird alles –»

Er war fort. Und sie blieb einsam zurück.

Furchtbar. Ein Bett nach dem andern, und in jedem lag eine Frau. Jocelyn starrte nicht gern kranke Frauen an, aber wie sollte er May sonst finden? In einem dieser vier Betten mußte sie liegen, und er mußte sie finden.

«Hallo, Jocelyn!» rief eine Stimme. Er blickte in die Richtung, aus der die Stimme gekommen war. Ja, da! Aber – sie sah ganz anders aus!

«Jocelyn, du Dummkopf, ich bin's doch gar nicht.» Er blieb wie gelähmt stehen. Die Frau, auf die er zugeeilt war, grinste und schüttelte den Kopf. «Schade, schade. Ich hatte mir schon Hoffnungen gemacht.»

«Ich bitte um Entschuldigung», sagte er und ging weiter. Und da stand er endlich vor May. Blaß, aber wunderschön, lag sie in den Kissen. «Du kannst gern mit ihr reden, wenn du das lieber möchtest», sagte sie, und die beiden Frauen sahen einander an und lachten über den Streich, den sie ihm gespielt hatten.

Er trat an ihr Bett und küßte sie, ganz erfüllt von Liebe und Zärtlichkeit. Und er wollte sie mit seiner Liebe umhüllen, aber irgendwie schien May nicht darauf zu reagieren. «Wie ein Luchs muß man aufpassen, was?» rief die andere Frau. «Ja, das muß man wirklich», sagte May. Jocelyn hatte mit seinem Irrtum offenbar für Unterhaltung gesorgt.

Er setzte sich auf den Bettrand und nahm ihre Hand. «Liebling, wie geht es dir? Ich habe solche Angst um dich gehabt.»

«Mir geht's sehr gut. Ich weiß gar nicht, warum ihr euch so aufregt. Was machen die Kinder? Und du? Wie geht es dir, mein Liebling?»

Er lächelte sein zaghaftes Lächeln. «Mach dir keine Sorgen um uns, Liebes. Uns geht's sehr gut. Aber – ist der Arzt auch wirklich mit dir zufrieden?»

«Ja, ja. Keine Sorge.» Sie lächelte und gab sich unbekümmert. Aber gleichzeitig drückte sie seine Hand, und er fühlte die Anspannung in ihrem Griff. «Nun hör mir mal ganz genau zu», sagte sie. «Ich habe inzwischen alles geregelt.»

Er erschrak. May sagte stolz: «Ich habe die Schwester überredet, mir das Telefon ans Bett zu bringen, und dann habe ich Elspeth Mackintosh angerufen.»

«Elspeth Mackintosh??!»

Sie legte sein Entsetzen falsch aus. «Ja, du, leicht war es nicht. Ich mußte sie beinahe kniefällig bitten, und sie hat mich zappeln lassen. Aber nachdem ich lange genug gebettelt hatte, versprach sie schließlich, ihre Sachen wieder auszupacken. Morgen ziehen sie und ihr Bruder ins große Haus.»

«Aber wie –?»

«Na ja, ideal ist das nicht, ich weiß. Aber immerhin eine Lösung. Und dann seid *ihr* jedenfalls versorgt.» Sie lehnte sich zurück und wartete auf den Beifall.

Der Beifall blieb aus. Sie sah ihn scharf an. Er sagte: «Es hört sich wirklich fabelhaft an, May, und daß du das alles hier vom Krankenbett aus gedeichselt hast, ist wirklich phantastisch. Ich bin dir schrecklich dankbar.»

«Aber –?» sagte sie. Und er hörte das Eis klirren.

«Ja, Vater hat nämlich schon ... Du kennst ja Vater –»

«Allerdings, ja. Der alte Herr, mit dem wir zusammen wohnen.»

«Nein, ich meine, du weißt ja, wie er ist.»

«Jocelyn», sagte sie gereizt, «als man mir hier das Telefon nicht bringen wollte, habe ich mit einem Rückfall gedroht. Und wenn du mir jetzt nicht sagst, was ihr angestellt habt, dann *kriege* ich einen, garantiert!»

«Wir haben gar nichts angestellt, nur Vater.» Es war sonst nicht Jocelyns Art, jemanden flußabwärts zu verkaufen. Aber er kannte die Sturmzeichen.

«Was hat er denn nun getan, um Himmels willen?»

«Er hat Miss Thompson geholt, damit sie uns den Haushalt führt. Oder so ähnlich.»

«Was soll das heißen: Oder so ähnlich?»

«Na ja, also den Haushalt.»

«Und sie hat schon richtig angefangen?»

Er nickte. Ein langes Schweigen folgte.

«Wie reizend von ihr», sagte May schließlich.

«Ja», stimmte er vorsichtig zu.

Wieder Schweigen. Als May jetzt sprach, klang die Stimme gepreßt. «Daß ich von Natur aus eifersüchtig bin, tut natürlich nichts zur Sache.»

«Aber May – du bist doch nicht eifersüchtig auf die kleine Thompson?»

«Natürlich bin ich eifersüchtig.»

«May! Eine Frau wie du, und dann eifersüchtig auf so ein zerbrechliches kleines Ding?»

«Das ist es ja gerade: ihre Zerbrechlichkeit. Ist dir das nicht aufgefallen – von dem Augenblick an, als sie zu uns kam, hat jeder Mann im Hause sie unbedingt trösten, beschützen und beschirmen wollen. Sogar Gaylord. Aber meinetwegen –» er sah bestürzt, wie sich ihre Augen mit Tränen füllten – «wenn sie die Kinder füttert und euch alle gut versorgt, Liebling –»

«May, mach dir doch keine unnötigen Sorgen. Du vertraust mir doch?»

«Ja, von hier bis zum Gartentor», sagte sie kühl. Sie setzte sich auf mit traurig zerquältem Gesicht, nahm seine Hand und hielt sie ganz fest. Dann gab sie sich einen Ruck und sagte: «Ich kann mich doch darauf verlassen, daß du Miss Mackintosh anrufst und ihr sagst, daß wir sie nun doch nicht brauchen?»

«Ja, Liebling, natürlich.»

«Ehrlich gesagt, bin ich eigentlich ganz froh darüber. Sie hätte wahrscheinlich eine Diktatur errichtet. Aber du wirst dich entschuldigen, nicht wahr, und ihr vielmals danken?»

«Ja, das werde ich, sei unbesorgt.»

«Schön. Also: der Braten ist im Kühlschrank, er müßte eigentlich noch fürs Mittagessen morgen reichen – ihr könnt ihn kalt essen, falls Miss T. nicht einen Auflauf damit machen will. Und dann steht in der Speisekammer noch ein Apfelkuchen –» Sie gab ihm eine vollständige Übersicht über die Vorräte. «Aber, Liebling», sagte sie schließlich fast flehentlich, «du wirst doch bei Amanda ein bißchen helfen, ja?»

«Ja, May, natürlich.»

«Weißt du», sagte sie traurig lächelnd, «ich glaube, um Amanda beneide ich sie fast so wie um dich.»

Mit großen Augen sahen sie einander an. «Arme May», sagte er.

«Warum? Weil ich für ein paar Tage auf etwas verzichten muß, was sie nie gehabt hat und vielleicht nie haben wird?»

Jetzt schwieg er einen Augenblick und sagte dann leise: «Mach's gut, May.»

Eine Schwester erschien am Eingang des Schlafsaals und klingelte mit einer großen scheppernden Glocke. Zu allem Überfluß warf sie Jocelyn einen mürrischen Blick zu.

Er mußte gehen. Eilig küßte er May und wandte sich um. «Und paß ja auf!» rief sie und lachte plötzlich wieder.

Er drehte sich noch einmal um und lachte zurück. Sie war doch einfach großartig. Ihm war warm und wohl zumute, als er das Krankenhaus verließ.

Gaylord, Julia und Miss Thompson hatten inzwischen gute Arbeit geleistet: Amanda war sauber, warm, gefüttert – und gut gelaunt. Zu Anfang war sie etwas erstaunt gewesen, weil May nicht kam, aber der Ersatz hatte sich viel Mühe gegeben, und außerdem war ja wie immer Gaylord dabeigewesen.

Mit großen runden Augen blickte sie zufrieden um sich. Sie sah Miss Thompson an, gab ein paar Laute von sich, fuhr mit der winzigen Hand durch die Luft, um das Gesagte zu unterstreichen, und krähte plötzlich vor Vergnügen. Dann kuschelte sie sich in Miss Thompsons Arm, und schon fielen ihr die Augen zu.

Wendy Thompson war selig. Das Baby im Arm zu halten, warm und weich, die zufriedenen kleinen Laute zu hören und zu wissen, daß sie diesem kleinen Wesen zu seinem Wohlbefinden verholfen hatte – das war für sie das Glück. Sie blickte zu Gaylord hinüber, der nachdenklich auf seinem Stuhl saß. Wie schön mußte es sein, solche Kinder zu haben! Dann dachte sie an Julia, die schon in ihrem Bett im Gastzimmer lag und schlief. Wie schrecklich für ein Kind, so früh die Mutter zu verlieren!

Gaylord hatte lange überlegt. Wenn Miss Thompson jetzt alles tun sollte, was Mummi sonst tat, und wenn Mummi womöglich aus dem Krankenhaus anrief und fragte, ob Gaylord im Bett sei, und er war nicht im Bett, dann würde Miss Thompson in eine schwierige Lage kommen. Deshalb sagte er, obwohl es allen seinen Grundsätzen widersprach: «Miss Thompson, ich glaube, Sie müssen mir sagen, daß ich jetzt ins Bett gehen soll.» Denn ins Bett zu gehen, ohne daß es einem gesagt wurde, das war gänzlich undenkbar.

«Ja, meinst du, Gaylord? Schön, dann gehst du jetzt. Wir wollen nur noch Amanda hinlegen, ja?»

Sie taten es. Amanda schien es zuerst übelzunehmen, fand sich dann aber schnell damit ab. «Wie ist das», fragte Miss Thompson, «kannst du alleine baden?»

«Natürlich kann ich das!» Gaylord war fast ein wenig gekränkt, ließ es sich aber nicht anmerken. Die ganze Zeit hatte er Miss Thompson beschützt und ihr geholfen, und nun fragte sie ihn, ob er allein baden könne!

«Schön. Ich bringe dir dann dein Abendbrot. Was bekommst du denn immer?»

«Heiße Milch und Brot mit Honig. Bitte, Miss Thompson.»

Sie strich ihm liebevoll mit der Hand über den Kopf und ging hinunter in die Küche. Als sie mit seinem Teller zurückkam, saß er in seinem roten Pyjama im Bett, frisch gekämmt und mit rosigem, frisch gewaschenem Gesicht. Wie strahlend sauber und gesund

Kinder aussehen können, dachte sie. Manche Frau würde ein Vermögen geben für solch einen Teint.

«Ist Paps schon wieder da?» fragte Gaylord.

«Nein, noch nicht, mein Junge.»

«Hoffentlich geht's Mummi wieder gut.» Es klang etwas verzagt.

«Oh, ganz sicher, Gaylord.» Sie wollte ihn gern trösten. «Da, sieh mal, sind das genug Butterbrote?»

«Au, fein! Von Mummi krieg ich nicht so viele.»

«Gute Nacht, mein Kleiner.»

«Gute Nacht.» Er hielt ihr das Gesicht hin, und sie gab ihm einen Gutenachtkuß auf sein mit Honig beschmiertes Bäckchen. Sie warf noch einen Blick in das Bettchen, in dem ihr zweites Pflegekind friedlich schlief. Mit übervollem Herzen ging sie auf Zehenspitzen die Treppe hinunter.

Jocelyn kam nach Hause.

Wenn man ins Krankenhaus fährt, darauf gefaßt, die kranke Frau dort blaß und elend vorzufinden, und sie statt dessen im Bett sitzt, angefüllt mit nervöser Energie und Geschäftigkeit, dann kommt man sich, auch wenn man noch so dankbar ist, leicht düpiert vor. Auch Jocelyn ging es so. Voll Liebe und Zärtlichkeit und Mitgefühl war er zu ihr hingefahren, und May hatte von all dem eigentlich nichts wissen wollen. Etwas enttäuscht fuhr er nach Hause.

Er betrat das Haus durch die Hintertür, die in die Küche führte, wo Miss Thompson am Tisch saß. Mit freudigem Lächeln erhob sie sich. «Da sind Sie ja. Hoffentlich macht es Ihnen nichts aus, daß ich mit meinem Abendessen auf Sie gewartet habe.»

«Aber Sie sollten doch –»

«Ja, aber ich hatte, ehrlich gesagt, etwas Angst davor, allein mit Ihrem Vater zu essen. Ich hätte gar nicht gewußt, was ich mit ihm reden sollte.» Sie stand schon am Herd. «Ein Omelett, ja? Wie geht's Ihrer Frau?»

«Danke, den Umständen nach recht gut.»

«Oh, das freut mich. Das ist eine gute Nachricht.»

«Ja», sagte Jocelyn. Er stand immer noch unter dem Eindruck, daß May sich reichlich backfischhaft benommen hatte.

«Warten Sie, ich hole Ihnen einen Sherry.»

«Danke, das wäre herrlich!» Mein Gott, wie müde er war. «Bitte, essen Sie doch schon – ich geh nur noch schnell rauf und sage Gaylord gute Nacht.»

Das Omelett war köstlich gewesen, und ebenso das knusprig frische Brot und der Stilton. Sie hatten nur wenig gesprochen – Wendy sah ihm an, wie müde er war und daß er Probleme im Kopf wälzte. Aber als sie beim Kaffee saßen, sagte sie: «Ich habe mich gefreut, daß Sie Julia bei sich aufgenommen haben. Wohnt ihr Vater jetzt auch hier im Haus?»

«Nein, er möchte wohl lieber im Verwalterhaus bleiben.»

«Na, wir werden ihn ja hier gelegentlich zu sehen bekommen. Ich möchte ihn mir noch einmal vorknöpfen.»

Bei der Vorstellung, daß ein so zartes kleines Ding sich Duncan Mackintosh vorknöpfen wollte, mußte Jocelyn lächeln.

«Wußten Sie, daß seine Frau Ballettänzerin war?» fuhr Wendy fort. «Er will absolut nicht, daß Julia Ballettunterricht nimmt. Es wird dem Kind das Herz brechen. Aber ich werde ihn noch mal gründlich bearbeiten.»

Er betrachtete das kleine energische Gesicht, und wieder mußte er lächeln. Im Geist sah er vor sich, wie sie Duncan Mackintosh, diesen Granitblock, bearbeitete. Und doch: er hatte Granitkiesel gesehen, die vom Meer glatt und rund geschliffen worden waren. Allerdings hatte das Meer dazu ein paar hundert Millionen Jahre gebraucht.

«Warum lächeln Sie?» fragte Wendy.

«Ach, nur aus Mitgefühl für Duncan Mackintosh. Sie wissen doch, Männer halten zusammen. Aber Scherz beiseite, Miss Thompson, ich wünsche Ihnen viel Glück und Erfolg.»

«Danke.» Und dann stellte sie ihm die Frage, die sie seit seiner Rückkehr hatte stellen wollen. «Haben Sie Ihrer Frau gesagt, daß ich hier bin?»

«Ja. Sie ist Ihnen sehr dankbar.»

Wendy schwieg. Es hatte nicht so ganz überzeugend geklungen. «Ich freue mich, daß es ihr schon besser geht», sagte sie.

So ging ihre erste Mahlzeit zu Ende. Und auch die Unterhaltung verebbte allmählich. Es war ganz still im Haus, als sie endlich aufstanden und einander eine gute Nacht wünschten.

Nur Wendy Thompson hörte das Knattern der Motorräder unten auf der Straße am Fluß. Sie zog sich wohlig die Decke noch ein wenig höher. Sie brauchte sich nicht zu ängstigen, es waren ja Männer im Haus. Hier drohte ihr keine Gefahr. Sie lag zufrieden da und dachte an Gaylord und Julia und den reizenden Mr. Pentecost und war bald wieder eingeschlafen.

Nur Schultz hörte die leisen Schritte im Hof. Spielgefährten! Freudig begann er zu bellen. Die Schritte kamen näher. Jetzt wurde der Riegel an der Gittertür zurückgeschoben. Selig sprang Schultz dem neuen Freund entgegen . . .

Keiner bemerkte das Schweigen, als Schultz plötzlich nicht mehr bellte. Auch Gaylord nicht. Gaylord schlief friedlich, denn Mummi war nicht mehr bewußtlos und würde bald wieder nach Hause kommen. Und bis dahin würde seine liebe Miss Thompson für ihn sorgen. Und Miss Mackintosh, die Ziege, dampfte morgen früh mit dem Sechs-Uhr-Zug nach Schottland ab. Gott sei Dank!

17

Wendy Thompson war gerade dabei, das Frühstück vorzubereiten, als plötzlich Miss Mackintosh durch die hintere Tür in die Küche hereinmarschiert kam, einen großen Koffer abstellte, Wendy von oben bis unten musterte und fragte: «Sind Sie nicht Julias Lehrerin, die, die dauernd von Ballettunterricht schwatzt?»

«Ja, ich bin Julias Lehrerin», sagte Wendy. «Und ich finde es schade, daß man ihr nicht erlaubt zu tanzen, wenn sie es sich so sehr wünscht.»

«Ach. Und darf ich fragen, was Sie mit der Pfanne da machen?»

«Mr. John Pentecost hat mich gebeten, im Hause zu helfen –»

«So? Nun, Mrs. Pentecost hat *mich* gebeten, den Haushalt zu übernehmen, solange sie im Krankenhaus ist. Sie können also nach Hause gehen.»

«Ich denke nicht daran, nach Hause zu gehen.»

Eiskalte Wut stieg in Miss Mackintosh auf. Mrs. Pentecosts Hilfeschrei war Musik in ihren Ohren gewesen. Nun konnte sie bleiben, ohne ihrem Bruder gegenüber das Gesicht zu verlieren. Sie konnte wohlwollend und herablassend gegenüber Mrs. Pentecost auftreten. Sie konnte dem kleinen Bengel ein bißchen Disziplin einbleuen und dem jungen Mr. Pentecost, diesem Träumer, auch einmal gründlich die Meinung sagen. Sie hatte plötzlich Macht – und keine blasse Schullehrerin sollte sie ihr nehmen. Sie stellte sich in Positur und sagte: «Den Ton lassen Sie gefälligst, Miss Thompson. Es ist alles abgemacht.»

Wendy hatte große Lust, Miss Mackintosh die Pfanne über den Schädel zu schlagen, und sie hätte es vielleicht sogar fertiggebracht, wenn nicht Gaylord jetzt hereingekommen wäre. Beim Anblick von Julias Tante erstarrte er, als sähe er die weiße Nonne mitten in der Küche vor sich. Bevor er sich fassen konnte, sagte Miss Mackintosh: «Na, mein Junge, wo deine Mutter im Krankenhaus ist, hast du wohl gedacht, du brauchst dir heute morgen den Hals nicht zu waschen, was?»

«Klar», sagte Gaylord. Sie hatte den Nagel auf den Kopf getroffen. Er schob die Unterlippe vor. «Ich denke, Sie sind fort», sagte er niedergeschmettert.

«Nein. Deine Mutter hat mich gebeten, ich soll bleiben und euch alle versorgen.»

«Aber Miss Thompson versorgt uns doch.» Er ging hinüber und stellte sich neben Wendy, die ihm den Arm um die Schultern legte. Er war erschüttert. So etwas sollte Mummi getan haben? Nie! Mummi hatte ihre Fehler, das wußte er ohne weiteres. Aber es war ausgeschlossen, daß sie ihn und Paps dieser Frau da überließ.

Gaylord hatte die Tür offen gelassen, und jetzt kam Julia summend und auf den Zehenspitzen tanzend herein. Tante Elspeth war abgereist nach Schottland – was für ein herrlicher Tag! Lächelnd drehte sie sich im Kreis.

Ihr Lächeln erstarb, das Summen brach ab. Sie erstarrte. «Tante Elspeth ... Ich dachte –»

«Aye. Du dachtest, ich reise ab und lasse dich hier bei fremden Leuten, nicht wahr? Nein, Kind, ich hab noch ein Herz im Leib», sagte sie selbstzufrieden.

Gaylord sah aus, als bezweifle er das. Miss Thompson sah die Angst in Julias Augen und sagte: «Laß nur, Julia. Hab keine Angst. Es ist noch nichts entschieden.»

«Und ob», widersprach Elspeth Mackintosh grob. «Alles ist entschieden!»

Die Atmosphäre war geladen. Und in diesem Augenblick kam Jocelyn Pentecost die Treppe herunter und trat in die Küche.

Als Jocelyn erwachte, hatte er nur einen Gedanken gehabt: im Krankenhaus anrufen. Er zog seinen Bademantel an, ging in sein Arbeitszimmer und telefonierte. Mrs. Pentecosts Zustand war zufriedenstellend.

Zufriedenstellend. Kein gutes Wort. Aber als er den Hörer zurücklegte, regte sich etwas in seinem Kopf, eine undeutliche Erinnerung. Telefon. Er sollte telefonieren. Jemand hatte ihn gebeten. Ach je, May hatte ihn gebeten –

Die furchtbare Wahrheit stürzte auf ihn nieder. Er hatte am Abend zuvor Miss Mackintosh anrufen sollen. Er sah auf seine Uhr. Der Zug war vor einer Stunde abgefahren – ohne Miss Mackintosh natürlich, weil er vergessen hatte, sie anzurufen. Schlimmer noch: sie stand wahrscheinlich schon unten in der Küche und spielte die Hausfrau. Der Widerwille, der in ihm aufkam, sobald es um die beiden Mackintoshs ging, schwoll an wie ein Luftballon. Er hatte zwei Möglichkeiten. Er konnte jetzt baden, sich rasieren und sich anziehen und hoffen, daß inzwischen irgend jemand, sein Vater oder das Schicksal, das Problem löste. Oder er mußte hinuntergehen und sich der – vermutlich grauenhaften – Szene stellen. Er hielt sich an Shakespeare: «Sei kühn und fest», murmelte er, besann sich nicht länger und stieg nach unten – ein zaghafter Macbeth.

Miss Mackintosh musterte den jungen Mr. Pentecost, der da unrasiert und im Bademantel in die Küche kam, mit unverhüllter Mißbilligung. «Gott behüte, Mr. Pentecost, in diesem Aufzug erscheinen Sie vor zwei unverheirateten Damen?»

Ziege! dachte Wendy. Und zu Jocelyn sagte sie: «Mr. Pentecost, würden Sie Miss Mackintosh bitte erklären, daß Ihr Vater mich gebeten hat –»

«Miss Mackintosh», sagte Jocelyn, «es tut mir schrecklich leid. Ich hätte Sie gestern abend anrufen sollen, nur – Aber ich glaube, der Zug, der um 10 Uhr 40 in Ingerby abfährt, hat Anschluß an den London–Glasgow-Express.»

Eine sehr deutliche Erklärung war das nun wirklich nicht. Von einem Mann der Feder hätte man etwas mehr Klarheit erwartet. Miss Mackintosh sagte: «Wie kommen Sie darauf, Mr. Pentecost? Ich habe nicht die Absicht, einen Zug zu nehmen. Mrs. Pentecost hat mich gebeten zu bleiben, und jetzt bleibe ich. Niemand soll sagen, daß Elspeth Mackintosh kein Herz im Leibe hat.»

«Mr. Pentecost, wenn Sie wünschen, daß Miss Mackintosh bleibt», sagte Wendy, «dann ist es ja überflüssig, daß ich bleibe. Auf Wiedersehen.»

«Oh, *bitte*, Miss Thompson, bitte!» Gaylord war den Tränen nahe.

«Bitte, gehen Sie *nicht* weg, Miss Thompson!» Julia weinte bereits.

«Kommt gar nicht in Frage, daß Sie gehen», entschied Jocelyn und wandte sich an Miss Mackintosh. «Ich sagte schon, es ist alles meine Schuld. Hätte ich nicht vergessen, Sie anzurufen, dann säßen Sie jetzt im Zug.»

«Ich *wollte*, sie säße drin!» verkündete Gaylord freimütig.

Jetzt kam Mr. Mackintosh von draußen herein, heftig stampfend, um den Schnee von seinen Stiefeln zu schütteln. «Mächtig kalt heute morgen. Ich hab mir schon vor Sonnenaufgang die Drainage unten am Fluß angesehen.» Er sah Jocelyn an, der im Bademantel am Tisch stand. «Und Sie haben nichts dagegen, daß ich mit herüberziehe, wie Mrs. Pentecost meint?»

«Ja, also, es ist so», begann Jocelyn. Aber Mr. Mackintosh hörte gar nicht zu. Er war an diesem Morgen anscheinend ungewöhnlich gut gelaunt. Er drückte Julia an sich. Dann sagte er: «Was machen Sie denn hier, Miss Thompson? Haben Sie den Rohrstock gegen die Bratpfanne getauscht?»

«Wir haben hier ein kleines Durcheinander», sagte Jocelyn. «Schuld daran bin ich.»

Mr. Mackintosh sah aus, als wollte er ihm das gern glauben.

«Mein Vater hat –» fuhr Jocelyn fort.

«Was hat dein Vater?» unterbrach ihn eine Stimme von der Tür her. «Guten Morgen, Miss Thompson. Ist mein Frühstück schon fertig?»

«Es wäre längst fertig», erwiderte Wendy. «Aber Miss Mackintosh ist offenbar der Meinung, daß das jetzt ihre Aufgabe ist.»

Jocelyn erklärte die Situation von neuem und betonte noch einmal, daß er allein schuld an dem Durcheinander sei. Auch Opa sah so aus, als wollte er ihm das gern glauben. Aber auch er schien heute morgen gut gelaunt zu sein.

«Na schön», sagte der alte Mr. Pentecost. «Dann ist ja alles klar. Miss Mackintosh versorgt die Kinder, und Miss Thompson übernimmt das Kochen.»

«Ich will aber nicht, daß Miss Mackintosh mich versorgt», protestierte Gaylord. «Ich will Miss Thompson.»

Dafür hatte Opa volles Verständnis. Er hätte sich auch ganz gerne von Miss Thompson versorgen lassen. Aber hier mußte er hart bleiben. Denn die Vorstellung, daß diese Elspeth Mackintosh für ihn kochen sollte, mißfiel ihm gründlich. Er wollte nicht täglich Hafermehl, Hering und Schafsmagen vorgesetzt bekommen. «Alles geregelt, alles klar», sagte er noch einmal.

«Gar nichts ist klar», sagte Miss Mackintosh. «Mrs. Pentecost hat mir die Haushaltsführung übertragen, also bin ich zuständig.»

«Und ich habe Miss Thompson die Haushaltsführung übertragen, also ist sie zuständig. Noch ist das hier *mein* Haus.» Opa stieg allmählich die Galle hoch.

Wendy erklärte: «Wenn Miss Mackintosh wirklich die ganze Arbeit übernehmen will, werde ich mich sehr gern um die Kinder kümmern.»

«Ich will aber, daß Sie kochen», beharrte John Pentecost.

«Vater, vergiß bitte nicht, daß du Freiwillige vor dir hast», warf Jocelyn ein.

«Also meinetwegen.» Er drehte sich um und deutete mit dem Zeigefinger auf Miss Mackintosh. «Aber Schafsmagen und solche schottischen Spezialitäten esse ich nicht, damit Sie's gleich wissen!»

«Ich werde schon was finden, was Engländern schmeckt», gab sie verächtlich zurück. «Regen Sie sich bloß nicht auf, Mann.»

Der alte John Pentecost war höchst verblüfft über diese Abfuhr. Mein Gott, dachte Jocelyn, die scheint ihm gewachsen zu sein. Und er wurde bekräftigt in seiner Vermutung, als sein Vater murmelte: «Ich bin im Wohnzimmer, ihr könnt mich ja rufen, wenn das Frühstück so weit ist.» Damit ging John Pentecost hinaus. Er war etwas erstaunt, als er feststellte, daß das Feuer im Kamin noch nicht einmal angezündet war. Aber er sagte nichts. Es konnte nicht alles gleich am ersten Tag wie ein Uhrwerk weiterlaufen. Einen Tag mußte man den Frauen schon geben – zum Einarbeiten. Und schließlich, dachte er höchst zufrieden, konnte nicht jeder Mann in einer vergleichbaren Situation sagen, daß sich gleich zwei Frauen um die Ehre stritten, ihn zu bedienen. Es konnte nicht nur an seiner Höflichkeit und seinem Takt liegen. Es mußte auch etwas mit seiner Anziehungskraft zu tun haben.

Unten trug man sich mit dem Gedanken an Meuterei. Gleich nach dem Frühstück machten sich Julia, Gaylord und der getreue Henry daran, eine Tantenfalle zu graben. Das heißt, Gaylord *leitete* die Arbeiten. Das Loch, das sie gruben, sollte listig mit Pappe und den Böden von Saatkästen zugedeckt werden, damit man es nicht sah.

Aber Julia kamen Zweifel. «Aber was machen wir, wenn sie reinfällt, Gaylord?»

Daß dann ja irgend etwas zu machen war, daran hatte Gaylord noch gar nicht gedacht. Oder vielmehr, er hatte gedacht, daß das dann Miss Mackintoshs Sache war. Aber da das Problem nun zur Sprache gekommen war, überlegte er, ob sie sich nicht am Ende vergeblich abmühten.

«Wir könnten ja große Nägel unten auf den Boden legen», schlug der menschenfreundliche Henry vor.

Julia wurde angst und bange.

Nein, Gaylord mußte zugeben: die Tantenfalle war nicht das richtige Mittel. Damit würden sie Miss Mackintosh nicht los. Aber das schöne Loch ... «Ich finde, dann graben wir eben durch bis Australien», meinte er.

Henry nahm jeden Vorschlag von Gaylord begeistert auf, und Julia, der bei dem Plan ohnehin nicht ganz wohl gewesen war, freute sich, daß die Grube nun anderen Zwecken dienen sollte. Sie arbeiteten also unermüdlich weiter, angetrieben von dem Gedanken an das grenzenlose Erstaunen der Bewohner des entgegengesetzten Teils der Erdkugel, wenn Gaylord, Henry und Julia dort verdreckt, aber triumphierend zum Vorschein kamen.

Sie waren noch ziemlich weit von Australien entfernt, als Gaylord plötzlich einfiel, daß er seinen Freund Schultz den ganzen Morgen noch gar nicht gesehen hatte.

«Und was habt ihr gemacht, Gaylord?» fragte Wendy Thompson mittags.

«Ja, wir wollten erst eine Tantenfalle graben, für Miss Mackintosh. Aber dann haben wir's lieber gelassen.»

Wendy unterdrückte ein «Und warum?» und lächelte nur verständnisvoll.

«Statt dessen sind wir nach Australien gegangen.»

«Tatsächlich? Wie war denn dort das Wetter?»

«Bißchen neblig. Miss Thompson, wo ist Paps?»

«In seinem Zimmer. Ich glaube, du solltest ihn jetzt lieber nicht stören, verstehst du? Du siehst ihn ja nachher bei Tisch.»

«Kann ich dann *Sie* stören?»

«Klar, natürlich.»

«Schultz ist nicht da. Seine Tür war offen, und nun ist er weg.»

«Hast du ihn vielleicht in Australien vergessen?»

«Nein. Er war gar nicht mit.»

«Sehr weit kann er doch nicht sein, oder? Wollen wir ihn gleich mal suchen?»

«O ja, bitte, Miss Thompson.»

Fröhlich machten sie sich im Sonnenschein auf den Weg durch den Schnee. Miss Thompson hatte rechts Julia, links Gaylord an der Hand; Henry Bartlett stapfte stumm und zufrieden hinterher. Sie kickten den Schnee, daß er hoch aufstob, und lachten und plauderten und sangen. Ihre Herzen – auch Wendys Herz – waren froh und leicht.

Aber Schultz fanden sie nicht.

Das Mittagessen war reichlich und nahrhaft. Und es schmeckte auch gut.

Elspeth Mackintosh legte allen vor, dann ging sie um den Tisch und setzte sich auf Mays Stuhl. Das irritierte Jocelyn, aber er mußte gerechterweise zugeben, daß kein anderer Platz frei war.

Gaylord war weniger gerecht. Er lief rot an und sagte: «Das ist Mummis Stuhl.»

«Und Mummi ist im Krankenhaus», sagte Miss Mackintosh kühl.

Gaylord war den Tränen nahe. Er hätte nichts dagegen gehabt, wenn Miss Thompson sich auf Mummis Stuhl gesetzt hätte. Aber Miss Mackintosh – nein.

«Komm, sei vernünftig, Gaylord», sagte Jocelyn Pentecost. «Bitte!»

«Aber es ist doch Mummis Stuhl!» sagte er schluchzend.

Es war sonst nicht Gaylords Art, sich über Kleinigkeiten aufzuregen oder gleich zu weinen. Jocelyn, der Gaylords Abneigung gegen Miss Mackintosh insgeheim teilte, sagte streng: «Nun hör auf mit den Dummheiten, Gaylord.»

«Der Auflauf ist exzellent!» sagte Opa mit lauter Stimme.

Zum allgemeinen Erstaunen stand jetzt Duncan Mackintosh auf, ging um den Tisch herum zu seiner Schwester und faßte sie am Ellenbogen. «Komm, laß uns die Plätze tauschen, Elspeth.»

«Ich denke nicht daran», antwortete sie.

«O doch», sagte er knapp.

Alle außer Opa hielten den Atem an.

Elspeth blieb sitzen. Einige Sekunden vergingen. Dann erhob sie sich langsam, nahm ihren Teller, ging hinüber und setzte sich auf ihres Bruders Platz. «Überspannter Bengel», murmelte sie.

«Was ist das, überspannt?» fragte Gaylord. Die Neugier überwog die Tränen.

«Das, was du bist», sagte Miss Mackintosh bissig.

«Nein, das stimmt nicht», protestierte Wendy. «Der Anblick seiner ohnmächtig daliegenden Mutter muß für ihn ein schlimmes Erlebnis gewesen sein. Und jetzt ist auch noch sein Hund verschwunden. Ich finde, Gaylord ist sehr tapfer.»

Gaylord sah Miss Thompson mit einem liebevollen Blick an. Er lächelte unter Tränen. Mr. Mackintosh setzte sich und fragte: «Ist es besser so, mein Junge?»

«Ja, vielen Dank», sagte Gaylord.

Jocelyn lächelte dem Schotten zu. «Danke», sagte er leise. Dann fiel ihm etwas ein. «Sagen Sie, Schultz ist weggelaufen?»

«Ja. Wir haben überall im Schnee nach seinen Fußspuren gesucht, aber wir konnten sie nirgends finden, nicht wahr, Miss Thompson?» Dann wandte er sich dem alten John Pentecost zu. «Mr. Pentecost, ich wollte in dem kleinen Schuppen ein paar Sack Kartoffeln einlagern, aber da steht ein Mini im Weg. Wissen Sie, wem der gehört?»

«Ach ja, das ist meiner», sagte Wendy. «Die Werkstatt wollte ihn heute vormittag abholen lassen, aber Sie wissen ja, die versprechen einem alles, und dann kommen sie nicht!»

«Aye. Gut. Falls sie bis heute abend nicht gekommen sind, werde ich ihn mir mal ansehen.»

«Das wäre furchtbar nett von Ihnen», sagte Wendy dankbar.

Ein freundliches Lächeln huschte über das kantige Gesicht des Schotten. «Ich tu's nur wegen der Kartoffeln, Miss Thompson», sagte er mit ruhiger Stimme.

18

Als Schultz auch zur Fütterungszeit nicht erschien, fand Gaylord, daß es an der Zeit war, einen Suchtrupp loszuschicken, und da niemand da war, den er schicken konnte, machte er sich kurz entschlossen selbst auf den Weg. Ausgerüstet mit einem Seil, einer Taschenlampe und mit reichlich Hundekuchen zog er los.

Jocelyn fuhr ins Krankenhaus zu seiner Frau. John Pentecost setzte sich vor dem inzwischen behaglich brennenden Kaminfeuer in seinen Lehnstuhl und döste. Er gratulierte sich immer wieder – ohne seine Weitsicht und Entschlußkraft hätte es heute höchstens einen Teller kalten Braten zum Mittagessen gegeben. Statt dessen war Elspeth, kaum hatte er sein sehr reichhaltiges Frühstück verzehrt, mit etwas erschienen, das sie als kleinen Imbiß bezeichnete: Tee mit Brötchen, Kuchen und Gebäck. Und jetzt, nicht lange nach dem exzellenten Mittagessen, kam sie schon wieder mit einem kleinen Imbiß, damit er bis zum Fünf-Uhr-Tee bloß nicht verhungerte. Als Schottin war sie überzeugt, daß man Leib und Seele nur zusammenhalten konnte, wenn man alle zwei Stunden eine anständige Mahlzeit zu sich nahm. John Pentecost seufzte dankbar. «Miss Mackintosh, Sie verwöhnen mich», sagte er.

«Das tut Ihnen doch gut, wenn Sie mal was Ordentliches zu essen kriegen.»

John Pentecost versuchte sich vorzustellen, was seine Schwiegertochter wohl zu dieser Bemerkung gesagt hätte, gab es aber nach wenigen Augenblicken lieber wieder auf. Er fühlte sich heute rundherum wohl: warm, satt und faul. Beim letzten Keks fielen ihm die Augen zu.

May war nicht so munter wie tags zuvor. «Liebling», begrüßte sie ihren Mann, «du siehst ja so schmal und hungrig aus. Gibt *sie* dir nicht genug zu essen?»

«Du, ich hab heute zum Frühstück Eier mit Schinken gegessen, dann –»

«Bei mir ißt du nie Eier mit Schinken!» sagte sie argwöhnisch.

«Dann gab's um elf eine nicht gerade kalorienarme Zwischenmahlzeit – stell dir vor, die wurde mir sogar in mein Zimmer gebracht! Und um eins schon ein exzellentes Mittagessen.»

Schweigen. «Gut», sagte sie schließlich. «Soll ich lieber kündigen?»

«Nein.» Er lachte. «Du hast andere Qualitäten, meine Süße, die die schreckliche Elspeth bestimmt nicht besitzt.»

«Miss Mackintosh? Die ist doch in Schottland.»

Jetzt schwieg er. Schließlich gestand er: «Ich hab vergessen, sie anzurufen.»

«Jocelyn, du *Dummkopf*. Dann hat also Miss Thompson das Haus wieder verlassen?»

«Nein. Sie sind beide da.»

Abermals Schweigen. Endlich fragte sie: «Und welche von meinen Aufgaben hat die kleine Wendy übernommen?»

«Trost und Ermunterung deiner Kinder.»

«Nicht meines Mannes?»

«Nein.»

«Also wirklich, Lieber! Ich bin kaum aus dem Haus, da treten schon zwei an, die für dich um die Wette rennen. Nicht zu glauben. Und was machen die Kinder?»

«Es geht ihnen gut. Gaylord macht sich Sorgen, weil Schultz mal wieder weggelaufen ist. Ach ja, und er hat heftig dagegen protestiert, daß die schreckliche Elspeth sich bei Tisch an deinen Platz gesetzt hat.»

«Mein kleiner Junge! Recht hat er.»

«Und dann geschah etwas Erstaunliches. Ihr Bruder zwang sie aufzustehen und mit ihm die Plätze zu tauschen. Er ist im Grunde kein schlechter Kerl.» Ihm fiel wieder etwas ein. «Und wie geht's dir, May?»

«Frustriert. Schlecht gelaunt. Eifersüchtig.» Sie trommelte plötzlich mit den Fäusten auf die Bettdecke. «Ich will hier raus!»

«Haben sie irgendwas gesagt, wann –»

«Nein. Da drüben ist die Schwester. Frag du sie doch mal.»

Es gab mehrere Arten von Bürgern, die Jocelyn Angst einflößten. Krankenschwestern standen ganz oben auf der Liste. «Guten Tag, Schwester. Können Sie mir sagen, wie lange meine Frau noch –»

«Das hängt ganz von den Befunden ab, Mr. Pentecost.»

«Ich verstehe. Und – Sie haben noch keine Befunde?»

«Nein, wir haben noch gar nicht die nötigen Untersuchungen gemacht.»

«Aber – aber meine Frau ist doch schon seit Samstag hier.»

Sie sah ihn kühl und mit großen Augen an. «Sie haben doch sicher auch die Fünftagewoche, Mr. Pentecost, nicht wahr?»

«Nein, keineswegs», sagte er gereizt. «Als Schriftsteller arbeite ich sieben Tage in der Woche.»

«Wenn Sie das Arbeit nennen», sagte ihr Blick. Aber sie sprach es nicht aus. Zornig kam er zu May zurück. «Die hauen hier alle ab am Wochenende. Anscheinend sind die Ärzte noch nicht zurück.»

«Ach, du *liebe* Zeit. Meinst du, es würde helfen, wenn du mal zur Stationsschwester gingest?»

«Glaube ich nicht», meinte er. «Ich bin wohl nicht der Typ dafür.»

Sie lachte. Es war das vertraute fröhliche Lachen. «Ach, Jocelyn, du bist so süß.»

Danach schwiegen sie beide. Ihnen war nicht mehr nach Lachen zumute, und der Abschied fiel ihnen schwer. Sie waren es gewohnt, beieinander zu sein.

«Erzähl mir von deiner Mutter», bat Wendy. Julia hockte vor ihr und hatte die Arme auf Wendys Knie gelegt. Sie blickte zu Boden und auf den Teppich.

«Sie war so hübsch», sagte sie leise.

«Hast du sie einmal tanzen sehen?»

«Nein. Aber einmal, eines Abends – ich durfte immer noch lesen im Bett –, eines Abends kam sie zu mir herein, als ich noch las, und da –» Die dunklen Augen blickten zu Wendy auf.

«Und da –?»

«Da hatte sie ihr Ballettkostüm an. Ihr Gesicht war geschminkt und das Haar zurückgekämmt. Oh, sie war so schön!» Die Kinderhand schloß sich fest um Wendys Knie. «Ich glaube, schöner noch als eine Märchenfee.»

«Und was tat sie dann?»

«Sie stand bloß da und hat mich angesehen und gelächelt. Und sie hatte Diamanten im Haar, die blitzten im Kerzenlicht.»

Wendy war seltsam bewegt. Sie sah es alles deutlich vor sich: das Kinderzimmer, die Liebe und das Staunen in den Augen des kleinen Mädchens, die junge Frau, die – getrieben von irgendeinem Hunger oder Verlangen, oder irgendeiner Sehnsucht – einen Glanz, der schon der Vergangenheit angehörte, noch einmal aufleben lassen wollte.

«Und das war in Kincardineshire?»

«Ja.»

«Und was geschah dann?»

«Sie hat gesagt: ‹Eines Tages wirst du auch so aussehen wie ich jetzt. Nur noch viel schöner.› Oh, ich wollte aus dem Bett springen und sie umarmen und ihr einen Kuß geben. Aber sie war so – so komisch. Ich hatte ein bißchen Angst.»

«Und deshalb hast du's gelassen?»

«Nein. Tante Elspeth ist reingekommen, und dann hat meine Mutter angefangen zu weinen.»

«Wieso?» fragte Wendy Thompson. «Wieso? Was hat sie gemacht, daß deine Mutter plötzlich weinen mußte?»

Julia sah sie ratlos an. «Ich weiß es nicht. Aber ich denke immerzu: Wenn ich ihr bloß einen Kuß gegeben hätte!» Sie blickte traurig vor sich hin. Dann sagte sie: «Sie ist bald danach gestorben.»

«Schultz!» rief Gaylord immer wieder. «Schultz – Schultz! Wo bist du?»

Kein frohes Gebell antwortete ihm. Der Nachmittag blieb grau und still. Der Schnee schmolz. Schwarz hoben sich die kahlen Bäume von dem trüben, verhangenen Himmel ab. Ein Fischreiher flog mit trägem Flügelschlag über das Schilf. Nichts regte sich.

Gaylord trottete einsam und verloren durch den dämmerigen, feucht-kalten Nachmittag. Er machte sich große Sorgen.

Er kam zum Fluß. Schwarz und eisig floß das Wasser dahin. «Schultz!» rief er, so laut er konnte. «Schultz!» Der Fluß stöhnte und seufzte – es war der einzige Laut neben dem Tröpfeln des schmelzenden Schnees. Gaylord dachte daran, wie lustig Schultz im Schnee gebellt hatte. Er spähte hinunter an den Uferrand, wo das Wasser kleine Strudel bildete. Er sah ein braunes Blatt, das vom Wasser hin und her bewegt wurde – es sah fast so aus wie ein Ohr. Er wollte dem Blatt einen Stups geben, damit es weitersegelte. Er fand einen Stock und stieß es an. Es schwamm nicht weiter. Er stieß noch einmal vorsichtig nach. Es fühlte sich sonderbar fest an. Und als er näher hinsah, wußte er plötzlich, was es war ...

Ernst und tief in Gedanken versunken ging Gaylord nach Hause. «Paps», sagte er, «ich glaube ...»

«Ja, mein Junge?» fragte sein Vater liebevoll.

«Ich glaube, Schultz liegt im Wasser», sagte Gaylord. Und dann stürzte er davon und erreichte gerade noch das Badezimmer, ehe er sich übergeben mußte.

Derek Bates und seine Freunde hatten ganze Arbeit geleistet. Jetzt saßen sie triumphierend zusammen und feierten ihre Tat. Sie hatten Rache genommen und dem Alten eine Lektion erteilt. Wer wohl als erster den toten Hund entdecken würde, der kleine Junge oder der alte Knacker? Die würden staunen! Sie hatten selber schuld! Mit Derek Bates konnten sie nicht umspringen, wie es ihnen paßte. Und der Alte sollte sich nur nicht denken, daß sie jetzt schon quitt mit ihm waren. Oder mit seiner Familie. Nein. Derek und seine Freunde hatten noch ein paar weitere lustige Pläne, und sie konnten es kaum abwarten, sie in die Tat umzusetzen.

Müde und verzagt ging Jocelyn ans Telefon und rief bei der Polizei an. Der Beamte schien nicht sehr beeindruckt, versprach aber, sofort ein paar Männer zu schicken, die den Hund bergen und auf Anzeichen eines gewaltsamen Todes untersuchen sollten.

Gaylord wollte zum Fluß hinuntergehen und zusehen. Jocelyn verbot es ihm. «Bitte, Paps! *Bitte*!» sagte er.

«Also gut», gab Jocelyn nach und dachte traurig, daß der Junge in eine Welt hineinwuchs, die immer härter und brutaler wurde. Also mochte er sehen, was Gewalt angerichtet hatte. Diesmal war es ein Hund, beim nächstenmal vielleicht – «Ich komme mit», sagte er.

Die Polizisten arbeiteten im Licht der Autoscheinwerfer. Das Wasser schimmerte dunkel und ölig, der Schnee glitzerte weiß. Aufgestörte Wasservögel flatterten aufgeregt umher. Außerhalb des grellen Lichts lag eine schwarze, bedrohlich wirkende Welt.

Gaylord hielt die Hand seines Vaters ganz fest gepackt. «Nicht gucken, Junge», rief der Sergeant, als sie den Hund aus dem Wasser zogen. «Nicht gucken», sagte auch Jocelyn und zog Gaylord an sich. Ungeduldig wandte Gaylord sich von ihm ab. Er starrte hin, mit weit geöffneten Augen. Und da kam Schultz zum Vorschein, schlaff und leblos. Wasser lief an ihm herunter. Gaylord gab einen halberstickten Ton von sich. Aber er sagte nichts. «Auch noch den Hals durchgeschnitten», murmelte jemand. «Schnauze halten!» sagte eine andere Stimme ärgerlich. Sie deckten Schultz mit einem Tuch zu, legten ihn in den Wagen und fuhren mit ihm fort. Am Fluß war wieder alles dunkel.

«Kommst du, mein Kleiner?» fragte Jocelyn ruhig.

Aber Gaylord stand noch immer da und starrte. Er hatte schon manchmal Tote gesehen: Kaninchen, Mäuse, eine Katze und sogar Großtante Marigold. Und er hatte es immer furchtbar interessant gefunden. Aber Schultz war sein Freund gewesen ...

Am gleichen Abend fragte May ihren Mann: «Ist übrigens Schultz zurückgekommen?»

«Ja, ja», sagte Jocelyn betont munter.

May sah ihn forschend an. «Unverletzt?»

«Ja, ja, natürlich unverletzt.»

«Wieso natürlich?» Ihr Blick wurde noch bohrender. «Jocelyn, du weißt, es hat keinen Zweck, mir etwas vorzumachen. Was ist los?»

«Ich wollte dich nicht beunruhigen.»

«Du beunruhigst mich weit mehr, wenn du mir nicht die Wahrheit sagst.»

Er kapitulierte. «Jemand hat ihn umgebracht und in den Fluß geworfen.»

Sie hielt den Atem an und griff nach seiner Hand. «Wie entsetzlich – das arme Tier! Und Gaylord – wie hat er es aufgenommen?»

«Reichlich ruhig, scheint mir. Ich habe ihn bei Miss Thompson gelassen. Er wollte unbedingt dabeisein, als die Polizei den Hund herausholte, und ich habe es ihm schließlich erlaubt.»

«*Jocelyn!* War das richtig?»

«Ich glaube, schon. Sie lernen heute alles über Sexualität, Empfängnis, Geburt – da können sie dann auch ruhig etwas über den Tod erfahren, finde ich.»

«Ach, ich weiß nicht.» Sie saß aufrecht im Bett und starrte auf ihre Decke. «Merkwürdig, daß du das getan hast ... Ich hätte eher gedacht, du würdest ihn vor so etwas bewahren.»

«Hätte ich auch getan – bis vor kurzem. Inzwischen denke ich nicht mehr so. Ich weiß nicht, ob es gut ist, Kinder lange unter einem Schutzschirm leben zu lassen.» Jetzt lachte er. «Da sitze ich und mache dir trübe Gedanken! Aber *ich* wollte es dir ja auch nicht sagen.»

«Mein armer kleiner Gaylord», sagte sie. «Erst die Geschichte mit mir. Und nun Schultz! Bring ihn morgen mit, Jocelyn, damit er sieht, daß es mir wieder besser geht.»

19

Gaylord wich nicht von Miss Thompsons Seite. Ihr tat das Herz weh, wenn sie ihn ansah. Und sie machte sich Vorwürfe, daß sie in der Nacht, als sie die Motorräder hörte, nicht Mr. Pentecost geweckt hatte. Vielleicht wäre diese schreckliche Geschichte dann nicht passiert! Vielleicht ...

«Schultz ist jetzt bestimmt im Himmel», sagte Gaylord. Er sah Schultz vor sich, wie er sich vor Petrus aufrichtete und bei ihm «Fenster zu putzen» versuchte.

«Tante Elspeth sagt, Tiere kommen nicht in den Himmel», sagte Julia. Sie fing Wendys Blick auf und fügte schnell hinzu: «*Ich* glaube aber, sie kommen *doch* hinein.»

«So eine Gemeinheit! Miss Mackintosh ist eine alte Ziege!» sagte Gaylord wütend. Trotzdem machte es ihn auch traurig. «Schultz jedenfalls kommt ganz bestimmt in den Himmel», erklärte er.

«Aber natürlich, Gaylord. Schultz ist bestimmt schon im Himmel», sagte Wendy Thompson. «Wie ist es, habt ihr Lust, Monopoly zu spielen?»

Doch in diesem Augenblick kam Mr. Mackintosh herein. «Ihr Wagen ist immer noch nicht abgeholt, Miss Thompson», sagte er und blickte auf Julia hinab, die ihm in die Arme gestürzt war.

«Ja, ich weiß. Ich habe vorhin noch einmal angerufen, und die Leute von der Werkstatt wollten auch kommen, aber sie kommen nicht! Stört er Sie sehr?»

«Morgen wird er mich stören», sagte er kurz angebunden.

«Tut mir leid.»

«Na, ich werde ihn mir mal ansehen.»

«Oh, vielen Dank, Mr. Mackintosh. Kann ich irgendwie helfen?»

«Ja, können Sie.» Sanft machte er sich von Julia los und ging aus dem Zimmer.

Ja, sie mußte ihm helfen, aber sie konnte jetzt Gaylord nicht allein lassen. Deshalb sagte sie zu den Kindern: «Kommt mit, wir gehen alle hinüber. Aber zieht euch was Warmes an.»

Sie zogen sich ihre Mäntel an, banden sich ihre Schals um und liefen Hand in Hand hinüber zum Schuppen. Lange schwarze Schatten tanzten über die Dachbalken und Wände. Der sandige Boden war von der Laterne hell erleuchtet. Mr. Mackintosh hatte die Motorhaube hochgeklappt und machte sich an den Drähten und Leitungen zu schaffen.

Wendy Thompson stellte sich neben ihn und sah ihm zu. «Steigen Sie ein und lassen Sie mal den Motor an», sagte er barsch. Kein Zweifel, die fröhliche Stimmung vom Morgen war verschwunden.

Sie setzte sich ans Steuer und drehte den Zündschlüssel. Ein ächzendes Geräusch. In Wendys Ohren klang es, als läge der Motor in Agonie, doch Mr. Mackintosh gab ein zufriedenes «Aye» von sich.

«Ist es was Schlimmes?» fragte sie.

«Nein. Aber Sie verstehen ja doch nichts davon – so kann ich mir wohl lange Erklärungen sparen. Ich brauche ungefähr eine Stunde. Ich werde dann auch gleich noch den Kotflügel ausklopfen.»

«Vielen Dank, Mr. Mackintosh.»

«Keine Ursache. Wenn Sie mir jetzt die Lampe so halten würden ...»

Im Licht der Laterne sah Julia sich neugierig in dem Schuppen um. Dann wandte sie sich an Gaylord. «Du, was wollen wir spielen?» fragte sie.

Gaylord war nicht zum Spielen aufgelegt. «Sie haben Schultz in eine Decke gepackt. Wie Mummi», sagte er.

«Du, bestimmt geben sie ihm im Himmel lauter gute Sachen», versuchte Julia ihn zu trösten.

Aber er kann dort nicht mit mir spielen, dachte Gaylord. Weil das jedoch eingebildet geklungen hätte, sagte er es nicht.

Julia verstand sein Schweigen falsch. Sie wollte ihn auf andere Gedanken bringen. «Ich weiß was», sagte sie und vollbrachte trotz der Gummistiefel einen respektablen Entrechat. «Wir machen einen Pas de deux.»

«Was ist denn das?» fragte Gaylord mürrisch.

«Ein Tanz. Sieh mal, so.» Sie faßte ihn bei den Händen. «Ich stehe so, und du –»

Gaylord war beleidigt. Jungen tanzten nicht. Die Arme verschränkt, blieb er stehen. Keinen Fuß, keinen Finger rührte er. Aber genau in diesem Augenblick kam ihm ein so aufregender Gedanke, so daß er die kranke Mummi und sogar Schultz vergaß. Und dieser Einfall hatte etwas damit zu tun, daß er Miss Thompson und Mr. Mackintosh so dicht nebeneinander stehen sah, die Köpfe unter der Motorhaube.

«Haben Sie das gesehen, Mr. Mackintosh? Den Entrechat, den Julia eben sprang? Die geborene Ballettänzerin!»

«Den Schraubenzieher», sagte Mr. Mackintosh ungeduldig. «Jetzt die Flachzange ... Welchen Entrechat?»

«Gerade eben. Die meisten Kinder hätten einen Luftsprung gemacht. Aber Julia hat es eben einfach im Blut, Mr. Mackintosh.»

Er richtete sich auf. «Noch mal anlassen, *bitte.*»

Sie schob sich auf den Fahrersitz und drehte den Zündschlüssel. Jetzt klang das Geräusch schon etwas lebendiger. «Gut so?» fragte sie.

«Ja, *danke.*»

Sie stellte sich wieder neben ihn. «Die Figur dazu hat sie auch: die langen Beine, den festen Körper – und die stolze Kopfhaltung.»

«Sehen Sie mal nach, ob Sie den kleinen Schwamm finden. Ich hab ihn hier irgendwo fallen lassen.»

Sie fand ihn. «Und genau das richtige Temperament. Ich weiß, sie wirkt schüchtern, aber sie setzt sich durch, und darauf kommt es an beim Ballett.»

«Ich bin noch nie einer Frau begegnet, die mich so irritiert wie Sie, Miss Thompson.»

«Ja, ich weiß», sagte sie freimütig. «Aber so bin ich nur, wenn ich mir was in den Kopf gesetzt habe.»

«Dann sehen Sie zu, daß Sie es vergessen.»

«Das kann ich nicht.» Sie holte tief Luft und sagte: «Ich weiß, Sie wollen nichts davon wissen, Mr. Mackintosh. Aber – Ihre Frau hätte es gewünscht.»

Er richtete sich auf und starrte sie aus tief verschatteten Augenhöhlen an. «Lassen Sie meine Frau aus dem Spiel», sagte er böse. Dann sagte er ruhig: «Woher wollen Sie das eigentlich wissen?»

«Von Julia.» Mutig berichtete sie ihm, was Julia ihr von ihrer Mutter erzählt hatte. Als er schwieg, sagte sie: «Ich glaube, im Grunde hat es mehr mit Ihrer Schwester als mit Ihnen selbst zu tun, daß Sie so gegen –»

«Was fällt Ihnen ein?» Es klang bitterböse.

«Ich weiß, ich habe etwas gesagt, was ich nicht hätte sagen sollen. Aber ich hab's für Julia getan.»

«Julia ist *meine* Tochter», sagte er. «So – bitte starten Sie noch mal.»

Sie ließ den Motor an. Jetzt lief er einwandfrei: «Ich beule noch den Kotflügel aus», sagte er, «damit Sie mit dem Wagen überhaupt fahren können. Das Spritzen muß die Werkstatt machen.»

«Ja, natürlich.»

Er klopfte und hämmerte. Eine Unterhaltung war dabei nicht möglich. «Das wär's», sagte er schließlich kühl. «Wenn Sie den Wagen bitte gleich morgen früh woanders abstellen würden ...»

«Vielen Dank», sagte sie. «Das war wirklich sehr freundlich von Ihnen.»

Er streifte seine Jacke über. Beide waren jetzt froh, ihrer Wege gehen zu können: sie, weil sie wußte, sie hatte reichlich genug, vielleicht schon zuviel gesagt, er, weil er spürte, daß es dieser Frau fast gelang, seine Überlegungen und Grundsätze ins Wanken zu bringen.

«Wo sind denn eigentlich die Kinder?» fragte sie.

«Wahrscheinlich sind sie rausgegangen, als ich hier hämmerte. Machen Sie mal die Tür auf, dann ziehe ich das Kabel von der Lampe aus der Steckdose.»

Sie trat an die Tür und hob den Riegel. Die Tür ließ sich nicht öffnen.

Niemand bat Duncan Mackintosh gern um Hilfe. Sie rüttelte mit all ihrer Kraft an der Tür. Nichts.

«Nur zu! Fester!» rief er.

«Ich kriege sie nicht auf.»

«Lassen Sie mich mal ran.» Er kam herüber, stieß, rüttelte, rüttelte noch einmal. «Abgeschlossen», sagte er erstaunt.

«Vielleicht haben sie's aus Spaß getan», sagte Wendy Thompson. «Gaylord!» rief sie. «Schließ die Tür wieder auf! Schließ sofort auf, hörst du!» Sie fühlte, wie wachsendes Unbehagen sie überkam. Es war ihr unangenehm, hier eingeschlossen zu sein – mit dem Mann, den sie so erzürnt hatte.

«Schöner Spaß!» murmelte er, und ein Unterton von Verachtung schwang in seiner Stimme mit. Er holte die Lampe und beleuchtete damit das Schlüsselloch.

«Steckt der Schlüssel von draußen?» fragte Wendy.

«Nein.»

Wenn ich nun die ganze Nacht hier drinbleiben muß mit ihm? dachte sie. Laut sagte sie: «Es muß doch eine Möglichkeit geben, hier rauszukommen.» Aber sie merkte, wie hell und nervös ihre Stimme klang.

«Mein Gott, natürlich gibt es eine Möglichkeit. Ich kann die Tür einschlagen. Sehr einfach. Ich tu's bloß nicht gern, wenn der Junge nur Spaß machen wollte. Kommen Sie, wir setzen uns zehn Minuten in Ihren Wagen. Bis dahin hat er sich's vielleicht anders überlegt.»

«Ich möchte lieber hier warten.»

«Oh, keine Angst, ich tue Ihnen nichts», sagte er spöttisch.

Verzagt und kleinlaut erwiderte sie: «Ich meinte nur, ich kann von hier aus besser nach ihm rufen.» Sie beugte sich hinunter zum Schlüsselloch. «Gaylord – komm, schließ die Tür auf!»

Nichts rührte sich. Alles blieb still. Sie ging zu ihrem Mini hinüber und setzte sich auf den Fahrersitz. Er setzte sich neben sie. Eine Weile lang starrte er vor sich hin und sagte dann: «Entschuldigen Sie bitte. Meine letzte Bemerkung war sehr unhöflich.»

«Und gemein.»

Pause. «Ja, das wohl auch.» Wieder schwiegen sie. Dann sagte er: «Ich habe nie gedacht, daß ich etwas Gemeines tun oder sagen könnte.» Erstaunen klang aus seiner Stimme.

«Nein. Ich hätte das auch nicht gedacht, so wie ich Sie kenne», sagte sie großmütig.

Sie blieben sitzen. Es war sehr still in dem Schuppen. Feuchte Kälte stieg von dem sandigen Boden auf.

Und zu sagen blieb nichts mehr.

Der Gedanke, der Gaylord plötzlich überfallen hatte, war: Wenn Miss Thompson Mr. Mackintosh heiratete, war sie Julias Mutter, und Miss Mackintosh hatte hier nichts mehr zu suchen und mußte nach Schottland zurückfahren.

Er überlegte. Wenn Miss Thompson jetzt heiratete und nicht auf ihn wartete, wen sollte er dann heiraten? Es war niemand mehr da. Es war ein Opfer, aber für Julia war er zu diesem Opfer bereit. Und natürlich war es auch nicht *nur* für Julia. Er, Gaylord, wäre so glücklich gewesen, wenn Miss Mackintosh endlich den Zug nach Schottland genommen hätte.

«Ich habe mir was ausgedacht, Julia», sagte er.

«Ja?» Sie hatte Pirouetten gedreht und stand noch auf den Zehenspitzen. Jetzt hielt sie inne, legte ihre Hand auf seine Schulter und sah ihn aufmerksam an.

«Wenn Miss Thompson deinen Papa heiraten würde, dann wäre sie deine Mutter.»

«Nein, ist ja gar nicht wahr. Meine Stiefmutter wäre sie.»

Diese Kleinigkeit schob er mit einer Handbewegung beiseite. «Deine Tante könnte dann nach Schottland zurück.»

Sie sah ihn mit plötzlicher Hoffnung an, die gleich darauf erlosch. «Vielleicht will sie aber meinen Papa gar nicht heiraten. Oder er will sie nicht heiraten.»

Das sah Gaylord nicht ein. Wo sie doch so nett war. Immerhin, es war ein Einwand. Er dachte darüber nach und fand eine Lösung. «Du, Julia, wenn ein Mann und eine Frau eine Nacht allein zusammen verbringen, müssen sie heiraten.»

«Dann müssen sie heiraten? Warum?»

«Weiß ich nicht. Das ist so», sagte Gaylord.

Julia sah zu Miss Thompson und zu ihrem Vater hinüber. Sie war nicht so ganz überzeugt. «Woher weißt du das?»

«Hat Paps mir gesagt», erklärte Gaylord, der gewöhnlich die Aussprüche seines Vaters nicht unbedingt wörtlich nahm, aber stets bereit war, sie uneingeschränkt zu akzeptieren, wenn das seinen Zwecken dienlich war.

Julia überlegte. «Die bleiben bestimmt nicht die Nacht zusammen», meinte sie

«Doch. Wenn wir sie einschließen», sagte Gaylord triumphierend.

John Pentecost hatte an diesem Tag drei Hauptmahlzeiten und drei kleine Zwischenmahlzeiten zu sich genommen. Er war fast im siebenten Himmel.

Fast, aber nicht ganz. Das lag daran, daß Miss Mackintosh das abendliche Dinner, das sie sonst um acht Uhr servierte, durch einen reichhaltigen «High Tea» um sechs Uhr ersetzt hatte. Die Folge war, daß John Pentecost gegen neun ein leeres Gefühl in der Magengegend spürte. Ärgerlich. Ein Mann seines Alters durfte nicht hungrig zu Bett gehen – das schadete der Gesundheit.

Die Besorgnis war überflüssig: Punkt neun Uhr erschien Elspeth Mackintosh mit der Teekanne und einem Teller mit Kuchen und Keksen. John Pentecost war nahe daran zu schnurren. «Miss Mackintosh! Noch eine Mahlzeit?»

«Aye. Ein Mann muß ordentlich essen. Und wie ist es – soll ich Ihnen noch was für die Nacht zurechtmachen, falls Sie morgen früh Hunger haben?»

«Na ja –» begann John. Dann fing er einen Blick seines Sohnes auf und sagte hastig: «Nein. Nein, vielen Dank, Miss Mackintosh.»

«Dann sage ich jetzt gute Nacht. Gute Nacht.»

«Gute Nacht.» Beide Männer erhoben sich halb. «Gute Nacht, Miss Mackintosh.»

Doch bevor sie die Tür erreicht hatte, kam Mr. Mackintosh herein. Ihm folgte Miss Thompson. Er baute sich vor dem alten Herrn auf und erklärte förmlich: «Mr. Pentecost, ich muß Ihnen melden, daß ich die Tür eines Ihrer Schuppen eingeschlagen habe.»

«Nun stehen Sie doch nicht da wie ein Feldwebel, Mann. Setzen Sie sich und trinken Sie eine Tasse Tee mit uns. Miss Mackintosh, bitte noch eine Tasse.» Dann erblickte er Wendy. «Noch zwei Tassen, bitte.»

Mackintosh setzte sich, und John sagte freundlich: «Sie haben also mein Eigentum zertrümmert?»

«Ich habe Grund zu der Annahme, daß Ihr Enkelsohn und meine Tochter uns, Miss Thompson und mich, im Schuppen eingeschlossen haben.»

«So etwas würde Gaylord nie tun», sagte Jocelyn. Aber es klang nicht ganz überzeugt. «Und Julia doch bestimmt auch nicht.»

«Ich dachte nur, es wäre vielleicht wieder so ein englischer Scherz», meinte Mr. Mackintosh trocken.

Jocelyn ging zur Tür und rief: «Gaylord! Komm doch mal her!»

Gaylord und Julia kamen herein – Gaylord geknickt, weil sein schöner Plan offensichtlich ins Wasser gefallen war, Julia ängstlich.

«Gaylord», fragte Jocelyn, «habt ihr Mr. Mackintosh und Miss Thompson im Schuppen eingeschlossen?»

«Ja», antwortete Gaylord. «Sozusagen», fügte er abschwächend hinzu. Die Miene seines Vaters verhieß nichts Gutes.

«Und warum?»

Eine schwierige Frage. «Ich kann das nicht so schnell erklären», antwortete Gaylord.

«Dann laß dir Zeit.»

Gaylord hatte seinen Vater noch nie so streng erlebt. Vielleicht war er so, weil er Mummi vertreten mußte. Er sagte:

«Wenn ein Mann und eine Frau eine Nacht allein zusammen sind, müssen sie sich verheiraten.»

«Das ist ja allerhand», sagte John Pentecost.

«Doch, bestimmt, Opa. Das ist so», erklärte Gaylord.

«Ja, und?» fragte Jocelyn.

«Ich hab gedacht, wenn wir Mr. Mackintosh und Miss Thompson eine Nacht im Schuppen einschließen, dann heiraten sie, und dann wird Miss Thompson Julias Mutter und Miss Mackintosh kann wieder zurück nach Schottland. Ich dachte, es wäre schön für Julia, wenn Miss Thompson ihre Mutter ist.»

Miss Thompson errötete.

Jocelyn sagte: «Es tut mir sehr leid, Mr. Mackintosh.» Zu weiteren Entschuldigungen war er nicht bereit. «Was Gaylord getan hat, ist nicht recht, aber er hat es nur gut gemeint.»

«*Ich* wüßte, was dem Bengel guttäte», sagte Miss Mackintosh grimmig und fuhr dann zu Julia herum. «Und dir auch, mein Kind.»

«Das ist nicht Ihre Sache, Miss Mackintosh», sagte Jocelyn mit ruhiger Stimme. Er dachte an Gaylords Gesicht, als die Polizisten Schultz aus dem Wasser gezogen hatten. Er sah, wie Julia erschrokken vor ihrer Tante zurückwich. «Es war doch abgemacht, daß die Kinder Miss Thompson unterstehen, nicht wahr? Miss Thompson, würden Sie jetzt, bitte, Gaylord und Julia mitnehmen und tun, was Sie für richtig halten?»

«Kommt mit, ihr zwei», sagte Wendy Thompson. Sie sah zu Duncan Mackintosh hinüber. Aber er wandte den Blick nicht vom Jagdbild an der Wand. Etwas spitz sagte sie: «Gute Nacht, Mr. Mackintosh. Da sind wir zwei ja noch einmal davongekommen.»

Langsam wandte er sich um und sah sie an. «Aye», sagte er.

Wendy ging mit den Kindern hinaus. Draußen im Flur sagte sie: «Jetzt bin ich aber ganz, ganz böse mit euch.» Sie nahm Gaylords Kopf zwischen beide Hände und hielt ihn so, daß er sie ansehen mußte. «Verstehst du denn gar nicht, wie ihr mich gekränkt habt?»

«Nein, versteh ich nicht», antwortete Gaylord freimütig und sah sie mit großen Augen an. «Ich dachte, Sie wären *gern* Julias Mutter geworden.»

«Darauf kommt es doch nicht an!» rief Wendy zornig.

Gaylord war der Ansicht, daß es nur darauf ankam. Aber er hatte es seit langem aufgegeben, sich in lange Diskussionen mit Erwachsenen einzulassen – man konnte sie doch nicht zur Vernunft bringen. Auch nicht so nette wie Miss Thompson. Er schob die Unterlippe vor und sagte: «Ich finde jedenfalls, es war eine gute Idee.»

Als er später aus dem Badezimmer kam, traf er Mr. Mackintosh.

Gaylord war zwar immer noch etwas gekränkt, aber er sagte höflich: «Gute Nacht, Mr. Mackintosh.»

«Gute Nacht, Kleiner.»

Das klang sehr viel freundlicher, als Gaylord erwartet hatte. Deshalb sagte er: «Julia möchte Miss Thompson sehr gern als Mutter haben, Mr. Mackintosh.»

«Klar», sagte Mr. Mackintosh, immer noch freundlich.

«Na, dann –» meinte Gaylord.

«Die Sache hat bloß einen Haken, Kleiner.»

«Was denn für einen, Mr. Mackintosh?»

«Ich müßte sie dann zur Frau nehmen.»

Gaylord sah darin kein Hindernis. Aber er hatte das Gefühl, er hatte für heute genug gesagt.

Wendy Thompson konnte nicht einschlafen. Dafür gab es verschiedene Gründe: die Demütigung, die sie von dem gräßlichen Mr. Mackintosh erlitten hatte, ihr Zorn auf die Kinder und vor allem die Verwirrung, in die sie ihre Gefühle für Jocelyn Pentecost stürzten.

Jocelyn Pentecost. Schon seinen Namen zu flüstern erfüllte sie mit Freude. Er war klug und ernst, freundlich und sehr empfindsam. Sie wäre ohne weiteres bereit gewesen, ihm ihr ganzes Leben zu widmen, und es hätte sie glücklich gemacht, das wußte sie. Aber er war verheiratet, und wenn sie sich nicht unglücklich machen wollte, war es am besten, so schnell wie möglich sein Haus zu verlassen. Nur: das konnte sie nicht – sie mußte bleiben, bis sie hier nicht mehr gebraucht wurde. Sie konnte diesem gütigen, weichherzigen Mann nicht aus dem Wege gehen. Aber sie durfte ihr Gefühl für ihn nicht weiterwachsen lassen, sonst würde die Wunde nie wieder ganz verheilen.

Ein leises Geräusch ließ sie zusammenfahren. Ihre Tür wurde vorsichtig geöffnet. Sie erstarrte – sie wagte sich nicht einzugestehen, welche Hoffnungen und Zweifel und Ängste sie in diesem Augenblick durchzuckten. Leise Schritte tapsten über den Teppich. «Darf ich reinkommen?» fragte Gaylord.

«Natürlich, Gaylord, komm zu mir.» Sie legte den Arm um ihn. «Was gibt's denn?»

«Es ist – wegen Schultz.» Er schluckte. «Er *soll* nicht tot sein.»

«Ja, ich weiß, mein kleiner Spatz», sagte sie zärtlich. «Komm, es wird alles wieder gut.»

Wieder kamen kleine Schritte über den Teppich. «Miss Thompson?»

«Julia. Möchtest du auch reinkommen?»

«O ja, bitte, Miss Thompson.»

«Komm, hier herum – auf dieser Seite ist schon Gaylord. Was ist denn, Kindchen?»

«Ich weiß nicht. Alles – meine Mama, das Tanzen. Und nun sind Sie auch noch böse mit uns.»

In jedem Arm ein Kind, lag Wendy Thompson da und tröstete die beiden. Und sie sagte sich immer wieder, daß sie es in der Hand hatte, ob ihr eigener Kummer wuchs oder heilte. Aber diese beiden wehrlosen Kinder hatten unter der Bosheit und der Dummheit der Welt gelitten.

Gaylord und Julia weinten beide noch ein bißchen und schliefen bald ein. Wendy Thompson lag noch lange wach und starrte mit trockenen Augen in die Dunkelheit.

20

Dienstag. Wieder ein grauer Wintertag. Gaylord fuhr mit seinem Vater zum Krankenhaus. Natürlich war für ihn ein Krankenhaus nichts Neues. Er hatte ja selbst schon einmal im Krankenhaus gelegen. Trotzdem näherte er sich etwas bänglich dem Bett, in dem er seine Mutter sitzen und ihm die Arme entgegenstrecken sah.

Er blieb stehen und starrte sie an. May hatte recht gehabt: irgendwie hatten sich in seinen Gedanken ihre Erkrankung und der Tod des Hundes verbunden, und jetzt konnte er nicht glauben, daß Mummi lebendig dasaß und lachte, während Schultz tot und in einer nassen grauen Decke fortgebracht worden war.

«Oh, mein Liebling», sagte sie, und ihre Stimme zitterte.

Sie ahnte, wie es in ihm aussah.

Und da stürzte er ihr endlich in die Arme. «Mummi!» rief er. «Wir kriegen zum zweiten Frühstück immer Brötchen und Kuchen und Kekse!»

«Tatsächlich, mein Schatz?» Sie lachte. Dann wandte sie sich Jocelyn zu.

«Wie geht's dir, May?» fragte er.

«Gut. Ausgezeichnet. Morgen komme ich raus. Um elf kannst du mich abholen. Falls du sonst nichts anderes vorhast.»

«May!» Er merkte wie seine Stimme schwankte. «Heißt das, daß alles – daß alles in Ordnung ist?»

«Vollkommen in Ordnung. Ich könnte Testpilot werden, sagt der Arzt.»

Sie lächelten einander an. «Da möchte ich doch lieber, daß du wieder nach Hause kommst, zu mir und den Kindern», sagte er, immer noch mit unsicherer Stimme, und begann, umständlich die Einzelheiten ihrer Heimkehr zu erörtern. Es war ein so wunderbares Thema, daß er gar nicht davon loskam. Erst später fiel ihm etwas ein, und er zog ein kleines Päckchen aus der Manteltasche. «Hier – das ist heute morgen mit der Post für dich gekommen.»

«Für mich?» Eine unbekannte sympathische Handschrift. Sie riß die äußere Verpackung auf und fand innen ein hübsch eingewickeltes Päckchen mit einem Zettel und einen Brief. «Ein Dankbrief von Edouard Bouverie. Und das Päckchen soll ich der kleinen Lehrerin geben – er weiß die Adresse nicht.»

«Wie aufregend.»

«Ja.» Sie befühlte das Päckchen. «Kann alles sein.» Sie gab es Jocelyn. «Wenn du nicht rauskriegst, was drin ist, werde ich dir das nie verzeihen!»

«Ich kann ja nicht gut neben ihr stehenbleiben, wenn sie es aufmacht.»

«Wie du es machst, ist mir egal ... Also ich muß schon sagen, es ist wirklich erstaunlich, wie alle Männer der Kleinen aus der Hand fressen, sogar Gaylord.»

Gaylord lief rot an. Sein Vater legte ihm die Hand auf die Schulter und sagte: «Gaylord hat schon Pläne gemacht für Miss Thompson, nicht wahr, mein Kleiner?»

May sah ihren Sohn neugierig an. Er sagte: «Ich dachte, es wäre nett, wenn sie Julias Mutter werden könnte. Aber dazu muß sie Mr. Mackintosh heiraten, und ich glaube, das will sie nicht so gern. Ich glaube –» Er verstummte.

«Du glaubst was, mein Schatz?»

«Ach, nichts», sagte er leichthin, aber er wußte, daß im gleichen Augenblick Mummi bestimmt nicht ruhen würde, bis sie erfahren hatte, was er hatte sagen wollen.

Jocelyn wurde immer leicht unruhig, wenn die Rede auf Miss

Thompson kam. Jetzt sah er zu seiner Erleichterung die Schwester mit der Glocke grimmig in der Tür erscheinen. «Ja, dann müssen wir wohl gehen», sagte er munter.

«*Was* glaubst du, Gaylord?» fragte Mummi.

«Ich glaube, sie würde lieber Paps heiraten.»

Klaang! schepperte die Glocke.

«Aber das kann sie ja schließlich nicht, weil Paps doch schon verheiratet *ist*», fuhr Gaylord mit unfehlbarer Logik fort. «Das geht also nicht.»

«Die Schwester wirft mir schon böse Blicke zu», sagte Jocelyn nervös.

«Da ist sie nicht die einzige», sagte May freundlich. «Gaylord, warum glaubst du, daß Miss Thompson gern Paps heiraten möchte?»

Jocelyn fuhr seinem Sohn mit der Hand durchs Haar. «Komm jetzt, du alter Ehestifter.»

«*Warum*, Gaylord?» Mummi kannte kein Erbarmen.

«Weil sie ihn immer so anguckt.»

«Aha», sagte May. Sie gab beiden etwas abwesend einen Kuß zum Abschied. Groß war die Versuchung, schon heute das Krankenhaus zu verlassen, und zwar auf der Stelle. Sie fühlte sich auch durchaus dazu imstande. Aber sie überwand die Versuchung. Jocelyn kam sonst womöglich auf den Gedanken, sie sei eifersüchtig.

«Eine gute Nachricht», sagte Jocelyn Pentecost zu Miss Thompson. «May kommt morgen nach Hause. Sie haben nichts gefunden.»

«Oh, Mr. Pentecost, das freut mich aber.» Wendy Thompson sah ihn mit einem freundlichen Lächeln an. Sie freute sich – für ihn. Nicht für sich selbst, denn morgen war alles aus: das Familienleben, die Sorge und Verantwortung für die Kinder, die stille Gegenwart des Mannes, der sie jetzt so glücklich über den Abendbrottisch hinweg ansah. Morgen kehrte seine Frau in sein Leben zurück, und er würde kaum merken, daß sie, Wendy, nicht mehr da war.

«Ich weiß gar nicht, wie wir Ihnen danken sollen. Es war so nett von Ihnen, daß Sie uns geholfen haben», sagte Jocelyn Pentecost.

Sie hatte Mühe, ihre Stimme natürlich klingen zu lassen. «Sie wissen nicht, was für ein Geschenk diese Tage für mich waren – wie schön es für mich gewesen ist, in einer Familie zu leben.»

«Aber Wendy – *wir* haben *Ihnen* zu danken.»

Die Tränen traten ihr in die Augen, als er sie beim Vornamen nannte.

«Ach ja», fuhr er fort, «ich habe ja noch etwas für Sie. Hier – ein kleines Päckchen. Das schickt Ihnen Dorotheas Franzose – der Zukünftige meiner Tante. Er wußte Ihre Adresse nicht, deshalb hat er es an uns geschickt.»

Erstaunt nahm sie das Päckchen und dreht es hin und her. «Das ist wirklich für mich? Wir haben doch kaum ein paar Worte miteinander gesprochen.»

«Doch, doch, es ist für Sie.»

«Komisch ... Soll ich es aufmachen?»

«Na, sicher.» Es würde ihm schlecht ergehen, wenn sie es nicht öffnete, dachte er.

Sie wickelte eine kleine Schachtel aus dem Papier. Und in der Schachtel waren Ballettschuhe – alt, abgetragen. Auf einer Karte stand: «Für Sie oder für Ihre Schülerin, das möchte ich Ihnen überlassen. Die Schuhe gehörten einem Mädchen, das vor vielen Jahren im Bolschoi-Ballett tanzte. Alles Gute für den guten Kampf! E. St.-M. B.»

Es war zuviel, es war überwältigend. Sie war schon ganz aufgewühlt, und nun diese Freundlichkeit! Sie konnte die Tränen nicht mehr unterdrücken. «Bitte, verzeihen Sie, ich –»

«Aber was ist denn?» Jocelyn war aufgestanden. Er wollte sie trösten. Aber sie tastete sich hastig zur Tür, und als er sie an der Schulter faßte, entzog sie sich ihm. «Aber Wendy, was ist denn? Sagen Sie es mir doch, ich möchte Ihnen helfen –»

«Sie – können – mir – nicht helfen», sagte sie schluchzend. «Niemand – kann mir helfen.» Sie lief hinauf in ihr Zimmer, das Papier mit der Karte und die Schuhe der Tänzerin fest an sich gedrückt.

In dieser Nacht lief Gaylord im Traum mit Schultz über die Sommerwiesen. Wild und ausgelassen sprangen sie umher. Aber plötzlich war Schultz nicht mehr da – da war nur noch etwas unter einer nassen grauen Decke, und als Gaylord die Decke wegzog, starrten ihn Mummis tote Augen an. Wendy Thompson hörte seinen Aufschrei, sprang aus ihrem Bett, riß die Tür auf und sah gerade noch, wie Jocelyn ins Zimmer seines Sohnes lief. Sie zwang sich umzukehren und legte sich wieder hin. Voll trauriger Gedanken schlief sie schließlich wieder ein.

Auch der alte John Pentecost war aufgewacht. Er wußte nicht, wovon. Er setzte sich in seinem Bett auf und schielte nach der Thermosflasche mit Tee und dem Teller mit den Keksen, die er auf Elspeths Drängen (und weil Jocelyn diesmal nicht dabeigewesen war) mit in sein Zimmer genommen hatte. Er goß sich Tee ein und aß einen Keks. Dann legte er sich zufrieden in die Kissen zurück und schlief, ohne aufzuwachen, bis zum Morgen durch.

Derek Bates und seine Freunde schlichen um das Haus herum. In Dereks Tasche steckte eine Benzinbombe, die sie gemeinsam gebastelt hatten. Sie waren guter Laune. Im «Prince of Wales» hatten sie sich Mut angetrunken. Sie wollten irgendwelchen Unsinn anstellen. Zum Beispiel den Hühnerstall anzünden. Aber während sie noch nach dem Stall suchten, wurde Derek vom vielen Bier plötzlich übel. Er übergab sich und beschmutzte dabei seine schwarze Lederjacke. Er verlor jedes Interesse an dem Vorhaben. Sie warfen die Benzinbombe in einen Heuschober, wo sie nicht explodierte, und machten sich auf den Heimweg.

May hatte irgendwo einmal gelesen, daß einem Gefangenen sein früheres Leben in der Freiheit wie ein Wunder, wie ein schöner Traum erscheint. Ihr ging es im Krankenhaus ähnlich. In dieser Nacht lag sie wach und dachte immer wieder: Morgen bin ich zu Hause. Morgen wird alles wieder so wie früher sein ... Und die fabelhafte Miss Thompson, der ich natürlich unendlich dankbar bin, ist wieder weit weg in Ingerby.

Am nächsten Morgen holte Jocelyn Pentecost seine Frau aus dem Krankenhaus. Gegen Mittag verabschiedete sich Miss Thompson. Schweren Herzens fuhr sie in ihrem Mini die Straße am Fluß entlang. Die überaus liebenswürdigen Dankesworte von Mrs. Pentecost klangen ihr noch in den Ohren. Jocelyn hatte sie ans Auto gebracht, und sie hatte ihm angemerkt, wie eilig er es hatte, zu seiner Frau zurückzukommen. Daß Gaylord zum Abschied nicht erschienen war, machte den Kummer noch größer. Wendy gab sich Mühe, all dies mit den vernünftigen Augen des Erwachsenen zu betrachten und sich auf die Straße zu konzentrieren. Hier – das war die Stelle, wo damals der gräßliche Motorradfahrer erschienen war. Und jetzt sah sie eine kleine Gestalt, die winkend angelaufen kam.

Sie schämte sich fast, wie sie sich freute. «Gaylord! Wie schön – ich dachte schon –» Sie griff über den Nebensitz hinweg nach der Tür und öffnete sie ihm. Keuchend kletterte er herein.

«Miss Thompson, ich finde das gar nicht schön, daß Sie wegfahren.»

«Aber du hast doch jetzt deine Mummi wieder. Das ist doch die Hauptsache!»

«Ja, aber ...» sagte er. «Aber wissen Sie, manchmal findet Mummi alles ganz anders als ich.» Er zeigte auf den Fluß. «Da unten, da habe ich Schultz gefunden. Im Wasser.»

«Hör zu, mein Kleiner», sagte sie eindringlich, «du solltest lieber nicht allein hier unten am Fluß herumlaufen.»

Er schwieg eine Weile. Dann sagte er nachdenklich: «Ich wünschte, Sie würden Mr. Mackintosh heiraten. Dann wären Sie Julias Mutter und könnten im Verwalterhaus wohnen, und Miss Mackintosh würde wieder nach Schottland fahren. Ich würde Sie auch ganz oft besuchen.»

«Das wäre schön. Es ist nur ein Haken dabei.»

«Ja, ich weiß. Sie möchten Mr. Mackintosh nicht heiraten. Das habe ich Mummi und Paps auch gesagt.»

«Gaylord! Du hast doch darüber nicht mit deiner Mutter gesprochen?»

«Doch, sozusagen. Ich hab aber gesagt, Sie würden lieber Paps heiraten.» Er lehnte sich zufrieden zurück. «Aber das geht ja nicht.»

Tief im Innern hatte Wendy die Hoffnung gehegt, daß sie eines Tages wiederkommen und daß man sie vielleicht sogar als Freundin der Familie akzeptieren würde. Das war jetzt unmöglich geworden.

«Und was hat deine Mutter gesagt?» fragte sie mit heiserer Stimme.

«Sie hat bloß ‹Aha› gesagt.»

«Sonst nichts?»

«Nein, sonst nichts.»

Sie nahm ihn plötzlich in den Arm und küßte ihn. «Oh Gaylord, du schlimmer Nichtsnutz!»

Er verstand wieder einmal *nichts*. Anscheinend war Miss Thompson etwas durcheinander im Kopf, deshalb wollte er sie trösten: «Macht nichts, Miss Thompson. Mich können Sie immer noch heiraten. Jederzeit», fügte er großmütig hinzu.

«Vielen Dank, mein Junge», sagte sie herzlich.

Gaylord stieg aus und rief: «Auf Wiedersehen, Miss Thompson!» Dann ging er den Uferweg zurück und trat mit den Schuhspitzen melancholisch gegen die Grasbüschel am Wegrand.

Ehe er ins Haus ging, schlenderte er über den Hof und warf einen Blick in den Heuschober.

Auf dem Boden lag eine Milchflasche. Und Milchflaschen, das wußte er von Opa, mußte man aufbewahren, denn es gab nicht mehr viele. Ihm gefiel auch das blanke Glas, die hübsche Form und der Aufdruck «Ingerby Co-op» und «Genossenschaftliche Meierei». Er hob die Flasche auf. Sie war schwer und roch nach Benzin, und oben steckten lauter schmutzige Stoffetzen darin. Er warf die Fetzen in die Mülltonne, goß das Benzin aus, wusch die Flasche sorgfältig unter dem Wasserhahn auf dem Hof aus und brachte sie seiner Mutter. «Hier, Mummi, sieh mal. Die hat jemand einfach liegen lassen. Voll Benzin und alten dreckigen Fetzen.»

«Benzin?» May horchte auf.

«Ja, so hat es gerochen.»

Sie war heimgekommen, heim zu Mann und Kindern. Sie hatte ihr Glück so intensiv genossen, wie man es nur nach einer Zeit der Entbehrung genießen kann. Sie hatte auch gewußt, daß es nicht ewig dauern würde. Doch auf eine kleine Frist hatte sie gehofft. Nun war es erloschen – vernichtet von einer Milchflasche und einem einzigen Wort. «Was hast du mit den Fetzen gemacht?» fragte sie.

«In die Mülltonne geschmissen.»

«Und das Benzin?»

«Das habe ich ausgekippt.»

«Und die Flasche hast du ausgewaschen?»

Er nickte.

«Fein, mein Kleiner – für die Vernichtung von Beweismitteln bekommst du den ersten Preis.»

«Ist das was Gutes?» fragte er hoffnungsvoll.

«Kommt drauf an.»

Später berichtete sie Jocelyn. «Es muß eine Benzinbombe gewesen sein», sagte sie. «Aber Gaylord hat dafür gesorgt, daß nur noch eine saubere Milchflasche übrig ist.»

«Damit können wir bei der Polizei wohl kaum Eindruck machen.»

«Eindruck? Bestimmt nicht. Die denken sowieso, wir haben fixe Ideen.»

Sie saßen am Kamin und blickten in die Flammen.

«Zweimal haben sie Miss Thompson Angst eingejagt», sagte May. «Dann haben sie Schultz umgebracht. Und nun – eine Benzinbombe im Heuschober. Ich habe Angst, Jocelyn.»

Er sagte nichts.

«Feuer – vielleicht in der Nacht», sagte sie halblaut. «Oder die Kinder. Ich darf sie nicht mehr aus den Augen lassen.»

«Ja, es ist eine Schande», sagte er. Und dann sah er erstaunt, daß die sonst so tapfere und beherrschte May weinte. Er nahm sie in die Arme.

«Es war so schön, nach Hause zu kommen», sagte sie. «Und nun haben sie alles verdorben.»

«Das tun sie immer, mein Liebes.»

«Wer?»

«Die Zerstörer.»

«Ach so, du denkst schon wieder an deine Theorie.» Sie mußte lächeln. Dann sagte sie ernst: «Aber *warum*, Jocelyn? Warum wollen sie zerstören?»

Es war April, aber noch immer war es nicht Frühling geworden. In Ingerby fand die monatliche Zusammenkunft des Klubs der Literaturfreunde statt, diesmal mit einer Lesung von Jocelyn Pentecost.

Miss Thompson saß beklommen in der hintersten Reihe. Eigentlich hatte sie gar nicht kommen wollen. Nach Gaylords Enthüllungen hatte sie das Gefühl gehabt, sie könne weder Jocelyn Pentecost noch seiner Frau je wieder in die Augen sehen. Aber sie hatte sich dann doch anders besonnen. Es war ihre Pflicht, dabeizusein. Aber sie wollte im Hintergrund bleiben, und vermutlich hatte er ja auch ihre Verbindung mit dem Klub längst vergessen und würde sie gar nicht bemerken.

Etwas unsicher betrat er den Saal. Wendy Thompson wußte, daß es ihre Aufgabe gewesen wäre, ihm entgegenzugehen und ihn mit der Vorsitzenden bekannt zu machen. Doch sie rührte sich nicht. Die Vorsitzende würde sich schon zu helfen wissen. So war es dann auch: Sie führte Jocelyn Pentecost zu seinem Platz und sprach ein paar Worte zur Begrüßung, währenddessen Jocelyn seine Manuskriptblätter aus der Aktentasche zog und aufmerksam die Zuhörer musterte. Suchte er jemanden? Sie hoffte es und versuchte trotzdem, sich hinter Mrs. Carter, die vor ihr saß, zu verstecken.

Jocelyn erhob sich zu seiner Lesung, und nun konnte sie sich nicht länger verbergen – und wollte es auch nicht, denn er hatte sie sofort entdeckt und lächelte ihr zu. Es war das sanfte, freundliche Lächeln, das sie so gut kannte. Und gleich als die Kaffeepause begann, entschuldigte er sich bei der Vorsitzenden und kam zu Wendy und setzte sich zu ihr. «Miss Thompson – ich hatte so gehofft, Sie hier zu sehen.»

«Um nichts hätte ich Ihre Lesung versäumen wollen», sagte sie. «Und es war wunderschön.»

«Ich danke Ihnen. Und wie geht es Ihnen?»

«Sehr gut. Und wie geht es Ihrer Frau?»

«Ausgezeichnet. Sie hatte keinerlei Rückfall.»

«Und was machen die Kinder? Hat Gaylord die schreckliche Sache mit dem Hund überwunden?»

«Er hat immer noch Alpträume. Aber Sie kennen ihn ja. Er erzählt einem nur soviel, wie er meint, daß man verkraften kann.»

Dann verstummten sie. Wendy spürte, wie das vertraute, schöne und schmerzliche Gefühl sie wieder durchflutete. Ihr Blick hielt ihn fest; sie versuchte, ihrem Gedächtnis sein Bild für alle Zeiten einzuprägen. Dann sagte sie: «Sie und Ihre Frau haben mir so schöne Blumen geschickt – ich habe mich sehr darüber gefreut, wirklich. Und Ihr Vater – wußten Sie das? – hat mir eine große Schachtel Pralinen gesandt.»

«Ach, das ist doch alles nicht der Rede wert. Aber noch etwas, Miss Thompson –»

«Ja?»

«Am zwanzigsten heiraten meine Tante Dorothea und der Franzose. Wir würden Ihnen so sehr gern eine Einladung schicken, wenn – wennn Sie Lust haben zu kommen.»

Sie erschrak. «Nein ... ich glaube nicht – ich hatte nämlich gerade daran gedacht, um die Zeit ein paar Tage Ferien zu machen ...»

«Aber wir würden uns alle so freuen, wenn Sie kämen.» Hatte er wirklich das «alle» ein wenig betont? «May sagt, sie hätte sich überhaupt noch nicht richtig bei Ihnen bedankt.»

«Ach, das geht doch nicht. Eine Hochzeit ist ein Familienfest.»

«Aber Sie sind eine Freundin der ganzen Familie, Miss Thompson. Die Einladung bekommen Sie, und glauben Sie mir: Wir wären traurig und enttäuscht, wenn Sie nicht kämen.» Er stand auf, lächelte ihr zu und ging an seinen Platz zurück.

Der Frühling kündigte sich mit Stürmen und lauen Regengüssen an. Büsche und Bäume hatten plötzlich grüne Knospen, der Fluß strömte nicht mehr bleigrau, sondern silbern dahin, die Vögel zwitscherten wieder, und die Luft roch nach neuem Leben. Wozu das alles? fragte sich Jocelyn. Für die Tiere, für Vögel und Bienen, für tragende Schafe und Kühe war der Frühling eine Routinesache. Nur der Mensch, der törichte Mensch, sah und verstand, was da geschah – und jedes Jahr jubelte er dem Wiedererwachen der Erde zu, die er doch gleichzeitig mit wahrer Besessenheit in eine Hölle verwandelte.

Auch Derek Bates und seine Freunde erwachten aus ihrem Winterschlaf. Sie trimmten ihre Motorräder und brachten sie auf Hochglanz, kauften neues Zubehör, neue Kinkerlitzchen, versammelten sich an Straßenecken, unterhielten sich lautstark, um das Geknatter zu übertönen, und schossen einzeln oder zu zweit davon, um eine Runde zu drehen und durch die Kurven zu jagen. Nur Dereks Motorrad blitzte und glänzte nicht in der Sonne wie die der anderen. Nur Dereks Motorrad setzte schon Rost an. Der Rost, ja, das ganze Motorrad erinnerte ihn ständig an seine Demütigung. Sein Vater hatte sich geweigert, ihm ein neues zu kaufen. Ohnmächtiger Groll erfüllte Derek.

An einem der ersten schönen Tage sagte Miss Thompson nach langem Überlegen: «Schau mal, Julia. Der französische Herr, der im Winter bei Mr. Pentecost war, möchte dir das hier schenken.» Und sie gab ihr die Ballettschuhe.

Julia strahlte.

«Sie sind natürlich nicht zum Tragen. Aber er meinte, sie würden dir vielleicht Freude machen. Lange bevor du auf die Welt kamst, hat ein Mädchen im Bolschoi-Ballett sie getragen. Wer weiß – vielleicht hat er sie einmal geliebt.»

Julia starrte immer noch wie verzaubert auf die Schuhe. Hatte sie überhaupt zugehört? «Kann ich ihm schreiben und mich bei ihm bedanken?» fragte das Kind schließlich.

«Natürlich, ja. Ich habe seine Adresse.»

Am nächsten Tag stand Duncan Mackintosh im Schulflur, als der Unterricht zu Ende war. «Guten Tag, Miss Thompson. Meine Tochter trägt keine abgelegten Schuhe.»

Wendy sah ihn an und mußte trotz allem lachen. «Das sind keine abgelegten Sachen, Sie Dummkopf! Die Schuhe sind ein Andenken. Der Mann, der sie Ihrer Tochter schenkt, ist genauso traurig wie ich, daß Sie Julia nicht tanzen lassen.»

Der «Dummkopf» schien ihn gekränkt zu haben. Er sagte steif: «Es tut mir leid. Und es tut mir auch leid, wenn Sie mich für einen Dummkopf halten. Aber ich will auch nur das Beste für Julia.»

«Und Sie glauben wirklich, wenn sie Polizistin oder Stenotypistin wird, das wäre für sie das Beste!»

«Das habe ich nicht gesagt.» Er sah sich suchend um. «Ob wir ... Können wir vielleicht irgendwo in Ruhe ein paar Worte reden, Miss Thompson?»

«Aber natürlich, gern.» Sie führte ihn in ihr leeres Klassenzimmer. Dort ließ sie ihn am Rand des Podiums Platz nehmen und setzte sich neben ihn.

Er blickte so lange schweigend vor sich hin, daß sie schließlich fragte: «Wie geht es Ihrer Schwester?»

Er saß, die Ellbogen auf die Knie gestützt da und betrachtete seine Hände, die er abwechselnd verschränkte und wieder voneinander löste. «Mit meiner Schwester ...das läuft nicht sehr gut, Miss Thompson.»

Sie war nicht erstaunt. «Aber sie ist doch bei Ihnen?»

«Aye.» Er überlegte und fügte dann hinzu: «Ich will auch nur das Beste für mein Kind.»

Sie wartete. Er fuhr fort: «Ich dachte, ich wüßte, was für alle und alles das Beste ist.»

Er schlug die Faust in die offene Hand und wandte sich ihr zu. «Aye. Und bei meiner Arbeit weiß ich das auch, das stimmt. Aber die letzten Monate – ohne meine Frau –»

Wieder hielt er inne. Dann sagte er hilflos: «Ich meine ... ich wollte sagen, in persönlichen Beziehungen, da –»

«Ja. Ich verstehe.»

Diesmal dauerte das Schweigen fast eine Minute.

Dann sagte sie leise und zögernd. «Wenn Sie einmal etwas Näheres wissen möchten über die Ausbildung und den Beruf der Balletttänzer, könnte Ihnen Monsieur Bouverie sicher helfen. Und es würde ihm auch eine Freude sein, finanziell dazu beizutragen. Aber das würden Sie ja bestimmt nicht wollen», fügte sie eilig hinzu.

«Aye. Wenn Julia zum Ballett geht, dann bezahle ich es allein.» Er sah sie von der Seite her an. «Ich bin kein Bettler, Miss Thompson.»

«Um Gottes willen, nein.» Sie stand auf. «Überlegen Sie es sich noch einmal, Mr. Mackintosh. Sie werden es sicher mit Ihrer Schwester besprechen wollen, nicht wahr?»

Auch er war aufgestanden. «Das wird kaum nötig sein.» Und mit einem Anflug seiner alten Arroganz fügte er hinzu: «Meine Entscheidungen treffe ich allein, Miss Thompson.»

Sie sah ihn voller Bewunderung an. «Das brauchen Sie mir nicht zu sagen, Mr. Mackintosh.» Sie hielt ihm die Hand hin. «Aber ich wollte noch etwas sagen: Wenn Sie etwas unternehmen wollen, lassen Sie es mich wissen. Vielleicht kann ich Ihnen helfen. Auf Wiedersehen.»

«Aye. Danke. Auf Wiedersehen.» Er wurde bereits von ihr zur Tür dirigiert und war ein wenig erstaunt, daß das Gespräch schon zu Ende war. Hoffentlich verlor Miss Thompson nicht das Interesse an Julia.

Wendy schloß die Tür hinter ihm. Dann tanzte sie langsam und feierlich auf den Zehenspitzen einmal im Klassenzimmer herum.

John Pentecost stand vor dem Spiegel und musterte sich zufrieden. Man konnte sagen, was man wollte, aber eine gewisse Korpulenz paßte recht gut zum Gehrock, brachte ihn erst richtig zur Geltung. Er nahm die weiße Nelke und hielt sie an das schwarze Revers.

Dann musterte er sorgfältig seinen schmalen weißen Schnurrbart. Jedes Härchen saß. Befriedigt nahm er Hut und Handschuhe und schritt majestätisch die Treppe hinunter.

May, die beim Ankleiden war und noch hundert andere Dinge zu erledigen hatte, dachte: Wir gehen jetzt alle aus dem Haus und bleiben Stunden fort, und jedermann kann sehen, daß niemand da ist. Wenn nur nichts passiert! Es wäre nicht auszudenken. Es war schon zwei oder drei Wochen her, seit Gaylord die Flasche gefunden hatte. Vielleicht hatte der Quälgeist von ihnen abgelassen, sagte sie sich. Aber sie glaubte es selber nicht recht.

Im Verwalterhaus hatte Elspeth Mackintosh sich gerade ihren Hut aufgesetzt. Der Anblick ihres Bruder im grauen Anzug und mit einer weißen Nelke im Knopfloch brachte sie in Rage. «Lächerlich – soviel Getue um eine alte Frau! Ans Sterben sollte sie denken statt ans Heiraten.»

Er zog seine Krawatte zurecht. «Du bist hart und unduldsam, Elspeth.»

«Aye. Und ich will dir mal etwas sagen, Duncan. Du bist kein Schotte mehr, du bist ein halber *Engländer* geworden. Guck mal in den Spiegel! Wenn die Leute dich so auf dem Viehmarkt in Aberdeen sehen könnten!» Sie lachte hart und höhnisch.

«Ich bin ja auch nicht auf dem Weg zum Viehmarkt», erwiderte er ruhig. «Ich gehe zur Hochzeit der Schwester meines Arbeitgebers, und da gehört es sich für mich, daß ich korrekt angezogen bin.»

«Aber du tust es gern. Es macht dir Spaß, dich herauszuputzen wie ein Pfingstochse ... Ah, sieh an, die junge Dame.» Julia war hereingekommen, ernst und zauberhaft anzusehen. Elspeth warf die Hände in die Höhe und tat, als schrecke sie zurück. «Oh, oh – ich bin das Rührmichnichtan.»

«Bist du fertig, Elspeth?» fragte Duncan kalt. Dann wandte er sich Julia zu und sagte: «Laß nur, mein Kind. Du siehst *wunderschön* aus, und ich bin stolz auf dich.»

«Das sagt man nicht zu seinem Kind, Mann. Hochmut kommt vor dem Fall.»

«Ich spreche mit meiner Tochter so, wie ich will, Elspeth. Wir haben noch etwas Zeit. Geh du bitte schon nach draußen und warte im Wagen auf uns.»

«Wer? Ich?»

«Ja, du, Elspeth. Ich habe Julia etwas zu sagen.»

«Was du vor mir nicht sagen kannst?»

«Was ich vor dir nicht sagen *möchte*.»

Ärgerlich vor sich hinmurmelnd ging sie hinaus. Monatelang hatte sie ihrem Bruder das Haus besorgt, hatte ihm seine Hosen und Socken gewaschen ... Und nichts als Schwierigkeiten mit dem Kind, nichts als Undank ...

Julia sah ihren Vater ängstlich an. Hilflos begann er: «Ich wollte dir etwas sagen, Kleines. Wenn es dir wirklich ernst ist mit dem Ballettunterricht – dann wollen wir's versuchen.»

Sie konnte es nicht glauben. Noch immer sah sie ihn furchtsam an. Dann warf sie ihm plötzlich die Arme um den Hals und drückte ihr Gesicht an seines. «Papa! Papa!» Mehr brachte sie nicht heraus.

Er drückte sie an sich. Dann sah er sie an und sagte kummervoll: «Julia – *so* viel bedeutet es dir?»

«Oh, Papa! Alles!»

«Deiner Tante werde *ich* es sagen. Aber später.»

Schüchtern saß Wendy Thompson in einer der hinteren Bänke der Kirche von Shepherd's Warning. Sie war zeitig gekommen, damit sie sich von den Hauptgästen abseits halten, aber doch sehen konnte, wie alle ankamen.

Monsieur Bouverie war natürlich schon da und stand zusammen mit dem Brautführer bereit. Doch jetzt kamen auch die anderen: Becky, hübsch und strahlend, mit ihrem Peter, Großtante Bea, die energisch wie ein Jägersmann durch den Mittelgang schritt, dann eine Gruppe eleganter Herren, offenbar Freunde des Bräutigams, denn sie redeten ununterbrochen, während sie durch das Mittelschiff gingen, beugten vor dem Altar die Knie und nahmen unter viel Palaver auf der rechten Seite Platz.

Und jetzt klopfte Miss Thompsons Herz schneller, denn Jocelyn Pentecost erschien, prächtig anzusehen im grauen Gehrock, am Arm seine hübsche, strahlend lächelnde Frau, und etwas hinter ihnen, voll feierlicher Würde, Gaylord.

Noch ehe Miss Thompson sich wieder gefaßt hatte, schlüpfte eine kleine Gestalt auf den Platz neben ihr und flüsterte: «Miss Thompson, Miss Thompson, Papa hat gesagt, ich darf zur Ballettschule.»

Wendys begeistertes *«Was?!»* war in der ganzen Kirche zu hören. Julias Hand lag auf der Bank, und Wendy drückte sie fest. «Oh, wie ich mich freue, mein Kleines. Wie ich mich freue!» Doch jetzt erschien Miss Mackintosh wie eine schlecht gelaunte Glucke, machte «Tt-tt» und winkte Julia zu sich. Elspeth Mackintosh hatte schon genug von der Kirche gesehen: Kerzen, Bilder, Altardecken. Mit der kleinen Kirche in Kittybrewster in Schottland war diese überhaupt nicht zu vergleichen. Aber was konnte man in England schon erwarten!

Und nun begann endlich die Orgel zu spielen. Alle erhoben sich: Dorothea erschien am Arm ihres Bruders – etwas verwirrt und unsicher, als müsse sie sich besinnen, warum sie hergekommen war. John dagegen wirkte unerschütterlich wie ein Fels. Sie kamen nach vorn, Edouard Saint-Michel Bouverie trat aus seiner Bankreihe, wandte sich um und lächelte seiner Braut zu. Dorothea strahlte ihn an und sagte: «O Lieber, wie schön.» John Pentecost trat zurück. «Meine lieben Brautleute –» begann der Pfarrer und sagte all die Worte, die seit eh und je weibliche Augen mit Tränen gefüllt haben. Und nicht nur weibliche: John Pentecost war ebenso tief bewegt. Die kleine Dorothea! Es kam ihm so vor, als sei es gestern gewesen, daß er sie an seiner ersten Zigarre hatte ziehen lassen. Und nun stand sie hier und heiratete einen Frosch!

Es gab keinen Ausweg. Jeder Fluchtweg war abgeschnitten, und Gaylord hätte geschworen, daß das Ganze extra wie eine teuflische Falle eingerichtet war. In der Tür standen Onkel Edouard und die beiden Großtanten und Mummi und Opa. Und hier draußen in der Halle standen alle anderen, und nacheinander gingen sie einzeln oder zu zweit hinein. Und in dem Moment, in dem sie eintraten, fielen Tante Dorothea und Tante Bea über sie her und küßten sie. Unersättlich. Ein schreckliches Spiel fiel ihm ein, das sie einmal zu Weihnachten gespielt hatten. Dabei war es so ähnlich zugegangen. Er blickte zu Miss Thompson auf. «Ist das hier ein Pfänderspiel?» fragte er besorgt.

Sie lachte. «Nein, das hier ist der Empfang. Wir gehen alle da rein, und die Braut und der Bräutigam begrüßen uns.»

«*Muß* ich mit?»

«Klar. Komm, wir gehen zusammen. Ich zeig's dir.»

Es gab also tatsächlich keinen Ausweg. Aber die Erwachsenen waren wirklich albern! dachte er. Mit finsterer Miene ging er hinein. Ein Mann an der Tür sah Miss Thompson fragend an. Sie flüsterte ihm etwas zu, und der Mann verkündete mit lauter Stimme: «Miss Wendy Thompson, Mr. Gaylord Pentecost.»

Gaylords Gesicht hellte sich auf. Das war natürlich besser als das Pfänderspiel! Henry Bartlett würde Augen machen, wenn er ihm erzählte, daß man ihn *Mister* Gaylord Pentecost genannt hatte. Und jetzt schüttelte ihm Onkel Edouard feierlich die Hand und sagte: «Ah, mein reizender neuer Neffe.» Und die beiden Tanten hielten sich deutlich zurück. Sie verzichteten auf die sonst übliche Bärenumarmung und drückten ihm nur einen leichten Kuß auf die Backe. Opa und Mummi schüttelten ihm ernst und feierlich die Hand. Mummi murmelte: «Dr. Livingstone, I presume.» Und als ein

Kellner ihm ein Glas Sherry anbot und er es nahm, lachte Mummi nur. Und Gaylord wünschte wieder einmal ganz dringend, daß Miss Thompson doch Mr. Mackintosh heiratete, damit er all dies noch einmal erlebte.

Edouard Saint-Michel Bouverie beugte sich tief über Wendys Hand. «Meine liebe Miss Thompson!»

«Mes félicitations les plus profondes, Monsieur», sagte Wendy und fügte dann *sotto voce*, aber mit einem leisen glücklichen Auflachen hinzu: «Julia darf die Ballettschule besuchen!»

Er blickte in ihr strahlendes Gesicht. «Vielen herzlichen Dank», sagte er und fügte dann ebenfalls leise hinzu: «Das ist eine *wunder*bare Nachricht.»

«Ja, nicht wahr? Und die Ballettschuhe haben sozusagen alles ausgelöst.» Damit ging sie weiter.

Mister Gaylord Pentecost schlenderte würdevoll durch den Raum und nippte an seinem Sherry. Er traf Julia. «Warum hast du denn keinen Sherry gekriegt?» fragte er entrüstet.

«Tante Elspeth hat es nicht erlaubt.»

Er sah sich um. Der grimmige Tantenrücken war ihnen zugekehrt. «Hier, trink mal von meinem», sagte er hastig. «Ich kann soviel kriegen, wie ich will.»

Sie trank einen Schluck. Er sah ihr zu und fragte: «Wie findest du's? So gut wie Coca-Cola?»

«Mmm. Schöön.»

Gaylord fand das eigentlich nicht. Ihm schmeckte der Sherry, ehrlich gesagt, nicht besser als Hustensaft. Aber es war immerhin das, was die Erwachsenen tranken ...

«Magst du mir einen Kuß geben?» fragte Julia.

Gaylord war schockiert. «Wieso? Warum denn?» fragte er.

Das schmale kleine Gesicht strahlte. Sie konnte kaum stillhalten. «Weil ich zur Ballettschule darf. Und da möchte ich vor Freude allen einen Kuß geben.»

Verrückt, dachte Gaylord. «Versuch's mal bei meiner Tante Bea», schlug er vor.

«Ich möchte aber, daß *du* mir einen Kuß gibst.»

«Ach so. Na, meinetwegen», sagte er brummig und gab ihr einen Kuß und wischte sich danach die Lippen ab.

Weiter vorn schien die Gesellschaft jetzt in Bewegung zu geraten. Lachend und plaudernd gingen alle hinüber zu der großen hufeisenförmigen Tafel und suchten ihre Plätze. Gaylord hatte keinen Grund zum Lachen – man hatte ihn neben Miss Mackintosh gesetzt.

Überraschenderweise fanden sie jedoch etwas, was sie verband. Gaylord trank zum erstenmal in seinem Leben französischen Champagner und war bitter enttäuscht. Brrr! Schmeckte ja scheußlich. Aber das Glas stehen zu lassen, war natürlich undenkbar. Champagner in seinem Alter, das war ein Ereignis – er hätte ihn auch getrunken, wenn er wie Galle geschmeckt hätte.

Miss Mackintosh rettete ihn aus diesem Dilemma. Auch sie hatte den Champagner probiert und machte ein Gesicht, als hätte sie Gift getrunken. «Dünn und sauer», murmelte sie und griff entschlossen nach der Zuckerdose. «Nimmst du auch ein bißchen Zucker?» fragte sie Gaylord.

«Ja, bitte», sagte Gaylord.

Sie gab ihm zwei gehäufte Teelöffel voll und rührte um. «So ist das Zeug *genießbar*», sagte sie. Dann blickte sie die lange Tafel hinunter: alle tranken Champagner. «Aye – da wird's ja allerhand Magendrücken geben nach dem sauren Zeug», erklärte sie befriedigt.

Gaylord probierte. Ja, jetzt schmeckte er besser. Er war so dankbar, daß er anfing zu plaudern. «Ich finde es schön, daß Julia jetzt tanzen lernen darf.»

«Wieso?» fragte sie scharf.

«Ja, sie darf doch auf die Ballettschule.»

«*Wer* sagt das?» Auf Miss Mackintosh übte der französische Champagner offenkundig keine besänftigende Wirkung aus. Sie legte Messer und Gabel nieder und starrte ihren jungen Tischherrn an.

«*Sie* hat's mir erzählt», sagte Gaylord.

«Na, das wollen wir doch erst mal sehen», sagte Miss Mackintosh grimmig.

Nach dem Essen schlenderten alle beschwingt und fröhlich umher. Edouard Bouverie lächelte zufrieden. Es stimmt, dachte er, wenn sie ein wenig getrunken haben, werden die Engländer direkt menschlich. Er hielt Gaylord fest, der gerade vorbeikam, und fragte: «Na, mein Neffe, hat dir der Champagner auch geschmeckt?»

«Nicht so sehr», sagte Gaylord offen. Und dann schwang er sich wie so oft auf das Drahtseil zwischen Ehrlichkeit und Rücksichtnahme auf anderer Leute Gefühle und sagte: «Aber mit Zucker war das Zeug *genießbar*.»

Onkel Edouard schauderte. Gleichzeitig mußte er sich Mühe geben, um nicht laut loszulachen. Schließlich sagte er liebevoll: «Gaylord, ich bin doch jetzt dein Onkel, darf ich dir mal ganz offen etwas sagen?»

Gaylord nickte.

«Leute, die guten Champagner mit Zucker trinken, kommen in eine ganz besondere Hölle», sagte Onkel Edouard ernst.

Gaylord war tief beeindruckt. Jetzt kam Mummi vorbei und fragte: «Nun, Onkel Edouard, Sie sind ja so ernst – ist was los?»

«Nein. Ich habe nur Gaylord gerade gesagt, welch schreckliches Geschick die Leute erwartet, die Champagner mit Zucker trinken.»

Gaylord fand keinerlei Gefallen an der Vorstellung, die Ewigkeit Seite an Seite mit Miss Mackintosh zu verbringen, auch wenn es in einer ganz besonderen Hölle war. Deshalb war er erleichtert, als Mummi lachte und meinte: «Na, hoffentlich stellt er nie etwas Schlimmeres an.»

Onkel Edouard machte einen Augenblick lang ein Gesicht, als gäbe es seiner Meinung nach gar nichts Schlimmeres auf Erden. Aber die Gelegenheit, mit einer schönen Frau zu plaudern, wollte er sich nicht entgehen lassen. «Liebe May, ich habe Ihnen noch gar nicht gesagt, *wie* bezaubernd Sie aussehen.»

«Und ich habe Ihnen noch gar nicht gesagt, *wie* ich mich freue, daß wir jetzt einen so netten und hochvornehmen Onkel in der Familie haben.»

«Oh!» Er schnurrte. Und dann zog er sie an sich, und sie küßten einander auf die Wangen. Gaylord verschwand schleunigst. Jetzt lief *ihm* ein Schauder über den Rücken. Wenn die Küsserei wieder losging, machte er sich lieber unsichtbar.

Doch da sah er Miss Mackintosh rot wie eine Tomate mit Mr. Mackintosh, ihrem Bruder, zusammenstehen. Er gesellte sich zu ihnen. Nicht daß er lauschte. Er stellte sich nur so hin, daß er das Gespräch mit anhören mußte.

Miss Mackintosh sagte gerade: «Du willst also die Kleine doch tanzen lassen?»

«Ja.»

«Und du hast es nicht für nötig befunden, das deiner Schwester, die dir den Haushalt führt, mitzuteilen?»

«Noch nicht, nein», erwiderte er kühl.

«Du hast es also einem englischen Bengel überlassen, es ihr zu erzählen?»

«Ich hätte es dir schon rechtzeitig mitgeteilt, Elspeth.»

«Aye. Und was ich dazu gesagt hätte, das weißt du wohl. Nun, du wirst keine weitere Gelegenheit mehr haben, mich zu kränken, Duncan. Ich schnüre mein Bündel.»

«Ich bin dir dankbar für alles, was du für uns getan hast, Elspeth», sagte er müde. «Aber ich will dich nicht aufhalten.»

Gaylord hatte genug gehört – er duckte sich und kämpfte sich durch einen Urwald von hellgrauen Hosenbeinen, bis er Miss Thompson gefunden hatte. «Miss Thompson! Miss Thompson! Die Ziege ... ich meine, Miss Mackintosh hat zu Mr. Mackintosh gesagt, daß sie ihr Bündel schnürt. Heißt das, daß sie abreist?»

«Ja, das klingt ganz danach.»

«Ohhh!» sagte Gaylord. «Dann *müssen* Sie aber Mr. Mackintosh heiraten. Sonst ist doch niemand für Julia da!»

«Mach dir keine Sorgen», sagte Miss Thompson. «Das wird sich alles finden. Aber Mr. Mackintosh ist nicht der richtige Mann für mich.»

Doch ehe Gaylord noch weitere interessante Fragen zu diesem Thema stellen konnte, drängten alle zur Tür, und Miss Thompson nahm ihn bei der Hand und rief aufgeregt: «Komm schnell, sie fahren ab.» Sie traten vor das Hotel. Alle Erwachsenen benahmen sich wie die Kinder. Sie lachten und alberten und warfen mit Konfetti. Seine Mummi gab auch ihm eine Handvoll Konfetti, aber er hielt sich lieber im Hintergrund – sonst fingen sie womöglich wieder mit der Küsserei an. Endlich setzte sich das große Auto, das Onkel Edouard und Tante Dorothea zum Flugplatz bringen sollte, in Bewegung.

Miss Thompson sagte sich, daß es auch für sie nun an der Zeit war zu gehen. Sie gehörte nicht zur Familie und wollte nicht zu lange bleiben. Doch gerade als sie daran dachte, wie einsam ihr nach diesem turbulenten Tag ihr Häuschen vorkommen würde, schob sich eine Hand unter ihren Arm, und May sagte: «Kommen Sie doch noch mit zu uns nach Hause, Miss Thompson. Sie trinken jetzt sicher auch gern eine Tasse Tee nach all dem Trubel.»

«Vielen Dank, Mrs. Pentecost, aber das geht doch nicht. Jetzt ist sicher die Familie unter sich ... und da ...»

«Wieso? Als Gaylords Zukünftige *gehören* Sie doch zur Familie, finden Sie nicht? Kommen Sie. Sind Sie mit Ihrem Wagen hier, oder können wir Sie mitnehmen?»

21

Es war ein stiller, friedlicher Aprilabend. Edouard und Dorothea saßen Hand in Hand im Flugzeug. Sie ließen die untergehende Sonne hinter sich und flogen über das Meer, dem waldigen Tal entgegen, wo Edouards Haus stand.

Jocelyn Pentecost hatte sich eine bequeme Hose und einen warmen Pullover angezogen und saß mit seiner Frau und seinem Vater im Garten. Er trank ein Gläschen Wein und schaute dem Sonnenuntergang zu. Es war ein schöner Tag gewesen, ein froher Tag. Zufrieden lächelte Jocelyn Pentecost seiner Frau zu.

May hatte den ganzen Tag, bei der Trauung und auch noch beim Hochzeitsessen, das Gefühl gehabt, daß neues Unheil nahte. Aber es war nichts geschehen. Sie waren nach Hause gekommen und hatten alles unversehrt und ruhig und friedlich vorgefunden. Und die Angst, die ihr den Tag verdorben hatte, war verflogen.

John Pentecost trank einen kräftigen Schluck von seinem Brandy. Er war sehr zufrieden mit sich. Nicht jeder hätte soviel Großmut besessen, seine Schwester einem Ausländer zur Frau zu geben, einem *Frosch*! Gott sei Dank war er frei von dummen Vorurteilen. Wenn Dorothea den Mann wollte, sollte sie ihn haben.

«O Kaledonien, herb und wild!» murmelte Elspeth Mackintosh vor sich hin, als sich zu beiden Seiten der Bahnstrecke Hügel wellten, mit denen sich die großartige Landschaft Schottlands ankündigte. Trotzdem war Elspeth Mackintosh mißgestimmt – sie hatte nie damit gerechnet, daß Duncan sie gehen lassen würde. Aber er hatte kein Wort mehr dazu gesagt. Und ihr Zorn bohrte in ihr.

Gar nicht zufrieden war an diesem Aprilabend Derek Bates. Schlecht gelaunt hing er im Hause herum. Dann fuhr er mit seinem Motorrad los. Allein. Seine Freunde waren mit ein paar Mädchen unterwegs und hatten für ihn heute keine Zeit. Ziellos fuhr er die Landstraße entlang, donnerte in gefährlichem Tempo durchs Dorf und jagte dann weiter auf der Straße am Fluß. In der Nähe des Hofes von John Pentecost stellte er sein Motorrad in einen flachen Graben und schlich um die Ställe und Scheunen herum. Er wollte etwas anstellen, irgend etwas ...

Wendy Thompson war mehr als zufrieden. Sie war glücklich. Kinder waren ihre Welt: sie hatte Freude an ihren Gedankenflügen, ihren ernsthaften logischen Versuchen, sie liebte ihre kleinen frischen Gesichter, sie bewunderte ihre kühnen Pläne und Hoffnungen. Und heute abend hatte sie die beiden Kinder um sich, die ihr die liebsten waren. Gaylord und Julia machten ein Picknick mit ihr – Gaylord, der sie heiraten wollte, und Julia, die nun zur Ballettschule durfte.

«Mummi, können wir ein Picknick machen, Julia und ich?» hatte Gaylord gefragt.

«Lieber nicht, mein Junge. Nicht ihr beiden allein. Es wird schon dunkel.» Der Gedanke an Unheil, die Angst kam wieder.

«Und wenn ich mit den beiden ginge, Mrs. Pentecost?» hatte Wendy gefragt.

«O ja, *bitte*, Miss Thompson!» riefen die Kinder. Aber Mummi hatte immer noch Bedenken: «Nein, Kinder, Miss Thompson kommt gerade von einer Hochzeit – sie ist nicht für ein Picknick angezogen.»

«Das macht doch nichts, wirklich, Mrs. Pentecost.»

So hatte Mummi sich schließlich einverstanden erklärt. Und da waren sie nun. May und Wendy hatten Sandwiches, Kuchen, Limonade und Gläser und eine Thermosflasche mit Tee für Miss Thompson in den Korb gepackt. Und Gaylord hatte eine alte Reisedecke zum Sitzen aufgetrieben, damit Miss Thompson sich ihr dunkelblaues Kostüm nicht schmutzig machte. Er trug die Decke auf die Koppel und breitete sie im Gras aus. Wendys Augen leuchteten beim Anblick der beiden eifrigen, erwartungsvollen Kindergesichter. Sie streckte die Arme aus und zog Julia an sich. «Ich bin ja so froh, daß dein Vater es nun doch erlaubt hat, mein Kleines.»

Julia sagte nichts, sondern preßte nur glücklich und zärtlich ihre Wange an Miss Thompsons Arm.

«Hat alles Miss Thompson gemacht, Julia», sagte Gaylord in gewichtigem Ton. «Sie hat ihm bestimmt Angst eingejagt.»

Wendy lachte. «Kannst du dir vorstellen, daß ich irgend jemandem Angst einjage?» Aber es war doch ganz schön, sich sagen zu können, daß es ohne ihre Hilfe vermutlich nicht dazu gekommen wäre ...

Derek Bates hatte festgestellt, daß er in den Nebengebäuden nicht viel Schaden anrichten konnte. Mit den großen, schweren Landmaschinen wurde er allein nicht fertig. Und obendrein verletzte er sich auch noch den Zeh, als er wütend in einen Haufen Futterrüben trat. Er gab auf. Um Rache zu nehmen, mußte man sich einen Plan machen.

Er warf sich auf einen Heuhaufen in der Ecke der Scheune, rauchte eine Zigarette und stellte fest, daß es ohne seine Freunde, die ihn im Stich gelassen hatten, mit der Rache nicht so einfach war.

Oder etwa doch? Schlich sich da nicht eine kleine schmale Gestalt vorsichtig in die Scheune? Ein kleines Mädchen, und ganz allein! Jetzt schloß sie leise die Tür hinter sich.

Derek kam es vor, als ob ihm jemand ermutigend zugrinste.

Julia wußte genau, wo sie sich verstecken wollte. Sie erinnerte sich an den großen Heuhaufen in der hinteren dunklen Ecke der großen Scheune. Und während Gaylord und Miss Thompson sich die Augen zuhielten und bis fünfzig zählten, lief sie über das Feld auf die Scheune zu, öffnete die schwere Tür, schloß sie leise und schlich in die dunkle Ecke.

Derek konnte es kaum glauben. Die Kleine lief ihm geradenwegs in die Arme! Die schlechte Laune war verflogen. Er warf seine Zigarette fort, zog sich den schwarzen Strumpf über den Kopf und wartete, bis Julia in Reichweite war. Dann stand er auf und griff nach ihr.

Beim Anblick der unheimlichen Gestalt, die da aus der finsteren Ecke auf sie zukam, verlor Julia fast den Verstand. Sie schrie, aber die Kehle war ihr vor Angst wie zugeschnürt, so daß aus dem Schrei nur ein heiseres Ächzen wurde. Doch sie war schmal und gelenkig; blitzschnell riß sie sich los und lief davon. Wohin? Sie hatte die Tür hinter sich geschlossen und konnte sie jetzt, im Halbdunkel und in ihrer Angst, nicht wiederfinden. Sie lief wie ein Hase hierhin und dorthin, und wieder versuchte sie zu schreien, aber es wurde nur ein klägliches Wimmern. Und hinter ihr, immer ganz dicht hinter ihr, das Keuchen und die Schritte!

Jetzt sah sie etwas: die Leiter, die nach oben zu einer offenen Falltür führte. Rauf zum Heuboden. Sie war da oben schon manchmal gewesen und wußte, daß es von dort kein Entkommen gab, aber sie rannte trotzdem auf die Leiter zu und kletterte sie flink hinauf. Auf einer Sprosse fühlte sie, wie seine Finger nach ihr griffen und ihr linkes Fußgelenk packten. Entsetzen durchfuhr sie. Aber sie trat nach ihm und konnte ihn abschütteln, und dann war sie oben, auf dem Heuboden.

Wenn sie doch nur die Falltür zuklappen könnte! Sie packte den Rand des schweren hölzernen Vierecks und wollte es anheben, aber es rührte sich nicht. Zu schwer, dachte sie verzweifelt. Dann sah sie, daß die Tür durch einen Riegel gehalten wurde. Die Angst lähmte ihre Finger. Dennoch brachte sie es fertig, den Riegel zu lösen. Mit aller Kraft hob sie die Falltür an und stemmte sie höher, immer höher, bis sie fast senkrecht stand. Noch ein bißchen, und sie konnte sie fallen lassen, und der Mann würde von der Leiter stürzen.

Aber es war schon zu spät. Derek war oben und packte die Falltür, ehe sie ihn treffen konnte. Er ließ sie langsam herunter, und jetzt war sie geschlossen. Er richtete sich auf und starrte sein Opfer an. Hinter der schwarzen Nylonmaske verzog sich sein Gesicht zu einem triumphierenden Grinsen.

«Bitte!» flehte Julia. «Nein – bitte nicht!» Er griff nach ihr und verfehlte sie, und wieder begann sie, im Zickzack wegzurennen vor diesem unheimlichen Mann. Seine Hände griffen nach ihr, erwischten sie nicht, griffen von neuem zu. Seine Fingernägel schürften ihr die Haut auf. Nichts war zu hören als stampfende und fliehende Schritte, das Keuchen des Mannes und das angstvolle Wimmern und die verzweifelten erstickten Schreie des verfolgten Kindes.

An der Giebelseite des Heubodens befand sich eine Luke mit einer Winde darüber zum Heraufziehen und Hinunterlassen der Heuballen. Die Luke wurde gewöhnlich offen gelassen. Auch jetzt stand sie offen. Und da draußen war die helle warme Frühlingswelt. Die Abendsonne schien herein, und Julia taumelte ihr schluchzend und halb von Sinnen entgegen. Sie wußte, daß die Luke keine Tür war, daß sie ins Nichts führte. Sechs Meter tiefer lag das Feld ...

Am Rand der Öffnung hielt sie inne, blickte hinunter, schrak zurück und wandte sich um.

Und da sah sie ihn. Die Strahlen der untergehenden Sonne zeigten ihr in allen Einzelheiten die Gestalt, die dort stand: die Stiefel, den in Leder gehüllten Körper, die herabhängenden Arme, die Hände, die zur Faust geballt waren, den durch die Strumpfmaske kahl wirkenden Kopf und das schwarz verhüllte, unheimlich leblose Gesicht.

Sekundenlang standen beide da und starrten einander an. Dann tat er langsam einen Schritt auf sie zu und hob den zweiten Fuß. Julia schlug die Hände vors Gesicht und trat einen Schritt zurück. Zu spät versuchte sie, das Gleichgewicht zu halten. Mit einem hellen Schrei stürzte sie in die Tiefe. Derek trat an die Luke und blickte hinunter. Da unten lag sie, klein und ganz still. «O Gott!» sagte er. «O Gott.» Bloß weg hier. Er zitterte an allen Gliedern, als er zur Falltür zurücklief. Jetzt ganz ruhig bleiben, sagte er sich, das ist die Hauptsache. Schnell die Leiter hinunter, raus aus der Scheune, dann ganz ruhig das Motorrad aus dem Graben holen – und fort. Saß er erst auf seinem Feuerstuhl, würde er jeden umfahren, der ihn aufzuhalten versuchte.

Er bückte sich und packte die Falltür. Langsam kam sie hoch. Doch jetzt geschah etwas Merkwürdiges: Ein Schwall heißer Luft fuhr ihm ins Gesicht. Er erschrak. Er zog die Falltür noch etwas höher und spähte hinunter. *Feuer!* Die Zigarette, die er achtlos weggeworfen hatte! Die Flammen krochen wie Flutwellen über den Fußboden. Die Leiter, sein einziger Fluchtweg, war schon von ihnen eingeschlossen. Und während er noch hinunterblickte, schlugen die Flammen auch schon durch die geöffnete Falltür. «Hilfe!» schrie Derek entsetzt. «Hilfe! *Hilfe!*» Aber niemand kam herbeigelaufen. Wut und Angst packten ihn. Es *mußte* doch jemand kommen und ihn retten.

Aber niemand kam.

Jocelyn hielt die Hand seiner Frau und sagte leise: «Wie schön der Abend ist – fast unerträglich schön!»

«Ja, ich weiß, was du meinst», sagte sie und sah ihn lächelnd an.

Der alte Pentecost, der sonst nichts übrig hatte für Überschwenglichkeiten, gab seinem Sohn im stillen recht. Ja, dachte er bei sich, es ist etwas Wahres daran. Er goß sich noch einen Schuß Brandy in sein Glas.

«Horch mal», sagte May. «Da ruft doch jemand!»

Alle drei horchten. Was konnte es schon sein, an einem so friedlichen Abend? Vielleicht ein Mann, der seinen Hund rief, oder eine Frau, die ihre Hühner lockte.

Tiefe Stille. Eine sanfte abendliche Stille. «Ich hab nichts gehört», sagte Jocelyn.

«Hör mal», sagte May wieder. «Das war doch ... das war eine Männerstimme!»

Wieder horchten sie und hörten nichts. Normalerweise wäre May aufgestanden und hätte überall nach dem Rechten gesehen. Aber der Tag war so vollkommen gewesen, und jetzt wollte sie nur ausruhen, ausruhen in diesem tiefblauen Abendfrieden.

Sie blieb noch eine Weile sitzen. Jocelyn goß May und auch sich selber noch einen Schluck Wein ein. Sie tranken einander zu, lächelnd und ohne Worte. Ein weicher Abendwind kam auf. Bald würde man hineingehen – zum Abendessen, zum Lampenlicht. Der lange schöne Tag klang aus.

«Neunundvierzig – fünfzig», zählte Gaylord und öffnete die Augen. «Wir kommen!» rief er.

Zusammen mit Miss Thompson machte er sich auf die Suche. Sie suchten an der Einfahrt und in verschiedenen Schuppen. Dann gingen sie in den Garten. «Mummi, wir spielen Verstecken, aber wenn du Julia siehst, darfst du's mir nicht sagen, hörst du?»

May war erleichtert, als sie Gaylord und Miss Thompson so fröhlich und sorglos vorbeigehen sah. Es war ihr doch etwas unheimlich gewesen, als sie die Stimmen gehört oder zu hören gemeint hatte. «Ihr dürft aber Miss Thompson nicht zu müde machen», sagte sie mahnend. «Sie ist unser Gast, verstehst du?»

«Oh, ich finde es herrlich», rief Wendy. Dann liefen sie weiter und suchten. Aber sie fanden Julia nicht. «Vielleicht geht's ihr wie dem Mädchen, das keiner finden konnte, und nach vielen Jahren ging ihre Mutter mal an die Truhe und wollte ein Tischtuch herausholen – und da fand sie ihr Skelett», sagte Gaylord erwartungsvoll.

«Na, das will ich nicht hoffen», sagte Wendy lachend, aber ihr war nicht wohl dabei. «Julia!» rief sie laut. «Komm aus deinem Versteck – du hast gewonnen!»

Stille. Nichts. Dann schrie Gaylord: «Da –!»

Sie waren an einer Stelle angelangt, von der aus man die große Scheune sehen konnte.

Aus der Heubodenluke quoll dunkler Rauch, und überall drangen kleine Rauchspiralen aus Löchern und Ritzen hervor. Jetzt leckte eine lange Feuerzunge aus dem hohen Scheunentor. «Gaylord – lauf schnell und sag deinen Eltern, sie sollen die Feuerwehr rufen. Warte – sag ihnen, wir haben Julia immer noch nicht gefunden. Und dann komm wieder zu mir, zur Scheune.»

Er rannte los. Wendy lief zur Scheune und schrie immer wieder: «Julia! Julia!» Ihre Stimme klang heiser und trocken. Wie die Stimme einer Wahnsinnigen, dachte sie selbst.

Jetzt erfüllte ein neues Geräusch die abendliche Stille, ein Heulen, das immer näher kam. Sie blickte sich im Laufen um. Der rote Feuerwehrwagen war dicht hinter ihr. Sie rannte weiter und zeigte mit dem Finger auf die Scheune: «Da! Da ist es!» Als ob die Männer das Feuer nicht selber sähen. «Ein Kind ist verschwunden!» schrie sie. «Es kann da...» Die Männer hörten sie nicht. Der Feuerwehrwagen raste an ihr vorbei. Als Wendy die Scheune erreichte, hatten die Männer schon die Schläuche ausgerollt und kämpften mit starken Wasserstrahlen gegen das Feuer an. Die Flammen zischten und spuckten.

Einen Augenblick blieb Wendy stehen und rang hilflos die Hände. «Julia!» schrie sie. Dann lief sie zu einem Feuerwehrmann. Er beachtete sie nicht. Sie zog ihn am Ärmel. «Da – da kann ein Kind drinnen sein!» stammelte sie schluchzend.

«Wir tun, was wir können. Lassen Sie nur, Miss», sagte er mit ruhiger Stimme.

Allmählich kam sie wieder zu sich. Und plötzlich wurde ihr klar, was sie zu tun hatte. Sie war eine erwachsene Frau, und das Kind war in ihrer Obhut gewesen. Sie mußte dem Vater Bescheid sagen. Sie lief zum Verwalterhaus. Atemlos kam sie an und hämmerte gegen die Tür. Mr. Mackintosh erschien. «Sie sind es», sagte er kurz. «Bleiben Sie drinnen bei Julia. Ich helfe beim Löschen.»

«Wieso? Wo ist sie?»

«In ihrem Zimmer natürlich. Der Doktor ist unterwegs.» Er rannte davon. Sie lief ihm nach und packte ihn an der Schulter: «Was ist geschehen?»

Er fuhr herum und starrte sie an. «Sie muß oben auf dem Heuboden gewesen sein, als das Feuer ausbrach.» Wendy rang nach Luft. «Dann hat sie wahrscheinlich Angst bekommen und ist runtergesprungen. Aus der Bodenluke.» Er drehte sich um und lief weiter.

Wendy Thompson ging ins Haus und lief die enge Treppe hinauf. Eine Tür stand offen. Sie ging hinein. Da lag Julia, blaß, mit geschlossenen Augen. Wendy setzte sich zu ihr und nahm ihre Hand. Das Kind rührte sich nicht.

Es war zweifellos einer der aufregendsten Momente in Gaylords Leben. Und er wollte ihn auskosten! Er stürzte in den Garten. «Mummi! Paps! Opa! Schnell – ihr müßt die Feuerwehr anrufen! Die große Scheune brennt!»

Sie sprangen auf. May lief als erste ins Haus. Doch da hörten sie schon das näherkommende Heulen der Feuerwehrsirene. Gaylord war bitter enttäuscht. Irgend jemand war ihm zuvorgekommen.

«Mackintosh muß angerufen haben. Ein hervorragender Mann», sagte Opa und machte sich auf den Weg zur Scheune. «Aber wie kann sich das Feuer entzündet haben, Jocelyn? So trocken ist es doch gar nicht.»

Jetzt kam May ein Gedanke. «Gaylord – habt ihr Julia gefunden?»

«Nein, noch nicht. Wir haben aufgehört zu spielen, als wir das Feuer gesehen haben, und Miss Thompson hat gesagt: ‹Lauf schnell und sag Bescheid, sie sollen die Feuerwehr anrufen, und dann kommst du wieder zu mir.›» Wie konnte Mummi ihnen zutrauen, daß sie weiter Verstecken spielten, während die Scheune in Flammen stand!

«Ich verstehe», sagte May. «Aber – wo ist Miss Thompson?»

«Na, da ist jedenfalls Mackintosh», sagte Opa. Sie waren bei der Scheune angekommen. Gaylord sah mit leuchtenden Augen zu, wie die Feuerwehrmänner mit Schläuchen und Äxten und Leitern hantierten. Wassersäulen zischten in die Flammen. «Du, Mummi, glaubst du, daß sie mich mithelfen lassen?» fragte er ohne viel Hoffnung. Die Erwachsenen ließen einen fast nie an den Ball, wenn es richtig interessant wurde.

Opa legte seine Hand auf Mr. Mackintoshs Schulter. «Gut gemacht, Mackintosh. Die Feuerwehr war ja im Nu hier!»

Aber May drängte ihn beiseite. «Wo ist Julia?»

«Im Häuschen. Miss Thompson ist bei ihr.»

May fühlte, wie ihr schwach in den Knien wurde. «Sie ist – sie ist doch nicht *verletzt*?»

«Doch, ist sie.» Er wandte sich den Feuerwehrmännern zu. «Wenn Sie noch einen Hydranten brauchen, da drüben ist einer.»

«Jocelyn, ich sehe mal nach ihr», sagte May.

Jocelyn nickte abwesend. Er wandte die Augen nicht ab von der brennenden Scheune. Die tanzenden Flammen, die Rauchsäulen, der uralte Kampf zwischen Wasser und Feuer faszinierten ihn. So mußte dieser friedliche Abend enden – in Flammen und Rauch!

Er stand gedankenverloren da, bis er eine drängende Stimme hinter sich hörte. «Das muß der Arzt sein, Mr. Pentecost. Bitte sagen Sie Ihrem Vater, daß ich jetzt zu meiner Tochter gehe.»

«Ja, natürlich. Ich hoffe nur –»

Mr. Mackintosh lief hinüber und ging mit dem Arzt ins Haus. Sie stiegen die Treppe hinauf und traten in Julias Zimmer. May und Wendy erhoben sich. «Wir gehen», sagte May.

«Aye», sagte Mr. Mackintosh barsch.

«Dürfen wir unten warten?» fragte Wendy Thompson.

Er blickte auf seine Tochter und zuckte mit den Schultern. Sie gingen hinunter ins kleine Wohnzimmer.

«Vielleicht ist es ja doch nicht ganz so schlimm, Miss Thompson», sagte May. «Es war ein schlimmer Sturz, gewiß. Aber sie ist jung.»

Wendy sah sie dankbar an. «Ja», sagte sie. Aber es klang bedrückt.

«Und Sie glauben jetzt sicher, es sei Ihre Schuld», sagte May.

Wendy nickte.

«Das ist natürlich Unsinn. Sie dürfen so etwas nicht einmal *denken*, Miss Thompson.»

«Natürlich denke ich das. Es *ist* meine Schuld.»

May schwieg einen Augenblick. Dann legte sie ihre Hand auf Wendys Hand und sagte: «Ich gehe jetzt hinüber. *Das* müssen Sie mit sich allein ausmachen.» Doch dann fügte sie mit verstehendem Lächeln hinzu: «Aber kommen Sie bitte und sagen Sie mir Bescheid, wenn Sie irgend etwas erfahren haben, ja?»

Wendy nickte lächelnd und blieb in dem altmodischen kleinen Wohnzimmer zurück, wo es nach Geranien und Polstermöbeln und Rechtschaffenheit roch. Sie mußte lange warten, und auch als sie die schweren Schritte der Männer auf der Treppe hörte, war die Wartezeit noch nicht zu Ende. Es folgte eine lange gedämpfte Unterhaltung unten im Flur. Dann wurde die Tür hinter dem Arzt geschlossen, und Mr. Mackintosh stieg langsam die Stufen wieder hinauf.

Sie lief hinaus. «Mr. Mackintosh, was hat der Arzt gesagt?»

Er blieb stehen und wandte sich ihr zu. Seine Kleidung roch nach Rauch und verkohltem Holz, seine Augen waren gerötet, und er hatte Rußflecken im Gesicht. Zu Tode erschöpft stand er da. «Sie kommt durch», sagte er.

«Ja?» rief sie glücklich. Aber was hieß das: «Sie kommt durch?» Atemlos fragte sie: «Sie wird doch noch tanzen können?»

Er sah sie lange an und sagte dann hart: «Nein. Sie wird nie mehr tanzen können.»

«Woher wollen Sie das wissen?» fragte Wendy. «Das kann man doch bei ihrem Alter noch gar nicht sagen!»

«Sie ist mit dem ganzen Gewicht auf das rechte Bein gefallen.» Er wandte sich um und ging zwei, drei Stufen weiter hinauf. «Ein Tier mit so einem Bein würde ich erschießen.» Wieder blieb er stehen und starrte sie an, hart und bitter. «Was die Ballettschule betrifft, so hätten Sie sich die Mühe sparen können, Miss Thompson.»

Er ging weiter. In diesem Augenblick haßte sie ihn. Dennoch fragte sie: «Muß sie ins Krankenhaus?»

«Ja, sofort. Der Doktor kümmert sich darum.»

«Darf ich Ihnen helfen, alles vorzubereiten?»

«Danke. Ja.» Er kam sogar wieder eine Stufe herunter. «Das wäre nett, Miss Thompson.»

«Ich kann auch mit ihr fahren, wenn Sie möchten.»

«Danke. Ich tauge nicht viel bei solchen Sachen.» Ein flüchtiges Lächeln. «Meine kleine Julia. Es wird ihr guttun, eine Frau bei sich zu haben. Ich komme dann und hole Sie ab, wenn ich drüben noch einmal nach dem Feuer gesehen habe.»

Er holte sie vom Krankenhaus ab. Auf der Rückfahrt sagte sie traurig: «Das arme kleine Ding – so allein in dem großen Gebäude.»

«Aye.» Er seufzte und sagte dann förmlich: «Miss Thompson, ich möchte nicht, daß Sie denken, ich wüßte es nicht zu schätzen, was Sie alles für das Kind getan haben.»

«Danke», sagte sie.

Schweigend fuhren sie weiter. Wendy Thompson war noch immer wie gelähmt vor Entsetzen. Schließlich sagte sie mit heiserer Stimme: «Julia war in meiner Obhut, als es passierte, Mr. Mackintosh.»

Seine Hände hielten das Steuerrad des Land-Rover umklammert. Mit einem Ruck wandte er sich zu ihr: «So etwas dürfen Sie nicht denken, nie! Ich allein habe die Verantwortung für Julia.»

«Danke», flüsterte sie leise. Und eine Weile darauf sagte sie: «Später, wenn sie entlassen wird – das wird nicht leicht sein für Sie beide, nicht wahr?»

«Nein.»

«Ich dachte – Sie müssen sich das natürlich in Ruhe überlegen –, ich dachte, ob es Ihnen vielleicht recht wäre, wenn ich sie dann zu mir nähme. Wir könnten morgens zusammen mit meinem Auto zur Schule fahren.»

Er sagte nichts. Sie fuhr fort: «Selbstverständlich könnten Sie jederzeit kommen und sie besuchen.» Und bittend fügte sie hinzu: «Ich habe die Kleine nämlich sehr, sehr lieb, Mr. Mackintosh.»

«Ja. Ja, ich weiß. Aye.» Pause. Dann murmelte er, als spräche er zu sich selbst: «Sie würden ihr eine gute Mutter sein.»

Jetzt schwieg Wendy. Und fast demütig fuhr er fort: «Aber Sie würden wohl kaum *mich* zum Mann haben wollen.»

Darauf war sie nicht gefaßt gewesen. Sie lachte kurz auf und sagte: «Sie würden *mich* sicher auch nicht zur Frau haben wollen, Mr. Mackintosh.»

Er saß fast regungslos da und starrte, ohne das Gesicht zu verziehen, vor sich hin. «Es wäre vielleicht eine gute Regelung», sagte er.

«Wenn ich heirate, Mr. Mackintosh, dann muß es mehr als eine gute Regelung sein», sagte sie entrüstet. «Zum Beispiel müßte Liebe dazu gehören.»

«Och, Sie lesen zu viele Romane», sagte er. «Aber ich will Sie nicht drängen. Nur vergessen Sie nicht, daß wir etwas gemeinsam haben.»

«Und das wäre?»

«Julia», sagte er ruhig.

Wendy Thompson ging ins große Haus zurück und fand May Pentecost in der Küche. «Wie sieht es aus?» fragte May beklommen.

«Sie wird durchkommen, sagt der Arzt. Nur –»

«Nur was?»

«Sie wird nie mehr tanzen können.»

«Das kann man doch jetzt noch nicht wissen.»

«Es scheint ziemlich sicher zu sein, nach dem, was der Arzt sagt.»

«Das tut mir sehr leid.» May sah Wendy mit traurigen Augen an. «Es tut mir wirklich *sehr* leid, Miss Thompson.»

Wendy wußte jetzt, was sie lange nicht recht gemerkt hatte: daß die reizende und elegante Mrs. Pentecost auch eine sehr warmherzige und mitfühlende Frau war. Sie seufzte und sagte: «Es ist eine Tragödie.»

«Ja», sagte May leise. «Ja. Aber doch eine kleine Tragödie, Miss Thompson, in dieser Welt voller großer Tragödien und Katastrophen.»

Wendy sagte nichts.

«Bitte, denken Sie nicht, ich wollte die Sache bagatellisieren», fuhr May fort. «Ich versuche nur – wenn auch vielleicht sehr ungeschickt – Ihnen zu helfen, sie in den richtigen Dimensionen zu sehen.»

«Ja, ich weiß», sagte Wendy.

«Und *er* tut mir auch schrecklich leid», sagte May. «Er ist so hilflos.»

«Wer? Doch nicht Mr. Mackintosh?» fragte Wendy erstaunt.

«Doch, ja.»

«Aber – er ist doch so tatkräftig.»

May legte das Bratenmesser hin und sagte lächelnd: «Wen halten Sie für hilfloser, Mr. Mackintosh oder meinen Mann?» Sie lachte leise. «Lassen Sie alle Höflichkeit beiseite – geben Sie mir eine ehrliche Antwort.»

«Ja, also ... ich bewundere natürlich Mr. Pentecosts Bücher sehr. Sie sind großartig. Aber sonst hätte ich gedacht –»

«Das denken Sie nur ja nicht», sagte May. «Natürlich verläßt sich Jocelyn in vielem auf mich, das weiß ich. Aber er hat große Reserven. Er weiß immer, worum es geht. Mr. Mackintosh dagegen – Mackintosh kennt sich in der Landwirtschaft aus, aber darüber hinaus ist er verloren.» Sie lachte. «Er braucht eine Frau, die ihn sicher durch das Labyrinth menschlicher Beziehungen geleitet.»

Wendy merkte, wie sie rot wurde. Mit soviel Verständnis hatte sie nie gerechnet. «Unter uns, Mrs. Pentecost, er hat mir eine Art Antrag gemacht. Aber ich konnte mich nicht –»

«Sie täten ihm einen sehr großen Gefallen, da bin ich mir ganz sicher. Und das Kind, die kleine Julia ...»

Die beiden Frauen sahen einander lächelnd an. Wendy schüttelte den Kopf und sagte: «Ich danke Ihnen sehr für Ihr Verständnis, Mrs. Pentecost. Aber jetzt muß ich wirklich gehen.»

Es war schon fast dunkel, als sie nach Hause fuhr. Niemand versperrte ihr den Weg, niemand behelligte sie unten am Fluß.

22

In der Scheune rauchte und qualmte es noch, aber die Gefahr war vorüber. «Ich möchte bloß wissen, wie das Feuer entstanden ist», sagte John Pentecost und sah seinen Sohn und seine Schwiegertochter mit düsterem Blick an. «Könnte auch Brandstiftung sein. Der Junge damals ...»

Mr. Mackintosh war hereingekommen. «Mr. Pentecost», sagte er, «ich habe etwas gefunden: ein *Motorrad*. Im Graben, ganz in der Nähe der Scheune.»

«Ein Motorrad?»

«Ich habe gedacht, ob es vielleicht dasselbe ist wie –»

«Ich komme mit», sagte John Pentecost.

Das Motorrad war halb verdeckt vom Buschwerk. Mr. Mackintosh richtete den Strahl seiner Taschenlampe darauf. Wie ein lauerndes, geducktes Tier stand die Maschine da.

«Irgendwo habe ich mir damals die Nummer notiert.» John Pentecost zog eine Handvoll Umschläge und Zettel aus der Westentasche und untersuchte sie im Licht der Lampe. «Da haben wir's ja schon.» Er las die Nummer, die er auf die Rückseite eines Umschlags gekritzelt hatte, und blickte auf das Motorrad. «Ja, das ist sie.»

«Also Rache», sagte Mr. Mackintosh. «Schön, Rache kann er haben. Wenn das Motorrad hier ist, ist der Kerl auch hier. Ich warte, bis er kommt. Den kriege ich.»

«Den kriegen Sie», sagte John Pentecost.

Aber Derek Bates holte sein Motorrad nicht ab. Und schließlich sagte der alte John Pentecost: «Mein Gott, er wird doch nicht –»

«Was?» fragte Jocelyn.

«Ach, nichts», sagte sein Vater. Der Gedanke war zu furchtbar.

Aber er konnte ihm nicht ausweichen. Immer wieder dachte er: Und wenn es nun doch so wäre? Was habe ich ausgelöst, damals, als ich Gewalt mit Gewalt vergalt?

«Das Motorrad liegt immer noch da, Mr. Mackintosh. Bitte, rufen Sie die Polizei an.» Und zu sich selbst sagte er: «Ich *muß* es wissen.»

Derek Bates' Tod verursachte wenig Aufsehen. «Tödlicher Unfall» stand über dem kurzen Artikel in der Lokalzeitung, in dem – unmittelbar neben der Meldung «Achtzigjähriger heiratet» – über die polizeilichen Ermittlungen berichtet wurde. Dazu ein unscharfes Foto – ein Halbwüchsiger wie tausend andere in Ingerby. Seine Freunde waren nicht weiter überrascht. So etwas hätten sie Derek immer zugetraut, sagten sie. Einer, der immer Ärger machte und immer reinrasselte. Ein verrückter Kerl. Seine Lehrer waren erschrocken, aber auch sie wunderten sich nicht.

Sein Vater gab der Gesellschaft die Schuld. Damit war der Fall für ihn erledigt. Und seine Mutter beschuldigte alle möglichen Leute – die Freunde, die Lehrer, den Vater, die Polizei, den alten Mann, dem die Scheune gehörte – weil er sie nicht abgeschlossen hatte. Darüber vergaß sie ganz, um ihren Sohn zu trauern.

Derek, der arme Teufel, fuhr ein letztes Mal über die Straße am Fluß nach Ingerby – statt mit hundertsechzig Sachen diesmal in einem langsamen Leichenwagen zum Krematorium. Er wurde neben seinem Großvater beigesetzt.

Und wenn ich ihn damals nicht gezwungen hätte, seine Maschine ins Wasser zu schmeißen, dachte der alte John Pentecost, dann würde er jetzt noch leben – und noch mehr Kinder und alte Leute ängstigen: alle, die schwächer waren als er. Aber niemand hat mich zu seinem Richter bestimmt.

«Das ist absoluter Unsinn, Schwiegervater», sagte May energisch. «Es ist eine schreckliche und tragische Geschichte, ich weiß. Aber es *war* ein tödlicher Unfall. Und es hat auch nicht mit dir und dem Motorrad angefangen. Es fing damit an, daß er Julia auf der Wiese erschreckt und gequält hat. Und das wiederum damit – ja, womit wohl? Irgendwann in seiner frühen Kindheit vermutlich. Wer weiß ...»

«Gleich wirst du mir noch mit Freud kommen», sagte John Pentecost. «Vielen Dank.»

«O nein, das tut sie bestimmt nicht», sagte Jocelyn. «Du kennst doch May!»

Als er später in seinem Zimmer allein war, dachte er, daß der alte Mann am Ende vielleicht trotz allem recht hatte. Durfte man *jemals* Gewalt mit Gewalt beantworten? Wurde nicht jeder, der – wie rechtmäßig auch immer – Gewalt anwandte, einer der zahllosen Zerstörer in der Welt? Die Menschheit, die Zukunft der Welt hing davon ab, daß die Zerstörer nicht die Oberhand gewannen. Wenn er eine zertrümmerte Telefonzelle, ein zertretenes Blumenbeet sah, wenn er hörte, wie die Schreier triumphierten, oder im Fernsehen sah, wie Panzer sich in eine friedliche Stadt fraßen, erschrak er jedesmal, weil er wußte, daß die Zerstörer wieder am Werk waren. Und wenn man ihnen nicht mit Gewalt entgegentreten durfte – weil, wer Gewalt anwandte, sich damit auf ihre Seite schlug –, wie in Gottes Namen sollte die bedrohte Welt sich ihrer dann erwehren? Er wußte es nicht. Er wußte nur: wenn es eine Antwort gab, was er bezweifelte, konnte er sie für sich nur dadurch finden, daß er sie in dem, was er schrieb, Gestalt annehmen ließ. Er nahm eine neue Seite und machte sich wieder an die Arbeit.

Und nun war es doch Frühling geworden. Überall grünte und blühte es, und jeder Morgen brachte neue Überraschungen, neue Freuden.

Amanda stand in ihrem Kinderwagen unter den zartgrünen Bäumen und schlief oder streckte ihre Händchen nach den Blättern und dem blauen Himmel aus.

Eines Tages stiegen Jocelyn und May ins Auto und ermunterten Gaylord, mit ihnen zu kommen. Auf seine bohrenden Fragen gingen sie nicht ein. Sie fuhren mit ihm auf ein benachbartes Gut, wo eine Schäferhündin Junge geworfen hatte. Von den Jungen durfte Gaylord sich eines aussuchen. Entzückt nahm er eines, hob den kleinen Hund auf den Arm, streichelte ihn und redete zärtlich auf ihn ein. Ein paar Tränen kullerten ihm über die Backen, weil er wieder an seinen Freund Schultz denken mußte, aber die Freude überwog, und schließlich dachte er wieder einmal, daß dies der glücklichste Augenblick in seinem Leben war.

Miss Thompson kam fast täglich in das kleine Verwalterhaus. Liebevoll sorgte sie für Julia und ließ sich auch nicht beirren, wenn Duncan Mackintosh sie darauf hinwies, was sie alles beim Kochen oder beim Geschirrspülen falsch machte. Manchmal besuchte sie auch May und Jocelyn Pentecost, ihre neuen Freunde. Und manchmal holte sie Gaylord zu einem Spaziergang ab oder zu einem kleinen Picknick auf der Wiese hinter dem Haus.

Duncan Mackintosh hatte nicht wieder von Heirat gesprochen, doch ihr Instinkt sagte ihr, daß er eines Tages noch einmal davon anfangen würde. Und vielleicht würde sie dann ja sagen. Es gab Schlimmeres als Rechtschaffenheit, Geradheit, nüchterne Offenheit. Granit war vielleicht nicht das schlechteste Baumaterial für eine Ehe. Und May Pentecost hatte wohl doch recht gehabt: Er brauchte sie. Wahrscheinlich noch mehr, als Julia sie brauchte. Ja, vielleicht sollte sie ihn heiraten.

Gaylord hatte es ja schon immer gesagt.

Eric Malpass

Eric Malpass' Geschichten spielen in einer Welt, die immer noch ein wenig in Ordnung ist – und das nicht nur morgens um sieben. Die humorvollen Romane um den kleinen Schlingel Gaylord fanden in England wie hierzulande ein begeistertes Lesepublikum. Eric Malpass, 1910 in Derby, England, geboren, war lange Zeit Bankangestellter, ehe er als Mitarbeiter der BBC anfing, erst kleine Erzählungen, dann Romane zu schreiben. Er lebt heute in Long Eaton, Nottingham.

Als Mutter streikte *Roman*
(rororo 4034)

Beefy ist an allem schuld *Roman*
(rororo 1984)

Morgens um sieben ist die Welt noch in Ordnung
(rororo 1762)
Der berühmte Gaylord-Roman.

Wenn süß das Mondlicht auf den Hügeln schläft
(rororo 1794)
Der zweite Gaylord-Roman.

Fortinbras ist entwischt *Eine Gaylord-Geschichte*
(rororo 4075)

Unglücklich sind nicht wir allein
Roman
(rororo 5068)
Ein Roman um William Shakespeare und seine Zeit.

Liebt ich am Himmel einen hellen Storn *Roman*
(rororo 4875)
Die Liebesgeschichte zwischen William Shakespeare und Anne Hathaway.

rororo Unterhaltung

Lampenschein und Sternenlicht
Roman
(rororo 12216)

Liebe blüht zu allen Zeiten
Roman
(rororo 5451)

Schöne Zeit der jungen Liebe
Roman
(rororo 5037)

Und der Wind bringt den Regen
Roman
(rororo 5286)

Und doch singt die Amsel *Roman*
(rororo 5684)

Wenn der Tiger schafen geht
Ein Gaylord-Roman
224 Seiten. Gebunden und als rororo 12948

Thomas Cranmer Oder die Kraft der Schwäche *Ein historischer Roman*
352 Seiten. Gebunden